国家出版基金资助项目

项目编号：2018~076

"一带一路"大型系列丛书

总策划 戴佩丽

主 编 孙春光 副主编 马庭英

行色新疆

新疆是个好地方

李佩红◎著

中央民族大学出版社
China Minzu University Press

图书在版编目（CIP）数据

行色新疆 / 李佩红著. —2 版. —北京：中央民族大学出版社，2021. 12（2022. 4 重印）

（“一带一路”大型系列丛书. 新疆是个好地方）

ISBN 978-7-5660-1999-8

Ⅰ. ①行… Ⅱ. ①李… Ⅲ. ①散文集—中国—当代 Ⅳ. ①I267

中国版本图书馆 CIP 数据核字（2021）第 265870 号

行色新疆

著　　者　李佩红
责任编辑　戴佩丽
责任校对　肖俊俊　杜星宇
封面设计　舒刚卫
出版发行　中央民族大学出版社
　　　　　北京市海淀区中关村南大街 27 号　邮编：100081
　　　　　电　话：(010)68472815(发行部)　传真：(010)68932751(发行部)
　　　　　　　　　(010)68932218(总编室)　　　　(010)68932447(办公室)
经 销 者　全国各地新华书店
印 刷 厂　北京鑫宇图源印刷科技有限公司
开　　本　787×1092　1/16　印张：15
字　　数　197 千字
版　　次　2021 年 12 月第 2 版　2022 年 4 月第 2 次印刷
书　　号　ISBN 978-7-5660-1999-8
定　　价　65.00 元

前言

“一带一路”倡议中，新疆定位于丝绸之路经济带核心区，并以日益凸显的区位优势和辐射效应，与21世纪海上丝绸之路逐步衔接。

在第二次中央新疆工作座谈会上，习近平总书记强调，要在各族群众中牢固树立正确的祖国观、民族观，弘扬社会主义核心价值体系和社会主义核心价值观，增强各族群众对伟大祖国的认同、对中华民族的认同、对中华文化的认同、对中国特色社会主义道路的认同。近年来，在以习近平同志为核心的党中央坚强领导下，新疆文化事业得到长足发展，对经济社会发展的引领作用不断增强，特别是随着稳定红利持续释放，文化创新呈现快速增长。实践充分证明，以习近平同志为核心的党中央治疆方略高瞻远瞩、英明睿智，只要坚定不移地贯彻落实党中央治疆方略，新疆形势就能朝着全面稳定的方向发展、就能实现社会稳定和长治久安，新疆经济就一定能够贯彻好新发展理念、推动高质量的发展。

“一带一路”倡议的实施是新疆地区走向现代化、融入现代化潮流、发展现代文化的一次新机遇。在这一背景下，《“一带一路”大型系列丛书——新疆是个好地方》出版项目正式推出，其目的就是要围绕中心、服务大局，弘扬主旋律，传播正能量，为推进新疆稳定发展提供了强有力的文化支撑。

丛书坚持党性与人民性相统一，不断增强中国特色社会主义道路自信、理论自信、制度自信、文化自信；坚持正确文化导向，团结、稳定、鼓劲，弘扬正能量；紧紧围绕社会稳定和长治久安总目标，使文学作品服务大局，形成文化艺术的强大合力。丛书作品内容注重创新意识、创新观念、创新内容、创新形式，切实提高文学作品的传播力、引导力、影响力和公信力；坚持“高举旗帜、引领导向、围绕中心、服务大局、团结人民、鼓舞士气，成风化人、凝心聚力、澄清谬误、明辨是非、连接中外、沟通世界”。

丛书的出版发行，将对发展新疆区域文化产生积极的正面效应。基于此，我们遴选了疆内的数十位知名作家，通过报告文学、散文、诗歌、小说等形式，从不同的角度反映新疆现代文化发展，展示各民族同胞践行社会主义核心价值观以及逐步形成的进步、文明、开放、包容、科学的理念，讴歌各民族同胞团结互助的精神风貌和浓厚氛围，进一步增强各民族同胞之间的认同感，更好地维护新疆地区的长久稳定和繁荣助一臂之力。丛书视角独特、文字量浩繁、信息量巨大，让新疆人民可以真正全面地知道自己，让疆外的读者可以全面地认知新疆，也让世界客观地了解新疆、了解中国。

丛书得到了国家新闻出版署、中共新疆维吾尔自治区党委宣传部审读处、国家出版基金办的大力支持，使得这部丛书得以顺利出版。

编　者

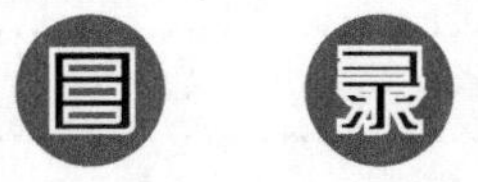

横越天山

新疆大地上耸立着三座高山，昆仑山是神仙居住的太虚仙境，与人类隔着距离；阿尔泰山是动物享乐的天堂，也与人类隔着距离；而天山是属于人类的。

天山最早接纳人类，也被人类接纳。

天山东起哈密的星星峡戈壁，西至乌兹别克斯坦共和国的克孜勒库姆沙漠，东西绵延2500千米，南北横跨400多千米。除非风雨和雄鹰，有限的生命里，任何人都不可能踏遍整座天山，丈量每一道皱褶，哪怕目光。人类可以轻而易举地炸平山的一角，但绝不能抹平整座天山山脉，如同拔掉几片龙鳞，而不能撼动整条飞龙。人类只能仰望，任天山在人心里掀起暴风狂潮，夜光下安详的曼舞，抑或细水微澜。仰望，滋生敬畏，培养崇高，树立目标。

南北天山通公路的历史不长，不过五六十年。在此之前，从首府乌鲁木齐到库尔勒，及更远的阿克苏、喀什、和田，乃至连接中亚各国，唯依山势河道旖旎而行。在离库尔勒八千米的地方有一座铁门关，铁门关襟山带河，两岸崟崖绝壁，大有一夫当关，万夫莫开之势。曾是南北疆交通的天险要冲，古代“丝绸之路”的咽喉。20 世纪五六十年代，打通了从乌鲁木齐通往南疆各地的公路，这条 218 国道是通往南北疆的唯一公路，此关就此失去作用。之后在距离库尔勒 300 多千米的库车，又修筑了一条国防公路，一直通达北疆的独山子，这就是著名的天山公路，又名独库公路，全长 560 千米，横跨三个大坂，最高海拔 3800 多米，成为最著名的旅游线路之前的 20 多年前，这条路一直作为战备公路秘而不宣。如今公路开放，航线纵横，天堑变通途，人的意志、向往和目标，更容易抵达。旅游的人多喜欢驾车穿越天山，其实，乘飞机横渡天山也是相当不错的选择，尽管是某段天山的横切面，从地面穿越和从高空飞越截然不同，地面是低处的微观，高空是俯瞰的宏观。细微现世欢喜，宏观大慈大悲。天山是横陈天地之间的中国水墨，无论气的承继连接，势的移动转向，皆旺盛、蓬勃、生动。天地有大美而不言。横越天山方知何谓山河气象。在高空仿佛进入了神的纬度，“人间万里深”，人的出生、腐烂、成长、欲望、妒忌、争斗、恋爱、自杀、偷盗、快乐、苦痛、迷茫、失败、成功、微笑、真实、虚假……都消失了，陷入大地的平面。剩下盛大的幻想和邈远的虚空，人似乎一下子看透了一切，认识了一切，也抛下了一切。

回忆三十多年来，坐飞机飞越天山也有百余次了，或白日或夜晚，每次一小时，由于恐高，竟从未如此次这般，从起飞至降落目不转睛地饱览。舷窗框出的画面像徐徐展开的山河画卷。飞机冲刺起飞，很快，甩掉脚下绿洲朦胧的烟灰色，前方像黄博望的山水，起笔处寥寥几点，微微起伏如音乐的序曲，巧妙的衔接，没有平地起高山的突兀，天山，光秃秃的天山，粗犷苍黄中的破釜沉舟，透着“风萧萧兮易水寒，壮士一去不复还”的悲怆。接着，山崖越来越陡峭，一道一道耸立着，刀锋一样凌厉，烁射青铜的寒光，军士整装、撼天动月，大有“刺破青天锷未残”的气势。从细微处看像人的指纹，极其相似却绝不雷同，大自然的鬼斧神工，人类永远无法企及。再向前，山顶背阴处覆盖着积

雪，像极了勇士披挂的白色斗篷，强烈的黑白对比，深邃而明晰，冷峻中略显柔情。前几日骤然降温，沿天山一带下了一场不大不小的雪，绝大部分已融化。与古时的六月天山即飞雪相比，阳历九月底下雪不算早。前几年连续遭遇暖冬，天山雪线不断上移，这个季节的雪长久不了，不出一个星期将尽数融化。新疆南部的冬天，雪越来越少，人们盼望下一场透雪，可是雪不理睬人的愿望，越来越吝啬，越来越稀薄。稀少的东西，总是让人怀恋。再一看，山尖的雪像一位临危的侠客，风吹起白色的披风，似枕戈待夜，仿佛准备袭杀鬼魅和幽灵。杀机四伏的压迫感，让你突然认识到，自然界并非都是美好和安宁。高山的崛起与存在同样经历了万劫不复的烈焰和欲火，残酷的裂变，在你之前有，在你之后还会有，而你看到的仅仅是一种状态，凝固的僵死的地球的依托。“望望行渐远，孤峰没云烟”惊魂未定的刹那，那些寒光粼粼的冷渐渐退却，山峦呈现出驼峰的姿态，山峰的背阴处，阴影像树叶的经脉，贴附在山脊上。看多了，是一种黑，暗黑。一种令人惊悚的力量，如贪得无厌的爬山虎向着每一处山脊扩张，延伸，你开始担心黑暗会把整个的山系吞没。显然，担心是多余的，黑是无常，白亦是无常，黑白交替反复，谁也无法取代谁。和近处清晰的惊悚相反的是远处的柔和朦胧，山峦起伏犹如俯卧在桑拿房里的裸女，平滑柔美的线条，在迷蒙的雾霭中，庄严而又充满着诱惑。在蓝天与大地连接线之上，博格达峰像一座神庙，圣洁的白，熠熠生辉。“山随平野尽，云生结百楼。”飞机向左拐了个弯，大地再一次改变了姿态，隆起的地面如龟壳般，雨、水及风在上面刻写自然的甲骨文、岩画和无法破解的线条，这是通往远古的神秘符号。眼球微缩成一粒铁屑，随着磁石的移动震颤。俯瞰，一块白色的牙板上，雕刻着发达的根系，盘根错节，一棵古老榕树的根系清晰可见，竖起可以假乱真。离此不远，是一片灰白的浅滩，形似一尾孔雀羽毛，甚至边缘根根斜向的羽绒纤毫毕现。令人叹为观止。自然界每一种物质，包括所有的植物、动物无不受辖于地球，和地球上的风雨雷电，

有着当然的关联。画卷继续向北延展，巨大的板块，仿佛顽皮的孩子打翻了父亲的染料瓶，赭红、土黄、深灰、浅青、溅落地上，那么随意又那么浑然天成，像莫奈的印象画，热切而又惆怅，色彩与荒凉交织。40分钟之后，飞机把天山甩在身后，回头望，苍茫中的天山，似一条巨鳄，安静中蓄势待发。此时，头顶一层薄云，河水般快速流动，明知是相对运动造成的错觉，依然惊叹一条云的河。云可不是空中流动的水吗！从地面仰望，云缓慢地移动，目光无力判定云下一个变化的方向和姿势。在天空上看到的迥然不同，无论厚薄，云是有层次的，轻薄的云高高在上，厚重的云层压得极低，像水库里装满的水，下一秒，哪一朵云会坠落，被排挤出队列，接着再向前飘移，又是坠落，不知哪一朵是最后的云，环球一周又回归大海的天空。就在这条云的河流的下方，一朵极小的云，像一尾鱼，试图接近地面，倏忽之间，悄无声息地烟消云散了。

人类的心力毕竟有限，稼禾不敢离河过远，河岸两边人类开辟的板块，规则、平整，整体微微有些倾斜着像两侧机翼般地伸展，与茫茫的戈壁相比，形态和色彩乏善可陈。飞机在城市上空回旋，密集的高楼主宰了城市，绿色点缀其中，纵横交错的公路，奔驰的汽车如甲壳虫，而人，像一窝一窝的蚂蚁，看着这些杂乱无章又目标明确的蝼蚁，悲凉和悲悯的情绪充斥膨胀。

接近，快速接近，飞机冲向跑道，能听到轮子摩擦地面尖锐刺耳的声音，飞机，微微震颤，像癫痫病人从短暂的昏迷中醒来，那些伟大的画卷，壮阔的虚空，犹如华美的妄想落幕了。落地，依然是摆脱不了的琐碎、繁杂、争闹，纷扰的现世；令人生厌又令人欢喜的现世；脚踏实地又孤独的现世。车驶往城市方向，想到老家，想到家里年迈的母亲和至亲的亲人，封冻的情感慢慢回暖、涨潮，温热内心。

草木青　杏花开

沿着时间隧道追溯，你的目光抵达的一定是繁茂的原始森林。森林里有野枣、李、栗、杏、桃，那是早期人类生存依赖的重要食物。沧海桑田，人类对果树的记忆早已融入我们的血液，从远古源远流长至今，化作一棵棵开花的树，纷纷扬扬的花瓣摇曳着一种原始的渴望，那是人类对食物根深蒂固的崇拜。

杏树作为《黄帝内经》“五果为助”中的五果之一，与人类相随相伴了几千年。杏树在中国的广大地区普通而普遍，田野地陌，路边小院，河岸渠畔随处可见。你把它认作邻家小妹，出出进进习以为常，可是，你在这些地方见过野杏林吗？

没有。回答是肯定的。

人类栽培的杏树比比皆是，然而自然天成的野杏树却很少见，中国最大的野杏林就在新疆的伊犁河谷。凡是冠以“野”字，自有其独立自由不羁的个性，野杏林也不例外，它对自然环境极其挑剔，非天时地利共同造化不可。伊犁河谷雨水丰沛，阳光普照，素有塞外江南之称。即便如此，野杏林也只选择在海拔九百至一千四五百米之间安家落户，呈带状分布。西起霍城县的大小西沟、果子沟，伊宁县的匹里情沟、吉里格朗沟，向东延伸至新源县的铁格勒克、交吾托海，巩留县的吾都布拉克沟和察布查尔县的苏阿苏沟，绵延3万多亩。现今可能没那么多了吧！许多山地被开垦成为农田，且开垦的趋势有增无减。张爱玲说出名要趁早，看风景也要趁早，晚了也许就破坏了，这样的不幸并不鲜见。

据说吐尔根野杏林属中世纪遗存，年代久远。中世纪的概念太笼统，大概已无从查考，可以明确的是这里曾经人烟稀少，是哈萨克族牧民的夏牧场，千百年来野杏林藏于深山人不知，是鸟衔来一枚杏核、是兽无意识的行为、抑或天造地设？时间的混沌与模糊涂着璇霄丹阙的浪漫色彩，野杏林的珍贵与难得便在于此了。

杏花是敏感性急的花神，乍暖还寒时杏花一马当先驱赶冷飒单调，让春天的旗帜鲜明地飘扬在大地之上。谁能说这不是一种精神的鼓舞！

看野杏林的地点很多，最佳观赏地区在新源县吐尔根乡。这里山峦起伏，平缓优美，线条流畅舒展，杏树疏密有致，深为摄影者喜爱。

受山间气候影响，南疆的杏花、吐鲁番的杏花，以致伊犁城的杏花花开谢之后，吐尔根的杏花才蓄足了力量，万事俱备只待春风。早春由杏花主演的大型实景剧，以吐尔根杏花林的盛装出场压轴，必然是震撼人心的大作品。现以诗为证：

山峦碧草映蓝天，
白帐炊烟马蹄缓；
忽如一夜春风来，
冰绡千顷意阑珊。

通常吐尔根的杏花四月中下旬开放。2017年天气格外寒冷，杏花似思慕少年的女子，躲于屏后不动声色地偷探，全然不顾全国各地赶来的游客翘首以盼。

鹁鸪鸪——咕！鹁鸪鸪——咕！

看来，明日有雨。又白等了。游客有些失落。

汪曾祺老先生讲，“有鸠声处，必多雨。伊犁多雨，伊犁在全新疆是少有多雨的地方。”尤其山里，帽子大的云也会落下一片雨。杏花往往开不到全盛，一阵风，一场雨，便改了杏花的方向，落地成泥。那又何妨，与杏树百年生命的长度相比，花季不过短短一周时间，今年花落，还有明年，万物顺时序而动，急不得。赏花，需要等待；相遇，要看机缘。

四月末，春天已近尾声，吐尔根的杏花终于轻移金莲走出深闺。看啊！碧空清澈，雪山晶莹，草地青翠，牛羊散星，当清晨第一缕阳光慢慢升起，把一道道碧绿的山梁涂染得色彩饱满，像一条条飘逸的绿绸带，或疏或密的杏树点缀其上，沐浴在光影的奇幻世界。轻轻的第一枚花瓣的睫毛颤动着微微开启，霎时点亮了一棵树，点亮了山坡，点亮了人心；杏花，一朵又一朵绽放，安静内敛、自由随意，似轻柔的芭蕾舞，不疾不徐踏碎冬季的坚硬和无情，美好和温情漫上心岸；很快山谷的杏花次第开放，层层叠叠的粉色云岚轻浮在蓝天与绿原之间，亦真亦幻。不过几天，杏花便爬上山坡，越过山顶，蓬蓬勃勃物我两忘投入到花的集体旋舞，放眼处花海浪波翻涌，激情澎湃。如果独赏一枝杏花，细腻娇俏的姿态像唐伯虎画中的纤纤女子，衣襟别一枚杏花，倚栏对月空望，丽容含着淡淡的愁怨。但是，当你登高望远，漫山遍野的杏花无疑是李可染的山水大写意，万山红遍，层林尽染，通过蓝色、绿色、粉红和素白的晕染，山川河流的构图，光影投向的意境，创造出崭新的大气磅礴的昂扬振奋的艺术语言。那是另一番天地，另一种境界，是独一无二的山河气象。

若是在花好月圆夜携爱人漫步杏花林下，月移花影，暗香人醉花无语，有此浪漫的经历人生可无悔矣；再有“杏花疏影里，吹笛到天明”也是心醉的情致。可惜吐尔根杏花开放时，玉盘收拢成一弯浅白，日间，赏杏花的人纷至沓来，夕阳西下天地四合，山谷忽然安静下来，牛

羊归圈，牧民安睡，唯有花香无限弥漫。山里天气突变，一夜风雪复来，第二天早上再去看时，春寒料峭，冰雪压枝，晶莹剔透的白雪下点点粉红，似露非露，似笑非笑，娇俏美丽，动人心魄。这是用生命的代价换来的极端之美，是登峰造极的艺术，可遇而不可求。

伊犁人称自己的家乡为杏乡，伊犁人说没有杏花的春天，不是真正的春天。可见他们对杏花的重视和感情。伊犁人爱杏花也吃杏花。吃杏花何尝不是一种热爱和回味。杏花的吃法简单，从树上采摘下来用清水洗净，撒上一些白砂糖即可。伊犁女作家程静吃过杏花，她描述，“杏花放进嘴里先是有一点甜味，然后就有一股杏仁的清苦味布满口腔。苦和甜交融的感觉无法描述，令人回味。”程静散文写得好，人品也好，像一枝杏花，平安内敛静悄悄的一点都不张扬，一颦一笑，始终一副可亲可爱的模样。

想想，杏花无处不在，何必千里迢迢劳烦伤神来吐尔根看花。仅仅是一睹为快吗？恐怕还有更深层的原因。比如我，拖着累累伤痕的身心，来赴一场自然的香薰。归去时，已然神清气爽，满怀热忱和温情，又一次义无反顾地扑入旧事凡尘之中。

末梢神经上的绽放

“夏尔希里”几个字在舌齿间微微弯转儿，轻启双唇，由风带出来，如山中小溪、轻快、欢腾、跳跃。

从山下眺望，沙石路弯弯曲曲像一条羊肠线，牵引着风筝似的汽车，飘飘悠悠向云端攀升。人在车里左摇右晃，太阳穴微微胀痛，耳膜压迫，这是高海拔引起的反应。抵达夏尔希里，下车，身体仍在漂浮，像做梦，有种不真实感。

回过头来想，一个人一生中要走多少路，要去多少地方，要见哪些人，仿佛冥冥之中都有定数。比如这次的博乐行，比如夏尔希里。

站在夏尔希里的山顶，首先感觉到的是风。

风温婉清凉，混合着云杉、松柏、草木和花的香，像个顽皮的孩子，把我的头发拨乱，拍打着我的前胸和后背，掀起裙子的一角，我手忙脚乱，无法在花丛中摆出从容的身姿拍个美照。起伏的山峦，像极了母亲饱满的乳房，每一寸土地都被植物覆盖得严严实实，密密匝匝。仿佛大地上所有的植物都来此避难。雪岭云杉、疣枝桦、密叶杨和爬地松像整编的集团军，壮志雄心，严阵以待，把守每一座背阴山梁。它们的堡垒之外，绿色的草甸由浅入深从上坡铺展到山谷，草甸上缀满五颜六色的野花，如迎风飞舞的艾德莱斯绸。平缓些的谷地，橐吾炫目耀眼的金黄，红门兰高贵纯真的紫色，野韭菜花圆球状的浅紫，还有党参花、野菊花、龙胆花……千朵万朵，绵延着花的波涛，摄人魂魄，温馨暖人。除了怒放的花，随处可见野葱、野韭菜、野芹菜、野草莓和小麦的前身山羊草。未被人类驯化的植物，保留着天然的野性，味道浓烈纯厚。我们放心大胆地咀嚼着花的根茎，任酸酸甜甜的感觉在舌尖蔓延。

夏尔希里200多平方千米的狭长山地，与哈萨克斯坦接壤。

一道铁丝网沿着山脊而去，铁丝网对面空无一人，中国一方在边界修了公路，路极窄，单行道，山弯水绕，每转一个弯，前方，扑面而来的惊艳，层层叠叠，漫山遍野，花烟滟滟；每翻过一座山，满目依然是阳光、低云、植物、水流和风，找不到一处拘泥的具体形态和格局，甚至找不到一个参照空间的点。夏尔希里日升月落，昼夜有序，四季分明，安详、宁静、和平，这三百多年来不变的自然状态，原始的、野性的、自由的美，在地球上任何一个地方都无可重复，无法复制。生长在夏尔希里的植物是幸福的，每一种植物，无论是人类眼中的杂草还是花木，哪怕是蜇人的荨麻，皆以自由的意志，从容地生，自由地长，优雅地死，保持着人类创世前大自然的模样，这是天神遗落人间的后花园，植物伸向远古的隐秘通道。

曾经，草木覆盖着整个大地，人类不断地占领，大地早已面目全非，自然的呈现，只有在这儿，比遥远更遥远的深处。人类一手缔造城市，又不满足城市的冷漠和喧嚣，来自身体的背离和反抗，促使人们奔向远方，寻求自然的抚慰。

躺下来，闭上眼睛，耳朵轻贴草叶，嘴角含着微笑，每一个人都仿佛回归母腹，草木像母亲子宫壁上温柔的绒毛，安抚着我们这些城市的患病者。如果可以选择，我愿是夏尔希里的一棵草，一株花，生生死死，与万物一起地老天荒。

此刻，尘世不在，烟火不在，烦恼和杂念亦不在，时间和历史模糊了边界。生命之宇宙，现在即是未来，此刻即是永恒。

世界上最伟大的美术师，也难以临摹、展现、概括夏尔希里的美；任何伟大的建筑师面对夏尔希里都束手无策。天地大美，在人的目光之外。你不能想象，把江南幽巷曲径放在这里；不能想象，把故宫的红墙碧瓦放到这里；更不要提现代化的建筑放在这里是怎样的不伦不类，这里恰巧用来安放蒙古包，地下的云和地上的云遥相辉映，浑然天成。如果用音乐来形容，夏尔希里，不是宏伟的交响曲，不是舒缓的小夜曲，不是二胡春江花月夜，也不是古筝闲云野鹤，夏尔西里是自然的箫声，是九韶之音。美好的地方，不能没有爱情。“燕燕于飞，差池其羽。之子于归，远送于野”女子绵长的离绪，像夏尔希里的风，婉转回旋。“夕阳西下草青青，花落无语水有声，一声长啸尔归去，四海烟波任西东。”帝王的胸怀，左边是我的江山，右边是我的美人，江山，美人缺一不可。当然，夏尔希里不需要帝王，夏尔西里只能是女子，她是那么的静美，又是那么的脆弱、娇羞，不谙世事，那么多的边防战士日夜守护着她，像守住一个秘密，一个传奇，一个神话。

我们感谢这些边防战士，如果没有他们守护，不出三年，夏尔希里就不是夏尔希里了。在夏尔希里，边防战士的责任不仅是守卫神圣的国土，他们风餐露宿、卧冰踏雪打击偷猎者，保护着最后一片净土。在这里我听到一个故事，边防队养了一头黑牛，专门驮饮用水，一个战士一头牛，17 年，在驻地和河流之间默默往返，直到这头牛老死。战士们给牛立一个碑，上面刻着三个字“孺子牛”，他们用这种看得见的方式纪念一头牛的功德圆满，意在用牛的精神激励年轻的战士。在过边防检查站时，小战士们手握钢枪，一脸严肃。查验过关的人员和证件，一丝不苟得近乎严厉。我们能理解，把这样一群生命力蓬勃旺盛的年轻战士长年累月放在大山之中，没有女人，没有爱，也没有性。再美的花看多了也会疲劳厌倦。这些年轻的边防战士的眼里花已非花，每一朵花里都

藏着对繁华都市的向往，亲人的思念和无尽的寂寞。

听当地人说，夏尔希里的云诡谲，不知道那朵云里埋伏着雨，说下就下。

上山前的晚上，天一直在下雨，我为第二天的出行捏了一把汗。遇到雨天，盘山路泥泞难行，行车很危险，也没法摄影。今晨，雨霁天晴，艳阳高照，难得的好天气。路上，遇到哈萨克族护林员带着他的儿子骑马巡查。男孩六七岁的样儿，脸蛋两坨高原红。护林员的家在我们返回去的路旁，于是，他爸委托我们一行把他儿子送回家。

在车里，男孩儿用很不流畅的汉语，指着山边的一片云说，一会儿要下雨还有冰雹。车里坐着的人都笑了，他们不信。

几分钟不到，天色大变，山风催着乌云在我们头顶聚集，雨骤然而降，夹着豌豆大小的冰雹。男孩子的话应验了。

前方的车转过一个山弯突然停下，车门打开，男孩跳下车，跑向路边一丛灌木，跳跃奔跑的姿势像一头小鹿。不一会儿，男孩出来了，头发湿漉漉的，手里一捧红艳艳的野草莓。一车成年人惊讶孩子的神灵。草原上长大的男孩还能借助风嗅到狼和野猪的气味，危险的远近，知晓逆风躲避。这些都是大自然赋予孩子敏锐的灵性，他是大自然的孩子。

道路湿滑，司机放慢速度，小心翼翼，转了几道弯，汽车驶上一道上坡，坡上半旧的毡房，在雨中孤立。男孩儿的家到了，他像鸟一样欢跳着跑走，旋即，见他披着一件很大的雨衣飞跑到小车前。雨大，看不清男孩在干什么，过会儿，他小小的身影消失在雨中的毡房。原来男孩冒雨回来，是为了把他的全部零食，一盒妈妈做的酸奶疙瘩送给同行的人。

夏尔希里是蒙古语“金色坡地”的意思。金色是阳光的王冠，万物生长靠太阳，太阳是一切美好的来源，美好来自夏尔希里，这个名字起得好。

博乐人告诉我，只要有足够的时间，可以追着日子看花，赤橙黄绿

青蓝紫，每过十天半月，都有不同的花领唱。我只是夏尔希里匆匆的过客，像一片云，举不起一片鸟的羽毛。夏尔希里不属于我，夏尔希里只属于橐吾、红门兰和金莲花；属于边防战士和遥远的边境线；属于哈萨克族小男孩。

“多想过一种感受的生活，而不是生活的思索。”在夏尔希里，我看过的，我想到的，我说的和没有说的，将在深夜隐去，唯有简单。

战栗者的灵魂

在博物馆的玻璃罩之下，一具萎缩成腊肉干的孩子，五六岁模样，柔软的金发贴着头皮，深圆的眼窝依稀可见月牙似的淡黄睫毛，微微翘起的鼻尖像调皮的逗点儿，身着褐灰色的粗麻衣服，光着一双小脚丫，蜷缩在小卡盆（一种铁制或木制的大盆）里。卡盆由整棵胡杨雕刻而成，刚刚能容下她瘦小的身子。慢慢岁月已经过去了，楼兰女孩一直一直躺在这个卡盆里。她叫什么名字，父母是谁，何故死亡，都是谜。讲解员说，这个女孩实际年龄七八岁，死因不详。发现这个女孩的时候，周围是一片很大的胡杨木桩围绕的太阳墓。"太阳墓"是楼兰人埋葬死者的一种形式。葬墓地表环列七圈规整的胡杨树桩，由内向外，粗细有序，最小内圈直径两米左右，似一个圆圆的太阳，人被埋于"太阳"中心；以环圈为中心，七圈粗大树桩似太阳光芒放射排列，像盛开在沙漠里的向日葵。建筑一个"太阳墓"所需的成材胡杨木多达千根，楼兰迄今发现的七座墓所使用的胡杨圆木超过万根。

这个埋藏了几千年的谜，就这么与我，与所有人，与这个世界保持着距离，这距离不仅是生与死、腐朽与永恒这么简单。时间在她身上失

去了推动力，仿佛她昨天还跟在妈妈身后欢笑地跑，转眼用这不可触摸的姿势躺了近四千年。我想她一定是上帝派来的天使，带着一种未曾完成的使命，以这种方式提醒人类警惕。

从前发生的事，后来一定还会发生。

胡杨，新疆大地上最古老的树种，早在6000万年之前就在地球上生存，那时独霸地球一亿多年的庞大物种恐龙突然消失得无影无踪。中亚大陆板块气候温和湿润。胡杨，被植物学家命名为被子植物门、双子叶植物纲、杨柳目、杨柳科的植物，像一张四季变化的地毯几乎覆盖整个新疆。一万多年以前，人类出现在塔里木河两岸。人类沿着什么通道，嗅到什么样的气味，吃着什么样的食物迁徙至此，已无可查考。和胡杨的生命长度相比，人类的一万年犹如爬过一片树叶儿的小昆虫，微不足道。在人类有历史记载的几千年，胡杨林依旧繁茂葳蕤，难以想象古楼兰胡杨曾经的繁盛与庞大。现在的塔克拉玛干沙漠腹地星散的楼兰、尼雅、精绝等城邦小国，魏晋之前，他们用胡杨烧火做饭、用胡杨盖房安家，用胡杨做卡盆桌椅碗什，用胡杨安放灵魂……

当消耗与生长失去平衡，砍伐就显得过度，楼兰出土的书简之上有这样的文书：“凡砍一棵活树者，罚马一匹；伐小树者，罚牛一头；砍倒树苗者，罚羊两只……”楼兰人意识到了胡杨与人之生存的密切关系。但是，一切都太晚了，木简文书的强制也没能阻止一座城市的衰亡。“楼兰人在不知不觉中埋葬了自己的家园。”

风是专横的君王，什么都能做得出来，没有什么可以约束它，对它抱怨本身就是一项罪名。失去胡杨林保护的城，漠风伺机而动，长驱直入。楼兰、尼雅、精绝一个接一个地沦陷了。雄伟的城郭被风沙掩埋堆积成荒冢，倾塌的房屋一根根直立的胡杨向着天空伸张和控诉，如倚马而死的沙场勇士、悲壮、苍凉。起伏如浪的沙丘，再也找不到一丝活的气息，胡杨与人类以相同的方式，堕入永恒的沉寂。

巴音郭楞蒙古自治州著名摄影家王汉冰，生活在塔里木河下游的尉

犁县，他几十年跟踪拍摄胡杨，他拍摄了大量散布于塔里木河沿岸和沙漠里的死胡杨。这些死去经年的胡杨，分裂、扭曲、变态、夸张、残缺、奇异、怪诞，无论倒下或站立，雕塑着极度的痛苦和绝望，像一个个神经错乱者力图挣脱桎梏的伸张、呐喊和反抗，透着让人不忍目睹的哀伤与残酷。从来没有人起死回生，没有人知道死的世界是什么样子，胡杨的死态，对望见的人是一种警醒和暗示。似一幅幅超现实主义的画作，“呈现了反常的特征，却具有超越时间和空间的永恒感，给人以灵验、虚无的感觉。这是一个被抑制的日常世界，隐喻着人和宇宙破裂却又相互联系的矛盾，充分体现了反常和道的艺术魅力。”

胡杨活而不死一千年、死而不倒一千年、倒而不朽一千年的神话，似乎是早已达成广泛共识的外交辞令，这种被反复强调的共识一旦成立很难突破。实际上胡杨树龄最长不过两百多年，地壳运动、气候变化、水流方向，任何一次环境的突变、哪怕缓慢地渐变，都会迫使胡杨不得不做出改变，因为无路可逃，所以只有改变。在漫长的环境变化中，胡杨悄然地顺应着，生长在幼树嫩枝上的叶片狭长如柳，大树老枝条上的叶却圆润如杨，树与树之间隔得很远，以期用更长的根触到吝啬的地下水。如此缓慢的变化，人类短暂的生命无法感知，如“朝菌不知晦朔，蟪蛄不知春秋”物竞天择，是地球上所有生物本能的自然状态，胡杨也并非与生俱来就耐盐碱、抗干旱、挡风沙。胡杨与新疆大地卯榫扣合坚不可摧，只是现世的表象，人，太容易被表象所迷惑，唯有心直抵本质。只有经历了亿万年捶臼，胡杨才与大地建立了休戚与共的联系。

胡杨的死是从根开始，河水在大地深处退却，胡杨颀长的根须再也感觉不到水的方向，来自树根的疼痛与渴望，强烈到摧毁一棵树。万念俱灰的人有时会选择自杀，而胡杨不会，胡杨的生或死，只是从一种状态到达另外一种状态。

塔里木河流域管委会每年都要拆毁上百条伸向塔里木河的管道和井网，为了不使胡杨成为大地上又一个忧伤的符号，国家不惜投资几百亿

专门管理。但是人和胡杨争夺土地和水的战争并未平息，反而更加隐秘而惨烈。像一个预先设定的悖论，一些人眼中的风景是另外一些人的障碍，一些人眼里的衰败是另外一些人眼里的希望，一些人心里的痛苦是另外一些人心里的满足。

毕竟，现今的世界上再也找不到一处比塔里木河流域更完整和原始的胡杨林。

胡杨粗粝扭曲的虬枝、灼灼如金的树叶和抵御恶劣环境的能力迎合了人的精神需求和视觉享受。人心毕竟是需要鼓舞的，人在孤独寂寞，失望和败落时，常常需要一支精神的拐杖。于是，在交通不构成问题的当下，越来越多的人千里迢迢，专程来看胡杨，尤其是胡杨摇金吐华、沙漠安之若素的秋季，游客趋之若鹜，像观看一年一度的巴黎时装秀。蜻蜓点水似的短暂停留，犒劳一下自己的猎奇心，拍几张照片，或写篇内容极雷同的小感受，以此证明“我来故我在”。真正懂得胡杨的是那些沉默寡言的，世世代代生活在这片土地上的人，唯有他们和胡杨血脉相连，相生相克又相依为命。他们本身就是一株株千年胡杨，外表粗糙然而内心平静坚如磐石。

苹果点染的岁月

一只刚从树上采摘的苹果摆在茶几。

都说人大脑的容量是有限的，记住新事物，旧的转而被遗忘，我不相信。所有的生命经历都潜伏在大脑的沟壑，安静地等待合适的时间，你不清楚哪一刻记忆之门会轰然打开，以为永远丢失的往事如这枚苹果活色生香地呈现在眼前，将你的生命重新填充、组合、拉长。

小时候，每到秋天，戈壁滩依然骄阳似火。来自伊犁的苹果如期而至。拉苹果的解放牌大卡车、一辆一辆驶进克拉玛依城，出现在大街和新村里，整座小城都飘散着苹果的清甜。

20 世纪六七十年代，克拉玛依油城建在一片荒无人烟的戈壁滩上，环境恶劣，大风不断，生长一棵树都很困难。蔬菜粮油水果等一切生活品，全靠汽车从外地拉运。伊犁苹果是油城人心中蛰伏三个季节、遥远而美好的期盼。克拉玛依人夏秋的水果品种单调，西瓜和伊犁苹果最多，再有少量的甜瓜，桃子、梨子，橘子见都没有见过。有次父亲单位的阿姨从遥远的海南带回来一只椰子送来，我们谁都不会吃，也不敢吃，拿着椰子当球踢着玩，让后来再到我家来玩的那位阿姨心疼不已。

苹果入城的时候，克拉玛依人像迎接盛大的节日，全城老少齐出动，挎着篮子、端着脸盆，提着麻袋，汇集到装满苹果的汽车前，长杂的队伍，欢闹的人声，像彩色的音符，在高爽的蓝天下奏响。卖苹果的人头顶蓝天白云，像权势显赫的王者，站在高高的车上，手拿长长的钩秤，一袋一袋地称，数钱数到手痛，汗水顺着脖梗往下淌，在太阳的照耀下闪动着晶莹的光。他们的笑容始终挂在脸上。

“排队，排队，别挤，苹果多着呢！人人有份。”他们大声地吆喝，嗓音高亢嘹亮，跳动着是喜悦的颤音。孩子们啃食苹果，嘴角淌出白色的果汁，围着汽车嬉闹。胆大的男孩趁人不注意爬上车厢板，抓起一个苹果快速跳下。

“打你个小兔崽子。”车上的人骂，挥起胳膊做着夸张的动作。孩子们知道他们不会真打，只不过是虚张声势。

在我们还不知道红富士、黄元帅、国光等高档苹果的年代，伊犁的苹果就是最好的美味。克拉玛依人管这种苹果叫“青果子”。绿皮儿透着淡黄，和孩子拳头一般大小，把儿四周晕开一圈麻褐色，像婴儿屁股上的胎记。苹果吃在嘴里脆甜带酸，很讨大肚子女人的喜欢。青果子便宜，几分钱一千克，克拉玛依人买青果子和买西瓜一样，不是论千克买，是成麻袋装。当时不买，过了这个村就没有这个店。家家户户把买回来的苹果储入菜窖，和储藏过冬的土豆大白菜放在一起。苹果储存得当，能吃到过年。冬天，屋外，寒风刺骨、大雪纷飞，一家人围坐在烧得通红的火炉前，烤火聊天，说到口干舌燥时，母亲笑吟吟端上一盘。虽说苹果外皮皱得像隔壁小毛奶奶的脸，除了麻褐色胎记，其他地方变成淡黄色。天天白菜土豆吃得腻烦的我们几个孩子，见青果子比见肉还亲，一哄而抢。苹果脆凉、酸甜，咬上一口牙舌的味蕾立即被调动，别提有多歹。若是当时有人问我啥叫幸福，我肯定会说，吃苹果的时候就叫幸福。

戈壁滩上，季节的交替永远是一场紧接着一场的大风。远方光秃秃

的山和无处不在的砾石割断了想象的翅膀。我贫瘠的童年和少年里，除了寥寥无几的沙枣树开出细碎的花，几乎没有见到过一棵开花的树和一片绿草，勉强成活的榆树，在一场一场的大风中战栗着摇摇欲倒。以至于工作后，我第一次去杭州西湖看到柳绿桃红的苏堤，竟然忍不住哭了，哭得涕泪纵横，不顾形象。从我身边经过的人，好奇地盯着我看。我的世界苍白的不及西湖畔的一棵草。他们怎么能体会我的悲伤和绝望，就像芭蕉无法理解胡杨。

看完朝鲜电影《摘苹果的时候》，想象伊犁的苹果园该是这个样子，枝头缀满苹果，地头上摆着一箱一箱的苹果。可又不明白朝鲜的苹果为啥和太阳般通红通红，而伊犁的苹果咋是青绿色。这个问题如一个解不开的结，困扰我许多年。

从油城克拉玛依到伊犁大约 600 千米，驱车走高速不过一天的路程。但是，20 世纪六七十年代要想去伊犁可没有那么容易。司机最头痛最担心也最害怕的是翻越果子沟。果子沟路窄坡陡转弯急，若是登临山顶往下看，弯曲不平的公路像一条霉腐的细绳，盘绕在山间。尤其冬天，结了冰的路面考验着司机的技术和胆量。我父亲在运输处工作，认识许多司机，有些司机和我父亲是朋友，他们喜欢到我家和我爸聊天。司机特别爱聊些鬼怪奇遇，听得我毛骨悚然。现在想来并不奇怪，新疆多大呀，大得一辆车行驶在空旷之中可以被忽略，那个年代，车是稀缺的，一个人、一辆车在公路上白天晚上地跑，路况又极差，什么事都可能遇到。

伊犁是克拉玛依物资的重要来源地，冬天，司机都不愿意出车去伊犁，家里有老婆、孩子一大堆，谁都怕出事。我父亲是处里的领导，司机有时来诉苦，说路上多么多么危险，父亲都为他们捏了一把汗。父亲有次去伊犁开会，拉父亲去的绿篷布吉普车，在翻越果子沟时侧翻，司机及时打开车门跳了下去，我父亲连人带车滚下山坡，若不是摔出车外的父亲被一棵大杉树卡住，命就没了。我小，无法想象翻越伊犁果子沟

有多难，好吃的苹果来之不易，再吃，便有了说不清楚的情感。

长大后，多次去伊犁，果子沟架起大桥，八方通衢，来伊犁旅游的人很多。我每次去喜欢一个人在街上小摊和自由市场闲转，寻找小时候吃过的青苹果，却一次一次失望而归，青苹果像一位完成了使命的隐世，遁逸了而去。市面上卖的多是红富士。红富士大得像小甜瓜，表面涂了一层亮亮的蜡，让人怀疑这苹果还是苹果吗。有次与伊犁的文友程静一起采风，她从小生长在伊犁，想起青果子，随问她。她想了一会儿说，有些印象，多年不见了，绝迹了吧，我回去给你查查看。程静回伊犁不久，给我发来了有关伊犁苹果的资料，因为没有照片，文字上描述的苹果和我小时候吃的苹果是不是同类，还是无法确定。

转眼，几年又过去了，看来，我不可能再吃到小时候的青果子了，就像我失去的年少时光，丢失了便再也找不回来，尽管青果子的味道仍然顽固地盘踞在我的脑海。

如今，可供选择的水果太多了，远比伊犁青果子好吃的水果也很多。仔细回忆，那种苹果可能并不太好吃，若不，为何果农要淘汰这个品种，许是岁月的沉淀放大了味觉。犹如梅雨季短暂的晴天，苦难中的美好最是难忘。其实，吃不吃青果子已不重要了，它已成为通往时间长河的一枚虎符，让我轻而易举地在童年的岁月里拾到散落的珠贝，并将这些珠贝串起来，装饰我平淡的生活。

飘荡在依奇克里克的炊烟

当我深情地拥抱你
依奇克里克
我便融化在你高远的怀抱里

——杨秀玲

下午，妈妈杀了家里最后一只鸡，煨了一锅汤，还特意放了从山里采来的野蘑菇，鸡肉还不烂，满屋子便香气四溢了。身着藏蓝裤的少年，眼巴巴地候在锅边。妈妈说难得有肉吃，让在山上打井的爸爸也解解馋。妈妈把鸡汤小心地装入铝制饭盒，上层放上两个苞谷面发糕，让这个少年送给在山上工作的爸爸。少年极不情愿地提着饭盒出门。盘山路上已没有上工的车了，少年只得步行。他并不清楚，步行难以到达爸爸工作的地点，这是他后来才知道的。

赭红色的山体峭壁嶙峋、狰狞百态，少年爬上一座山丘，热气从他周身蒸腾，他的面颊也如山色一般透红发亮。他放下饭盒，忍不住打开用手抓出一块肉放在嘴里，哈，顿时在满嘴溢香，少一块爸爸不会发现。他猜想着，走得有些累的少年选一平坦石头坐下。斜阳把山沟里的

一排一排的土平房、远处吐着浓烟的炼塔、广场前高耸的门柱、路边的杨树和来来往往的行人，刷刷地涂抹上一层神秘的金色。从小到大，没有离开过这个山沟，时至今日，像天眼突然被这神奇之光激活了。他惊诧贫窄的依奇克里克山沟竟是如此安宁美丽。他的眼眸像山鹰一样俯瞰山沟，猛然，他家住的东河坝对面的西河坝上长长的烟尘跳入眼帘，几辆嘎斯车装着满满地家什，沿着公路向山外驶去，车顶上坐着一个人，那身影有些熟悉，距离太远，他看不清楚。他想，明天上学就会知道谁家又离开了。最近，已有一些同学陆续离开，其中包括他从小玩的要好的朋友。此刻，他有些伤感，听他爸说，他们家也很快要离开这儿去一个叫泽普的地方。

一直以为撤离依奇克里克是集体的一次大迁徙、一辆接着一辆的大卡车、零散堆积在门前的家具、来回忙碌的身影，吵闹的孩子、街上乱跑的鸡狗、空气中弥漫着悲伤、杂乱、失落、留恋、无奈、甚至是无助的气氛。当我对塔西南公司的文友杨秀玲讲这番话时，她粲然一笑说，你当是拍电影呢，其实，撤离依奇克里克是延续几年的漫长过程，分期分批地进行，并非我臆想的那样。她家是 1980 年迁到塔西南的，不是最早的一批，也不是最后的一批，所以，除了感觉山沟的人越来越少，并没有其他改变。

那个少年就是杨秀玲的哥哥。他和哥哥都出生在依奇克里克。离开时，他哥哥已上中学，她上小学三年级。这个在外人看来偏远、闭塞、荒凉、贫穷的地方，于生长在依奇克里克的孩子们却是快乐的、无忧的。

爸爸们进山打井去了，那时打一口井，完钻之后才能回家，少则八九个月，多则一年多。钻井队家家都是这样，不像现在，四班三倒，上两个月回家轮休。爸爸们不在家，妈妈们又忙着工作又干家务，孩子们少有人管束，成群成群的像山里欢腾跃越的黄羊。冬天，在结了冰的东西河坝上玩爬犁、打牛、滑冰。夏天到山上砍柴火、逮蚂蚱、采蘑菇，

或是什么也不做，什么也不想，静静地坐在山石上，望着天边的鸟发呆。

那时，在孩子的世界里，不知道也不关心为了这座油田而被洪水冲走的年轻的地质队员戴健、李越人，也不明白他们为什么在这里生活，他们只知道反正一出生他们就在这里了。盛夏，依奇克里克山谷常发洪水，刚才万里无云，突然天边飘来一团不祥的黑云，霎时间，暴雨掀天揭地，东西两个大沟浊流排空，落入其中者人畜无一幸免。对于这些平时干枯的涝坝，大人们是警惕的，警惕孩子们的涉足，但还是有孩子被洪水无情地卷走。有一次，雨后初霁、两个孩子进山里采蘑菇，翻过光秃秃的山，后山的背阴处有成片的原始森林，森林底下生长着蘑菇，蘑菇的美味是贫困岁月难以抵挡的诱惑。他们哪能知道天空也是善于伪装的，热气蒸腾的山上突降大雪，六月天山即飞雪，在唐代大诗人李白的诗中出现过，古时情景再现，只几十分钟，浩劫即告完成。两个孩子被活活冻死山中。

自此，多数家庭禁止孩子上山采蘑菇。长长的暑假无事可做的孩子们结伴在山沟里像风一样游荡，忽而东、忽而西、忽而南、忽而北的，实在无聊了，东河坝和西河坝的孩子们组织各自的军团，打群架、扔石头。最开心的时候是放映队来放电影。从依奇克里克走出的新疆女作家南子在她的散文集《奎依巴格记忆》中这样回忆，我爱我童年的露天电影院。蓝色丝绒般的天幕、缀满星辰如钻石般的灯盏，傍晚，孩子们吃过潦草的晚饭，便被大人催促着去广场占位子，孩子们头上顶着、胳膊夹着方凳吆三喝四一路上嬉闹着相伴而行。随后，大人们也陆陆续续地来到了广场。

尽管电影已看多遍，电影里的台词都能背下来了，可是，每次放电影照样场场不落。其实，电影看不看不重要，重要是这种众人聚会的机会，给平日单调的人们提供了丰富的养料，各种小道消息、家长里短的事经过一场电影出来，变得有了滋味、鲜活、生动，被各家带回饭桌

上、枕头边津津乐道很长时间。

1965年，发现依奇克里克西高点油田，后又发现601含油区，使该油田的含油面积增加一倍多。这是油田最辉煌的时期，1966年“文革”开始，广场照壁的标语改成了“阶级斗争，一抓就灵”。但这个邈远油田的生产依旧，社会如何动荡，车轮转动也需要石油。杨秀玲的哥哥即将出生，他是那么迫不及待，等不及他的爸爸从山上下来便呱呱坠地。在山上工作的父亲听说妻子临产，当晚，急忙下山。那个夜晚啊，漆黑漆黑，伸手不见五指。杨秀玲的爸爸说，他从未见过那么黑的夜，为了早点赶回家，他选择了翻山，而不是多走20千米的大路。那一夜，他和一位维吾尔族小伙子摸着尖利的石头，一步一步探索下行。山风似乎也在考验这位初为人父亲的石油汉子。山风在石隙中窜进窜出，发出令人毛骨悚然的怪叫。此刻的他什么也听不见，什么也看不见，他归心似箭，心里唯一想着是快点、再快点。

爸急得生了夜盲症吧？女儿杨秀玲有些怀疑地问，是有那么黑吗？

就是那么黑，像眼前挡了一堵墙。父亲肯定地回答。

天亮了，翻了一夜山的父亲终于拖着疲惫的双腿来到医院。幸福的妻子把儿子递给丈夫，丈夫伸出双手接儿子的刹那，妻子听到他啊地喊了一声。声音不大，妻子却从中觉察到异样，此刻，她才注意到丈夫的双手鲜血淋淋。

丈夫在儿子脸蛋上亲呀亲，眼睛弯成了月牙。

20世纪六七十年代整个国家的人民生活都很困难，生活在依奇克里克大沟里的人们，生活物资尤为匮乏。蔬菜、肉类、大米、面粉、清油、食品、调料等都是从百千米外的库车县城往里运输。一年到头吃苞谷面发糕，夏天，运来的蔬菜蔫蔫的。冬天，只能吃土豆大白菜。由于严重缺乏副食品，定量普遍不够吃，肚子吃不饱，偶尔吃顿白面跟过节一样。有一件事给杨秀玲留下了刻骨记忆。八九岁的哥哥站在板凳上和面准备擀面条。哥哥个子矮，和面时过于用力，板凳倾斜，哥哥从板凳

上摔倒在地，面盆里的面扣在正在板凳上玩耍的妹妹杨秀玲满头满脸满身。哥哥吓得大哭，他怕妈妈回家后打他，顾不得破皮流血的腿，用手在妹妹身上收集散落的面粉。那天，妈妈回家很晚，进门看见一对在地上抽泣白乎乎的儿女，非但没生气，反而扑哧乐了，笑得前仰后合，眼泪都笑了出来。

依奇克里克油田开发建设的30多年间，生活在这个山沟里的职工、家属和孩子也不过万把人，万把人的山沟，关起门是一家一户，开了门其实是一家人。小小的油田早已把他们的命运连接在了一起。“文革”期间，外面的世界风起云涌、混乱不堪，反而依奇克里克安定平和，生产生活依然如故。

1977年，对塔里木盆地西南坳陷重点勘探会战并发现了柯克亚油气田，再次大战西南。当年石油部副部长李敬同志就戏称，自己是五上塔里木的司令官。

依奇克里克油田的油越产越少，离开油田的人家多了起来，学校教室的学生也越来越少了，杨秀玲的好朋友走了一个又一个，那段时间她以为她们的分别是永远的，再不能相见了，可没有想到，没出两年，她们在塔西南的学校重逢，在那里又找回童年的友谊。从此，她明白了，父辈们找油的脚步不停止，她们就有生活的希望。

杨秀玲和我提了多次，她说非常想回去看看，对她而言，依奇克里克像空气、阳光和水一样，一时无法去谈它，远非一句两句话能表达，那种对故园的情感和依恋。随着她的成长，那些发生依奇克里克的故事已在不知不觉中深藏心隅，她以为已淡忘了，可是，有一次，当她坐在车上远远望见那个被遗弃的山沟，一切的一切即在瞬间回归，她百感交集，泪水模糊了双眼，这是她没有想到的，可怎么也控制不住。

著名作家雷达在散文《依奇克里克》中写道，“也有人说，多少年的青春、理想、汗水和精神追求，全都扔在这块土地上了，怎么忍心离开它？虽然有的东西正在过时，但它和我们的生命连在一起撕不开，我

们怎能像别人那样轻易放下？”

时隔三十多年的 2011 年 5 月，中国石油塔里木油田公司又折回头来，在这片早已被前人踏过无数次的土地上开展新一轮勘探。12 月 17 日迪西 1 井出油气了。消息像漠风一样迅速传开，风催出了老石油人眼角的热泪，那是激动的泪，那是怀念的泪，也是欣慰的泪。龙年春节刚过，沉睡了 30 多年的依奇克里克又迎来了新一拨石油勘探者，人们期待着，又一个大油气田在依奇克里克诞生。

到那时，就不止杨秀玲想回去了。

峡谷与胡杨

一辆装饰迷彩的老式轿车正缓慢驶入库都鲁克峡谷，突然有人惊呼：看，胡杨。

左前方，车窗框进两棵并排站立的胡杨，一棵萧瑟枯萎，枝干如铁；另一棵披挂一树金黄，生机勃勃。两棵胡杨背负着褐色峭壁，并被这宏大背景下形成的巨大阴影压迫，有一种遗世独立的孤傲和深刻，阴影与明亮、弱小与强悍、生存与死亡，骤然聚焦的强烈视觉像子弹呯的一声打进身体。

绵延2500多千米的天山，像一把青铜剑把新疆一劈为二，剑阴的北面俊俏冷艳、寒光闪闪，剑阳的南面悲壮荒凉、山峦苍苍。最为奇绝的一段集中在阿克苏境内温宿至库车一带，这里是西部最美的丹霞地貌、中国最大的岩盐喀斯特地质景观，群峰奇绝，峡谷纵横，犹如天山童姥额头的褶皱，每一道都是一组悬念。其中最著名的是库车大峡谷和库都鲁克大峡谷，一南一北天造地设的一对，似童姥眉骨上两道并行的深纹，神似而又绝不雷同。

两条峡谷悉数在阿克苏境内，游阿克苏而不去这两处峡谷就不算真

正到过阿克苏。库车大峡谷造访过多次，这一次的出行专为库都鲁克大峡谷而来。库都鲁克几个字是维吾尔语的译音，拗口得像嘴里含了一颗糖。新疆人习惯叫它温宿大峡谷，借已区分库车大峡谷。

大峡谷距温宿县 80 多千里。熟秋，阳光正好。午饭后来自全国和新疆的文友们集体上车前往大峡谷采风。汽车很快把村庄和绿洲甩在身后，路前方的地势自东向西倾斜，即使坐在车里也能感觉到地面在缓慢抬升，沙石路颠簸如浪，多数人昏昏入睡。地势步步升高、大地的容貌也随之变化，起始是寸草不生的戈壁滩，之后是一簇簇紧贴地面灰色的植被，犹如大地皮肤上的老年斑，接近峡谷的大片荒原上密密地凸起许多土丘，仿佛摆在巨大笼屉上的无数馍馍，丛丛低矮的红柳紧紧地箍着一个个土包，像母亲怀抱孩子生怕别人抢走，死都不肯松手。

大轿车拖着彗星般的尘埃扫过红柳滩，停在峡谷入口的游客服务中心，人下车等待换乘区间车。远眺，峡谷入口呈喇叭状，风像放肆的野孩子呼呼地拍打着人脸，生冷。峡谷偏僻且过了旅游旺季，游客稀少。服务中心只有两辆区间车停靠门口，一辆军用老式大吉普，一辆喷了迷彩的老式面包车。面包车是 20 世纪六七十年代新疆公路上常见的长途客车，仿苏联车型，宽轮窄窗、高笨皮实，很适合越野。一行人登上面包车，司机发动引擎轰鸣如拖拉车，吐吐吐……车驶进峡谷，喇叭口越来越窄仄，就在这一刹那，望见了那两棵胡杨树，又在另一个刹那擦肩而过。车继续前行，两棵胡杨树在我眼里不断向后退，向后退，退到巨大的板块里，退到无休无止的蓝天里，退到看不见的时空绝境。汽车像只虫拐了一个弯儿钻入了峡谷的肠道，两棵树从眼前消失了，仿佛什么都不曾有过。

胡杨树在新疆并不鲜见，南北疆都有，成片生长。最早看见胡杨是在北疆的乌尔禾。记得车从克拉玛依出发前往乌尔禾农场，快到乌尔禾的地方，有一段又长又陡的坡，车冲下坡，坡的臂弯处倏地现出一片金色，风过，落叶翩跹，穿花舞蝶，胡杨惊心动魄的美丽像一束追光射入

我混沌的生命天空。从此，刻骨铭心的感动蓄在心里满满的像初恋，迫不及待想对某个人表白，于是写下平生第一篇短文，不到500字，发在公司的简报上。准确地说，胡杨是我文学之路最初的铺垫。此后的30年，我在塔里木河两岸、在准噶尔盆地、在遥远的昆仑山脚下许多次与胡杨相遇，胡杨不再是一种简单存在，胡杨于不知不觉中成为我的精神背景。

胡杨种子在河水最丰沛的盛夏成熟，这是植物的智慧。胡杨种子孕育的果实一串一串挂在树上，像未成熟的葡萄，沉浸在自己的梦境。有次我摘下一串拿回家插在青花瓷瓶里，第二天醒来飞絮满屋。想到夜深人静时几十粒果实噼啪噼啪集体炸裂，长着一身白色绒毛的种子飞散如花，那情景多么激动人心，可惜我一直在暗夜中熟睡。胡杨很少单独生存，受风力所限，数以千万计的种子一旦遇见合适的土壤和水便迅速地扎根，以团结的面孔出现。这两棵胡杨的种子借着什么样的风来到这里，又以什么样的机缘巧合在沙石里扎下根，瘦弱的枝干如何度过洪水泛滥的季节，它们的死或活都是不可思议的奇迹，它们的出逃像司马相如和卓文君，倔强地把爱情演绎到至死不渝。

并肩而立的两棵胡杨
一棵已死一棵活着
死以静默的姿态陪伴
活者摇曳着绵密的情话
为逝者填补所有的白和黑

脑海里闪出这几句话时，车已停在一堵巨大的红色岩壁前。岩壁如屏兀立，横垒的曲线似岁月沉积的烛泪层层叠叠，半明半暗的光线无声无息地移动，有一种被带入的迷幻感。一块海底沉睡的鹅卵石，被一个翻天覆地的地质大事件卡在山石间，经亿万年的风刷雨塑，已露出灰白色的半个头颅，像压在两界山中的孙悟空，不晓得还要历经多少年的刻

苦才能等来一个人的救赎。似乎昭示着我此时的生命状态。

一行人下车沿峡谷向前。

脚下的细沙湿漉漉有洪水冲刷过的痕迹，低洼处窝着浅水。峡谷是亿万年雨水冲刷出的伟大作品，崖高千丈，坚硬与柔软以亘古不变的态度对峙。在这一片南天山，耸立着15座海拔6000米以上的山峰和几百条冰川，群山收纳雨水，每年七八月，山洪迅猛，阴雨天在峡谷行走极其危险。1958年夏天，年轻的地质勘探队员戴健和李越人，就是在库车一带的峡谷之中被洪水卷走的。据说。这里曾是通往南北天山木扎特古道的必经之地。对行走的古人来说，水就是方向，或顺流而下，或逆流而上，无非是想找寻一处安放生命的地方。

长空万里，没有一丝杂质的蓝像一块撑起的画布，峡谷两岸赭红的山体涂抹在上面，移动的光冷暖相间、明暗相谐，营造出油画般的饱满质感。峡谷寂静，空阔，脚步声沙沙。行走其中，沿水流的方向逆流而上，深入古老的时间隧道，两岸夹峙，曲折离奇，移步换景像看一场4D电影，赭红、浅绿、灰白、土黄混合掺杂的山石奇崛怪异、千姿百态，牛羊马鹿、鸡鸭狗彘、虎豹狮驼、人面佛陀无所不包，惟妙惟肖、诡谲多变、它们在某一刻被上苍点了穴，无思无为、寂然不动，陷入时间的绝境，又分明具有感通天地的灵性，你怀疑只要你一转身，它们立刻活色生香。几十个人散落在深邃的峡谷里，渺如蝼蚁，轻如草芥，转眼被宏大的空谷吞噬，最后只剩下《安徽文学》主编潘小平和他爱人、兵团第二师作家王永建，文友杨秀玲和我一行人沓沓前行。峡谷左支右岔像繁复的迷宫，尽管谨遵遇岔路必左转的指示，行走翼翼还是迷了路。大约走了五六千米，出峡谷，眼前豁然，一座一座灰色山峦如驼峰，有了平缓的线条，流水经过的地方，留下一道一道小冲沟，冲沟两侧的芦苇顶着一头花发，冲沟倾斜存不住水，这些芦苇紧握住从此经过的每一滴水得以存活，所以纤巧如女。梭梭、麻黄草、忍冬、裸果木和众多叫不上名字的野生植物，一片片一簇簇一蓬蓬贴伏在低矮的山包，

虽已枯萎，仍见深绿色的底部。大概是久未下雨了，沙地上人和羊沓杂的脚印造成我们判断上的错觉。继续顺山势向上，坡越来越陡，脚步亦觉沉重，行至山腰瞭望，前方被群山阻隔，已无路可走，于是原路返回。山野岑寂，斜阳曳着身影，从每个人都加快的步伐里，感觉到各自内心的惶恐和不安。在无遮无拦的大自然面前，人有时脆弱得不及一蓬草、一秆芦苇，任何风吹草动都步步惊心。不敢想，假如，我是说假如此时遭遇狼群，我们五个人该怎么办，能不能死里逃生？狼怕火，两位男士不吸烟没有打火机，岂不是要学原始人击石取火。沿路巡查每一个经过的岔路口，判断应走的道路，终于找到了错误所在。那是一个架设的高台，路过时我们错误地以为那是避洪平台，真是径转疑无路，回头心自明。在此暂停顿及时召开“遵义会议”按来路返回起点还是按指示的方向前进，五人意见不一。要说关键时刻的决断力还得是男士，幸亏两位男士高瞻远瞩，扭转乾坤，终于转危为安，走上了正确的“革命道路”。一路奋进，从峡谷的逼仄走向高阔。登临峰顶，一览众山，层峦叠嶂如火山喷发，剧烈燃烧的熔岩浩荡向前，具有摧毁一切的力量。此刻正是摄影人求之不得的最佳时间，被摄影人称为耶稣光的斜阳涂染群山之巅，赭红色的岩崖呈现出透明的红玛瑙质地，明暗，光影，色块，线条，高矮，勠力同心绘就了一幅壮丽宏伟的山河画卷。脚踏山峰胸襟豁然开阔，吐纳通畅扫却万古惆怅，一股豪迈的英雄之气自丹田充盈而上，喷薄而出，嗷嚎！王永建浑厚的男中音冲破胸腔，似嘹响军号唤醒整装待发的骑兵，看呐！万马嘶鸣，以排山倒海之势奋勇出征。回眸，万山在你脚下，在你眼中，尽数被你收纳。噢！原来，路途迷失正是为逢迎这绝世壮美，时间恰到好处，不早也不晚，希求不如巧遇，这就是机缘。向南望，翻腾的群山像一条巨龙一直向南腾空而去，忽然发现一段崖壁上插着一面褪色的破三角旗，这种三角旗从前的地质人员常用，会不会是他们遗落在此？这一带山地被找油人称为库车山前，就在距温宿大峡谷 200 多千米的千山万壑之中隐秘着一个中国最大的整装

天然气田。这个气田是西气东输的主力气源地——克拉2气田。气田于1998年发现，分一二两个天然气处理厂，占地四五个足球场的面积，每一寸平地都是用炸药炸平的。几十吨TNT炸药同时点燃，伴随着隆隆巨响，掀起三四层楼高的尘浪、排山倒海、蔚为壮观。中国当代最先进的科研、技术、工程、工艺、钢铁、焊接，轻而易举地在这里得到实证，也可以说，这是中国石油科技的实践地。天然气从深达几千米的地下抽出，经过处理后，通过4000千米长的管道日夜不停源源不断地输送到全国14个省，80多座城市，如毛细血管最终连接到三亿多家庭的厨房，这是一条中国独一无二名副其实的能源大动脉。如果这个气田咳嗽一声，那么中国80多座城市的人将患感冒。除非从事石油行业，鲜有人了解，为找这只火凤凰，中国人付出了多少，从1928年起他们就把目光投向天山南麓，一代一代的人前仆后继，上一代人退下来了，新的一代又顶上去，旷日持久的攻坚战，延续了半个多世纪。发生在他们身上的故事悲壮而苍凉，伟大而平凡。然而，他们始终是沉默的，如峡谷的那两棵胡杨。只有那一双双丢弃在山坳里的磨坏的解放鞋，几十万根打入山岩的钢钎，几千万个钻眼和这面褪色的小旗记得他们。中国人吃苦耐劳坚韧不拔的精神，在荒凉的南天山发挥得淋漓尽致。但他们的故事不能写，因为所有的真实一旦落实到文字，就会有人怀疑虚假，在这个平庸的时代，英雄的面孔日渐苍白。在这一带山里，现在仍然活跃着石油队伍，他们试图寻找新的油气田。在库车的大山里还藏着一座中国唯一开发又废弃的油田——依奇克里克。如今的依奇克里克断壁残垣，残留的采油井千疮百孔。某种程度上，建设者就是破坏者。无论破坏还是建设，伟大的天山始终背负着，始终沉默着，如父。

好景不长在，“美极必反”。一会儿工夫红日西沉天色苍黄欲暝，暗影像黑斗篷由低到高慢慢罩上来，用不了多久，群山将被无限的黑暗彻底吞没，那是人类不熟悉的另一个世界，人类只能用睡眠的无知无觉隔离黑暗。下山，望见那辆老式面包车停在红色崖壁前，一样的岩壁如

削，一样的烛泪层叠，一样半明半暗的光线，明明只在山谷转了两个多小时，却似经历了一生一世，与集体汇合，突然有种久违的亲切，恨不得拥抱每一个人，车驶离峡谷时，天近黑，想再望望那两棵胡杨，司机说进去出来走的不是一条路。

山谷里的中国精神

精神是什么？

字面上定义，精神是大脑的思维活动，生物体脑组织所释放的一种不可见的暗能量，也就是说，精神是生命活动所凭借的一种心灵、性情和情感上的东西。汉代王符《潜夫论·卜列》：“夫人之所以为人者，非以此八尺之身也，乃以其有精神也。”这是人之所以为人的关键所在。因此，精神于国家、于人绝对不可或缺。在中国文人心里中国精神从来都是“苟利国家，不求富贵。”“先天下之忧而忧，后天下之乐而乐”的伟大的爱国主义、集体主义和自强不息的奉献精神，是5000年华夏文明的血脉流淌在中国人心中的生生不息的大爱。

从马兰生活区出发有一条盲肠似的公路连接着查汗图古。查汗图古是蒙古语长满芨芨草的地方，它还有一个好听的名字叫金丝特。蒙古人把金丝特四周环绕的山叫夏拉乌拉的山，意指黄山环围的山坳。这时的山体似经过行为艺术家刀斧雕磨，纹理纵横交错，凹凸如蜂窝。登高望远，层叠起伏的群山环抱着平缓的绿色查汗图古，像母亲温暖安宁的子宫。绿草萋萋的查汗图古中央错落着几栋红砖二层小楼。蓝天纯净如洗，白云借着风势舒展着长袖，向着远处的雪峰旋拢，云与光制造出巨大的阴影，随意涂抹赤裸的山体和绿地，勾勒出一幅静美山川的巨幅图画。

我们来到这里，绝不是为欣赏优美的自然风光，而是冲着几栋两层小楼而来。

这几栋两层小楼并非凡胎俗骨，这曾是中国的核武器研究基地、绝密单位。这几栋普通的两层楼，见证了我国第一颗原子弹和第一颗氢弹的成功爆炸，见证了我国核弹事业的发展与变迁。小楼里面曾住过我国研究、制造原子弹的顶尖专家和来自北京大学，清华大学，哈尔滨理工大学及全国重点大学毕业的高才生，及无数年轻战士。

1964 年 10 月 16 日 15 时，在中国西部的罗布泊地区传出一声巨响，顿时，金光喷发，火球凌空，蘑菇云腾空而起。中国自行研制的第一颗原子弹成功爆炸。这一消息震惊了世界，在此之前，中国把研究原子弹的消息防卫得铁筒一般，其实，共和国的领导人早在抗日战争胜利的前夕，美国在日本广岛和长崎投下原子弹那时起，便知晓了原子弹是世界上最可怕最残酷最具毁灭性的杀人武器。但是中国人坚信“不用霹雳手段，难显菩萨心肠。”中国人立志发展原子能事业，要有自己的原子弹，才不会受欺辱。

中华人民共和国成立伊始，共和国的第一届领导人便高瞻远瞩，把目光投在原子弹上。1950 年 5 月 19 日，毛泽东批准成立中国科学院近代物理研究所，开始了我国原子能试验。所长为钱三强，副所长为王淦昌、彭桓武。此后，周光亚、邓稼先、程开甲、陈能宽、周光召等大批有造诣、有理想，有实干精神的专家和无数默默无闻的解放军战士们，在荒凉的戈壁滩上，开始了充满艰辛而极富挑战的秘密历程。

原子弹的研究与试验极端严苛的保密性，要求参与原子弹事业的人不但要忍受恶劣的工作环境和生活条件，还要经年累月地忍受远离家人的孤独和寂寞。据资料介绍，自从邓稼先从钱三强的办公室出来后，心

里非常明白，从今以后，他必须隐姓埋名，不能发表学术论文，不能公开做报告，不能出国，不能随便与人交往，不能说自己在哪里，更不能说在干什么，上不告父母，下不告妻儿。王淦昌在去基地的时候，名字改为王京。家里根本不知道他去了哪里。当时所有人为了保密在相当长时间里都不与家里联系。

这种束缚近乎残忍和无情，也是历史的无奈。

中华人民共和国需要原子弹以壮国威。强烈的爱国情怀使他们获得坚持下去的勇气和力量，去紧紧地扼住原子弹的喉咙。生活中的苦，反被削弱了，减少了，反不觉其苦和危险了，这正是精神的力量。

用现在人的眼光看藏在天山皱褶里的这几栋两层楼，实在太普通了。但是，我国经济极其困难的五六十年代，单是在这远离人类、野狼出没的深山之中建设基地，无疑就是极端不容易的，开山修路、开凿防空洞穴，拉运砖石水泥等建筑材料，无数不知名的年轻战士夜以继日、披星戴月，在这里工作的日子，总幻想能有一碗面条做夜宵。一个晚上，一位值班的战士因为百无聊赖，用笔在墙上长久而有规律地划来划去，发出枯燥的“嚓嚓”声。这“嚓嚓”的声音，穿透寂静的查汗图古，震得山谷簌簌，遥远的星空划过一颗流星，一如他悄然逝去的青春。这个故事如针刺人心，激起阵阵痛。寂寞无边无际，黑夜独行之人只要你打起精神，壮大胆子，一直往前走，无论哪个方向终能迎来天光。要不怎么会有那么多的老兵不远千里返回这里，不只是凭吊和怀念，他们还在寻找留在此地的身影、时光、小路、房屋、青草、山峦、天空和寂静中开放又在寂静中枯萎的野花。千帆过尽，岁月老去，逝去的重新返回他们的血液，荒芜的心灵再次葱茏。他用这种方式表达什么呢，难道仅仅是恐惧时间的无限延长，可能还有更多的内容。毕竟是蓬勃的生命，他们当经历生命该经历的，但是这些个人的生活都在宏大的主题下被弱化了，心甘情愿或无可奈何把青春和一件武器联系起来。

随着原子弹的一声爆炸，所有的艰辛、寂寞与苦痛都升华为热爱祖

国、无私奉献、自强不息的中国精神。那些无情的岁月又成为最值得骄傲和回味的宝贵记忆。

20 世纪 80 年代，原子弹试验取消之后，部队把当年在这里造的房子都送给了和硕县，住上楼房的牧民在一楼圈羊，二楼住人，过着安稳的生活。近几年，和硕县将其收回，准备开发为爱国主义教育基地。

科学家程开甲设计和主持包括首次原子弹、氢弹，导弹核武器、平洞、竖井和增强型原子弹在内的几十次试验。他是中国指挥核试验次数最多的科学家，人们称程开甲是“核司令”。从 20 世纪 60 年代初到 80 年代中叶，担任国防科委核试验基地研究所领导的程开甲在金丝特工作生活了 20 多年。人生有几个 20 年，40 多岁到 60 几岁，正是科学家的黄金年龄。2014 年，习近平主席为 94 岁高龄的科学家程开甲颁发年度国家最高科学技术奖时，程老说：“常有人问我对自身价值和追求的看法，我说，我的目标是一切为了祖国的需要，人生的价值在于奉献是我的信念。正因为有这样的信念，我才能将精力全部用于我从事的科学研究和事业上。”程开甲甘于寂寞，安然地把自己放逐到这片戈壁荒滩之中，若是没有精神支撑，恐怕做不到。在条件艰苦的年代，为了确保程开甲的身体健康，可以全力以赴地投入研究工作，他的爱人自己动手养鸡种菜，给每一枚鸡蛋编上号，每天煮最新鲜的鸡蛋给程开甲补充营养。程开甲因核试验劳累过度，睡不着觉，吃不下饭，她天天陪他散步到半夜。月光下的查汗图古柔和、安宁，一高一矮漫步的身影和月光、山石、草木融为水墨丹青。听说，程开甲有一个特殊习惯，总爱在小黑板上演算大课题。他的家里有一块茶几大的小黑板，办公室里也放着一块黑板。于是，我们进到屋里寻找，若是找得到，这可是无比珍贵的历史文物。楼房的玻璃无一扇完整，门已毁坏，门框的漆已褪色，房间和楼道的地上遗留着风化的人粪和羊粪，我们在他曾经的办公室和家都没有找到小黑板，也没有发现任何程开甲遗留的东西。想想，历史无须刻意，原子弹爆炸本身就是最有力的证明。

科学家邓稼先，1979 年在这里工作，有一次核试验，核弹直接从高空摔在地上，并没有出现蘑菇云。当时，作为理论设计总负责人的邓稼先硬是推开所有人，登上吉普车亲自去寻找碎片、查明原因。而因为这次找碎片，邓稼先受到严重的辐射。后来得知这次事故是因为降落伞没有打开，邓稼先才放心了。就是这样一位为了核事业于自己的生命而不顾的人，因成功研制原子弹和氢弹获得特等奖的奖金是原子弹十元，氢弹十元。说出来没人敢相信，然而，却是事实。

在我国三年自然灾害期间，我国的第一颗原子弹研制工作非但没有停止，反而爆发出异常的能量，“科研人员热火朝天，没有灰心丧气，没有消极沉闷，整个核武器研究院的人员，像蒸汽机车一样，加上点煤、水，就用尽全力向前奔驰。”

几十年过去，那些风华正茂的科学家和战士都已苍老，门前种下的小白杨长成参天大树，唯有戈壁滩上的芨芨草在相同的地方摇曳，那株野蔷薇仍然在防核爆炸的洞口边盛开着。岁月无声，悄然而逝。这里几乎被人遗忘，只有一些曾经在这里工作过的人会回来看看，追思如烟的往事。

只要你来到这里，用手轻轻抚摸一下斑驳的墙壁，望一眼遗世独立的巨人般的几株白杨，看一看山墙上残留的“努力工作，忠于党，忠于人民。”等标语口号，即刻被强大的精神气场所征服，感受到山谷里飞扬着的英雄气。“如何把恶劣的自然环境转化为生存的欢乐，如何把国家的重托和期望转化为工作的能量，如何把人性的种种欲求转化为特有的性格和语言”到查汗图古就能找到答案。鲁迅说“唯有民魂是值得宝贵的，唯有他发扬起来，中国才有真进步。”当下有太多人贪图享乐、醉生梦死、浮躁轻薄、萎靡不振，是到了立民魂、振精神的时候了。把这里开辟成爱国主义教育基地，很有必要。

焉耆的气韵风情

在库尔勒生活近30年，每天上班下班，时间一久，总感觉像喝多了的白水没有味道、有些甚至反胃。其实，这是人容易得的通病，人都喜欢把目光投向更远的远方，陌生和新鲜是人保持活力的动力，脚下的土地往往忽视，岁月苍老才发现原来自己的根从未走远。正是怀着这样一种复杂的心情走进焉耆，触摸这座城古老的肌理，体察焉耆生活的细节和不一样的气韵风情。

古　城

南疆有许多废弃的房屋，一节土墙，没了门窗的破屋。每次路过都静静的，像时间的弃儿，似在等待什么。几十年过去还是原来的模样，人老了它不老。没有人关心和追究这些遗迹，一如百年之后无人祭拜的荒草蔓生的坟。荒芜就荒芜吧，一茬一茬的人都有自己的新生活，比如高昌故城、交河故城、库车的苏巴什古城、七个星佛寺……还有那些每隔一段和沙丘差不多高的土堆，后来才知道那是千年前遗留下来的烽燧。废墟大都在路两边，过路的人尿憋了，躲在废墟后面解个小手，这

种情况经常发生。前些年再去高昌故城，一个新疆人对着矮墙撒尿，被人抓住，说是破坏文物古迹得罚款。“我们小时候都这样干的呀，他不理解。”四五十年前，的确没人把这些当文物。改革开放之后，才慢慢得到重视。

从焉耆县出发向西北大约行走30千米，有一处保存着很多古代遗址的地方，维吾尔族人称之为“七个星明屋”，意思是“千间房子”。这里是古老焉耆的所在地。焉耆城由南、北两座寺院遗址和一个小型的石窟群组成。两个寺院的规模非常大，用“千间房子”来形容当年佛寺盛景并不为过。焉耆七个星佛寺遗址损毁严重，面目全非，甚至比高昌、苏巴什还要残破，若无导游引领讲解和大门口新建的展览馆，残垣断壁里根本看不出什么，还不及废墟旁丛生的芦苇真实。千年之前的佛塔、佛像、伽蓝和僧人早已颓倒在时间的通道里，残缺的黄土墙露出一些苇草，正被风锉磨，一年年矮下去。如今的佛寺早已没有一尊佛，没有佛的七个星佛寺，有一幅复制于国外的勇士壁画。壁画出自该寺，20世纪初被外国人盗走。勇士们铁甲铜盔、跨马持戈，手握盾牌，横眉怒目，微弯的八字形短髭颇有勇士的风姿。勇士们曾坚守脚下的土地，旷野，朔风萧萧、滴水成冰；战场，马蹄声碎、喇叭声咽、狼烟滚滚；战士，刀光剑影、刀枪剑戟、血流成河。蹲下抓一把土用手揉碎，我相信在肉眼看不见的微细里残留着刀剑的铁锈和人类的鲜血，共同构成了新疆大地缤纷的色彩。巴音郭楞蒙古自治州博物馆保存着几件镇馆之宝，有鸵鸟纹和树狮纹银盘，粟特和波斯铭文银碗，这四件南北朝时期的银器形制精美绝伦，均出土于焉耆七个星乡老城，足见古丝绸之路上的焉耆昔日之繁华昌盛。

如果你拥有一双鹰的眼睛，会发现焉耆是天山山脉中的山间盆地，东面是克孜勒山，南部是库鲁克塔格山，北面是萨尔明山，焉耆城深陷其中，可谓“一座孤城万仞山。”焉耆以南地区犹如巨大的头颅，它的北部就是狭长的脖颈，而由西向东的库鲁克塔格山像一根筷子插进咽喉

里。峡谷之中的铁门关，牢牢地控制住南北疆和丝绸之路的咽喉要道。铁门关距巴音郭楞蒙古自治州首府库尔勒市不到十千米，也是焉耆盆地进入塔里木盆地的一道天险。从晋代开始，中央政府开始在这里设关。因关卡险固，被称“铁门关”，名列中国古代 26 名关之一，也被称为“两疆锁钥”。《明史・西域传》记载：该处“有石峡，两岸如斧削，其口有门，色如铁，被人称为铁门关”。唐代诗人岑参登临铁门关城楼曾赋诗道：“铁关天西涯，极目少行客。关旁一小吏，终日对石壁。桥跨千仞危，路盘两崖窄。试登西楼望，一望头欲白。”独特的地理位置，使焉耆一直是重要屯兵之处。风雨飘摇千年，朝来暮逝，历史如纷纷飘落的黄叶，拾起，每一片都残留着血和纠缠不清的纹理，千回百转指向人类隐秘的中心。唯有阳光依旧，天地永恒。

古老的焉耆有许多名字，焉支、燕支、烟支、胭脂、胭支，燕脂、烟支、燃之，个个似薄纱半掩，婀娜多姿的仙女，从天而降，翩翩而至，保持着岁月的余温和气息，勾起人的无限遐思。很长时间，我无法准确地书写“焉耆”这两个字。“焉耆”的耆字加草头就是占卜用“蓍草”的“蓍字”，仿佛两者之间有说不清的暗含，像通往远古的神秘符号。在焉耆文史中，我发现一个很有意思的争论。争论的焦点是李白的出生地碎叶到底在哪里？学术界认为历史上，曾存在着焉耆碎叶、哈密碎叶、楚伊斯阔叶和今吉尔吉斯共和国境内的吐克玛克等说法。《资治通鉴》胡三省注，“碎叶城，焉耆都护府治所也，方翼筑。”因此出现了焉耆碎叶的说法。如果没有诗仙李白，谁在乎碎叶到底在哪里？我猜想，如果李白出生在吐克玛克，他要去中原，一定会路过焉耆，饮马开都河，那高悬雪山之巅的明月，摇着他的梦一路向东，把一个千古之谜留在焉耆。

20 世纪 60 年代之前，焉耆是巴音郭楞蒙古自治州的首府所在地，辖焉耆、和静、和硕三县和库尔勒专署，是天山以南最为重要的城镇。焉耆县距博斯腾湖近，水源丰沛，利于发展化工业，气候适宜。石油会

战选址最初考虑将总部设在焉耆，州政府力荐库尔勒，开出诸多优惠条件，把孔雀河南岸最好的土地无偿转让用于石油基地建设，我由此落户库尔勒。路过焉耆时，我有时想，假如当年焉耆县政府再主动一些，也许我现在就是焉耆人了。机会和人生的选择就是这样，非此即彼，没有所谓的中间道路，失去了就是永远。对焉耆来说，失去的也许是现代化的千篇一律，塞翁失马，焉知非福。焉耆是库尔勒的近邻，两座城中间隔一座山。博斯腾湖的进水口开都河穿过焉耆，而出水口孔雀河流经库尔勒，用八个字概括，襟山带河、山水相连。出库尔勒向北，第一个抵达的地方就是焉耆。焉耆没有现代化的工业，没有污染，县城人口不多，街巷清幽，有田园野趣。越来越多的库尔勒人到焉耆买地建院，从城市抽离，只为享受一个安静没有纷扰的周末。

河　流

北疆和南疆，隔着一座天山。

隔着一座山，风土便不同。南疆干燥，北疆湿润；南疆多沙尘，北疆天明朗。1989 年，新疆新一轮石油勘探会战在南疆展开，会战需要从克拉玛依油田往南疆抽调大批人员，当年夏天，第一批即将奔赴南疆的石油人在克拉玛依市友谊馆前的广场上集结，几十辆大轿车披红戴花，广场上人山人海，欢送场面盛大而隆重。喧天锣鼓下流动着看不见的离情别绪。轿车一辆接一辆徐徐开走，突然锣鼓声停止，取而代之的是哭声，一浪一浪扑打着人心，一些妇女追着轿车往前跑，边跑边哭，追出很远，仿佛他们的男人不是去参加石油会战，而是赴战场。“劝君更尽一杯酒，西出阳关无故人。”古代西征离别时的情景也是这样吧。

两年后，我也调往南疆。命运就是这么不可捉摸，你无法预知下一个方向在哪里，哪里才是你的归途。所谓 30 年河东，30 年河西，安然在克拉玛依小城生活的我，怎会想到 30 岁之后的我，要翻越天山，一路向南，把自己后几十年的光阴交付给一个叫库尔勒的地方。命运安排

我跟随石油迁徙，我的父亲不也是追逐石油从山东来到克拉玛依吗，也许早已命中注定，只是我身在其中参不透。来南疆工作之前，焉耆对我来说只是一个陌生的地名。从克拉玛依到库尔勒像一场马拉松比赛，当汽车依次经过乌苏、奎屯、车排子、独山子、沙湾、石河子、玛纳斯、呼图壁、昌吉、乌鲁木齐、达坂城、托克逊、榆树沟、和硕、博湖、和静，糖葫芦串似的名字听着都觉得累。到达焉耆，最后的几十千米路像冲刺，翻过一座山即是目的地。山不高由东向西拉着红线，奋力一搏便是胜利。焉耆是一座城抵达另一座城的希望所在，赋予我特殊的意义。

汽车犹如老迈的牛，气喘吁吁地从天山的干沟钻出来，眼前豁然朗亮，天地开阔，一脉平阳之地。笔直的公路像劈出的剑，右手边天山的余脉和公路并行，大地从山前向东南方向倾斜，高处戈壁滩上一簇一簇的麻黄草、骆驼刺和柽柳，泛着银灰白。植被也由高到低渐次繁茂，有些地方生长着红柳和芦苇。左手边倾斜向下的低处是大片绿洲，远处可辨人工种植的杨树、柳树、榆树、沙枣树，村庄和田野。焉耆水多，地下水位高，路面常翻浆，车行至此忽悠忽悠像走在弹簧上，坐在车里的人一颗心悬着，生怕车扑通陷落，掉进无边的黑暗。到底还是走不动了，司机停下车，让所有乘客下来，男的帮助推车，女的步行向前。微风清凉，夹着湿气，浅蓝色的天高远空阔，丝丝缕缕的云飘在地平线之上，路两岸绿油油的田畴上飘浮着轻纱般的白雾，村庄掩映在树林里，若隐若现，田地里看不见一个人，布谷鸟咕咕、咕咕的叫声，在空寂的田野上回荡，燕子和麻雀从头顶掠过，落在树上，偶尔能听到几声虫鸣和蚱蜢振翅的声音。

往前走不远，见一座钢筋混凝土大桥，桥面宽阔，气势宏伟。这座建于 20 世纪 60 年代的桥是接通新疆南北交通的主要桥梁，著名的开都河穿桥而过，浩荡东去。

开都河是新疆八大河流之一，春秋战国时被称作敦薨之水，汉时叫通天河，唐时叫淡河。开都河发源于天山中部萨尔明山的哈尔尕特和扎

克斯沟，由数十条泉沟溪水汇集而成。滚滚巨流穿过峡谷，由西向东奔腾而下，在巴音布鲁克山间盆地一路蜿蜒，夹带着大量的泥沙，河水混浊，故叫流沙河。每到夏秋，洪水泛滥，浊浪滚滚，宽阔似海，故又称海都河。明朝准噶尔部在此游牧，见河水蜿蜒舒缓，起名开都河，沿袭至今。开都河是全国最大的内陆淡水湖博斯腾湖的主要入水口，博斯腾湖的出水口就是孔雀河。一个湖两条河，极像裸露在天地之间巨大的胃肠道系统，两条河、一座湖滋养着南疆地区的半壁绿洲。开都河意义非同小可。

真正令开都河家喻户晓的，恐怕源于一部经典名著《西游记》《西游记》里的通天河即是开都河。通向天山的河流，传神大气，私自以为比开都河好听。《西游记》第四十七回这样描写通天河。“洋洋光浸月，浩浩影浮天。灵派吞华岳，长流贯百川。千层凶浪滚，万迭峻波颠。岸口无渔火，沙头有鹭眠。茫然浑似海，一望更无边。”当年唐僧到西天取经，路过通天河，艰难重重，幸得四丈围圆的白鼋把他们驮过去。玄奘路过焉耆是不争的历史事实，但他只在焉耆住了一个晚上。仅仅这普通的一夜，记在《大唐西域记》里的文字，让焉耆这个地名熠熠生辉。《大唐西域记》没有具体的日期，玄奘到达焉耆的时间早已淹没在历史的尘埃当中，无从查考。后人只能想象玄奘是从苇桥渡过开都河的。博斯腾湖周围遍生芦苇，从汉代到明清的几千年，当地居民一直用芦苇造出简易的苇桥，洪水袭来，苇桥冲毁，之后再建，人与河持久进行着拉力赛。不过，往南是比往北更荒凉的大漠，没有多少人天天需要渡河，日子缓慢而悠长，有什么事等到冬天河面结冰时再办也来得及。这样的日子过了几千年，直到乾隆年间才有船只和皮筏摆渡。

现在焉耆，开都河上架设起高速公路桥和新的铁路桥。两座桥并驾齐驱气势如虹，犹如两条巨龙横空飞架在开都河上。与 30 多年前比，开都河水瘦弱了许多，远没从前磅礴浩荡，却依然以母亲的姿态，缓慢从容地维护着一片绿洲。一排一排白杨，站在河岸两边的田畴四周，笔

直的躯干伸向白云，为低微的绿原挺拔出向上的力量。前几年，焉耆县在流沙河古道上建设了一座极具中国特色的观光回廊桥。廊桥上红柱青瓦，雕梁画栋，仿花岗岩围杆古朴典雅。南桥头一对儿石狮是清乾隆平定准噶尔叛乱，又平定大小和卓叛乱之后的第二年，为庆祝喀喇沙尔新城建立而雕刻的，双石狮用优质花岗岩打造，雕工细腻，威严凶猛，显示着皇家至高无上的权势。北桥头放着一对石狮子，是清政府在焉耆设立参将府时打造的，形态拙朴，憨态可掬。两对石狮镇守开都河两岸、寓意河水源远流长、国泰民安。晚饭后，居民走出家门，沿着河岸和廊桥散步，清风拂面、河水淙淙，享受着生活朴素的美好。

食　居

焉耆夏日的夜晚在美食一条街走一圈，各色小吃摆在外面，清亮亮的凉皮子上面点缀碧绿碧绿的香菜；芝麻核桃馅儿的油炸糕，外酥里香；灌上大米胡萝卜的羊肠子，灌进面粉的面肺子高高地堆在盆里，棋盘似的三碗九行子，再加足了醋和红辣子，面旗子、油塔子、羊杂碎汤、牛肉面、粉汤、凉粉……色香味俱全，谁能抵挡住这么多美食的诱惑，那就坐下来吧，点几样小吃，要两缸扎啤，一个人吃喝没意思，打手机邀请几位朋友，朋友来不了也没关系，哪儿人多坐哪儿，打个招呼、桌子一并，两杯酒一喝，全是朋友。

焉耆有三宝，酸奶、红酒和红辣椒。焉耆制作酸奶的历史较长，在新疆人普遍对袋装酸奶还很陌生的20世纪90年代，焉耆人从上海引进了酸奶制作机器，酸奶销售焉耆。谁也没有想到，这台机器孕育壮大了焉耆三宇奶制品公司的未来。库尔勒人都喜欢喝三宇酸奶。袋装牛奶从最初的四毛五涨到了现在的两块多一袋仍供不应求，我们石油小区有三个点销售三宇牛奶，下午下了班去买，冰柜里常常空空如也了。当地人在众多的选择中，对一款牛奶情有独钟，保持着持久的偏爱，这不仅与制作加工销售的工业流程有关，还涉及品质、质量、良心甚至灵魂。

焉耆自古就有种植葡萄，酿造葡萄酒的传统。早在公元前138年，张骞出使西域时，就有“左右以葡萄为酒，富人藏酒至万余石”的说法。新疆许多地方产葡萄，和焉耆临近的和静、和硕两县也在大范围种植葡萄。短短五六年时间，昔日荒凉的戈壁开发成葡萄园，位于霍拉山前冲积扇中部的面积达千万亩的葡萄园从山脚一直延伸至戈壁深处，层层叠叠，像一道绿色屏障。这些葡萄全部用来酿造葡萄酒，“乡都”“天塞”“中菲”品牌盛名远扬，焉耆红酒漂洋过海远销到了欧洲。对普通百姓来说，酒再好，不可能天天喝，老百姓最关心的是日常生活。焉耆日常生活离不开红辣椒。如果秋天路过焉耆，你会被辣椒的红所震撼、所包围、所感染，家家户户的庭院里、屋檐下、房顶上、公路边和田野上，晾晒的红辣椒一串串、一片片，像一个个燃烧的火炬，一面面飘扬的红旗，热烈而饱满，张扬着丰收的喜悦，淡淡的甜辣味紧紧地牵引、包裹、黏合住人的味蕾，人身不由已陶醉在这醉人的气味之中。得天独厚的地理位置和长久的光照，使焉耆红辣椒硕大、肉厚、水分足，辣中微甜，是南疆地区独一无二的优质辣椒。皇帝的女儿不愁嫁，每到辣椒成熟采摘的季节，一辆接一辆的车赶往焉耆采购辣椒，大的公司年初就已签订了采购合同，等零星的散户来买，辣椒早已收购一空。晾晒焉耆辣椒是有讲究的，须用剪刀从中间剖开，放在阳光下暴晒，否则极易腐烂。若不怕麻烦，可以剁碎做成辣子酱，灌进玻璃瓶储存起来，吃时加牛肉丁或羊肉丁配大蒜片炒熟，油汪汪、红艳艳、香辣刺激，夹在热馕、热馍中特别好吃，吃面时挑一筷子放进拌拌，舌尖的味蕾像无数的触角，奋不顾身奔向食物。吃的人胃口大开，额头冒汗，用新疆人的话说，一吃一个不言传。全世界的幸福不过如此吧。

温宿巴扎的烟火

南疆的早晨远比内地来得晚。

九点钟，万里之外的北京、上海、广州早已从短暂的夜中腾起，投入新的喧嚣。此刻，新疆南部的温宿县，太阳揉着惺忪的眼刚从大地的席梦思床上坐起，街面上人声渐起，寥寥的人影被酡红、微黄、阔大的梧桐叶遮蔽，街两边的店铺双门依旧紧闭，估计店主还没从昨夜的疲惫中醒复。周六，孩子们不上学，大人不上班难得睡个懒觉。

县城很小，两条街交叉成十字，沿街全是小店铺，好看好玩处太少，一周一次的巴扎在20多万人口的县城是件大事。到南疆没逛过巴扎就不能说你了解西域。包罗万象的众生态，世俗风情的品相，沸腾的烟火气，轻而易举地在巴扎里找到。如果新疆是一位绝代女子，那巴扎就是她的肚腹，神秘、感性、饱含生命的张力，唯有真正的热爱和融入，才可能触摸到她细腻幽微的纹理，感知她的万种风情和独特魅力。

南疆各地的巴扎日时间不同，周一至周五都有，县城则集中在周六或周日，没有人特意规定，全凭一个地方的习惯。

温宿县巴扎在县城西北角一处露天场地，场地宽阔，中心区域铺上

水泥搭起高棚，偌大的巴扎只留一米宽的窄门供人进出，初来乍到的内地人深觉不便，本地人已自然成习惯。也就是十年前吧，南疆地区所有的巴扎自由、涣散、开放，像一辆花里胡哨的大篷车，随意地停在公路边儿、河滩或尘土飞扬的场地上，如今圈地围栏、固定区域，形式趋于内地的农贸市场，好在巴扎本质的内核仍然维持着。早早赶到巴扎的生意人铺摆摊位，待一切就绪太阳已升到楼顶上了，县城里的人此刻大多还没起床，只有一些睡不着觉的老人，三三两两地早早去巴扎，抢购新鲜蔬菜，远没形成浩荡之势。

生意的好坏关系到一家人的生存，一个巴扎日顶得上小半年庄稼地的收入，怎敢掉以轻心。生意人家半夜即起，准备食材，卖烤鱼的把半米长的大草鱼去鳞、破肚、洗净、剁块，用面粉拌上鸡蛋和调料涂抹，打包收拾装车；卖烤包子的早半夜起来剁肉、切皮牙子、和面，用很大的不锈钢盆盛装，再把移动的铁馕坑装到车上；卖粽子的头天晚上包好蒸熟上千个粽子，调好蜂蜜糖稀；卖凉皮子的和羊杂碎的最辛苦，和面洗面蒸面切面，灌好面肺米肠，蒸熟，光是预备汤料就得提前一两天。还有做抓饭的、胡辣羊蹄的、黄面烤肉的，无一不披星戴月，生意人挣的是辛苦钱，吃不了苦就做不了生意。生意人盘算着一天的进账，毛利多少净赚多少，生活有所期待再累也觉得值。趁此短暂空隙，喝口水、抽支烟、聊会儿天，养养神。准备迎接蜂拥而至的人潮。

沿县城十字街向北步行半小时，还未临近巴扎已感觉到前方喧嚷的气息。接近巴扎200米的距离，公路两边、人行道上挤满各式车辆。散文家刘亮程看到的万头毛驴赶巴扎的情景已被电动三轮车和摩托车取代。一些零星商贩在马路边摆摊叫卖，像宏大交响的序曲从单声渐至恢宏。

正午的阳光像一只被秋草壮肥的绵羊，懒洋洋地用它细软暖和的毛蹭人脸。巴扎里人头攒动，摩肩接踵，闹闹嚷嚷，烧烤的烟火、各种食物的香气混合着牲畜的尿液，飞扬的尘土浓稠如油向周围漫散。“芳香

的尘埃”流动的线条、色彩、香味组成交辉互映的万花筒，令人心旌摇荡，无法抗拒。进大门右边，几百只羊占据了市场重要的位置，等待交易的羊咩咩地叫，杂乱的脚步踏飞尘土。两个男人沉默对望，两只揣到对方袖筒里的手正在热烈地讨价还价。没有言语的争执和冲突，两只温热的手传递着信息，肢体的接触使交易有了更深层次的含义，成与不成皆是朋友。这种不为第三者知晓的古老交易方式，保持了两个男人之间的尊严。现今这种古老的交易语言仅存于偏远的南疆。大门左边空地上十几个成年男人或蹲或站，身边都有一个鸽笼子，笼子里的鸽子十几只到几十只不等，鸽子咕咕地叫，这些鸽子不是肉鸽，而是用来交易的观赏鸽。男人悠闲地抽着烟闲聊，三个十六七岁的少年相对而站说得热烈，似乎忘记了脚边的鸽子，两个七八岁的男孩站在大人身边听他们聊天，不时有男人在鸽笼之间来回逡巡，蹲下来伸手摸摸某只鸽子。这里的鸽子巴扎上也没有女人，玩鸽子是男人的专利。

市场里卖农具的、卖衣服、布料的、卖鞋帽和日用百货的、卖干果食品的一排一排区分开来。物品大多廉价，暴露了温宿人贫困的生活状态。快入冬了，巴扎上摆着一些做工粗糙的生铁炉子和生铁炉盘，这种炉子六七十年代住平房每家都用它烧火墙。市场的一个角落里坐着一位穿黑棉袄的老汉，深目白髯，安之若素，面前规矩地摆放一溜毛毡筒（用羊毛擀成毡然后制成的一种抗寒保暖的冬靴），毡筒大在左小在右，像一家人在朋友家做客，脱在门前的毡筒安静地等待主人。20 世纪六七十年代，穿这种老式毡筒的人很多，尤其北疆天寒地冻，这种毡筒保暖防水，适合雪地行走。电影《草原英雄小姐妹》中龙梅和玉荣暴风雪夜保护公社的羊群，若不是穿这种毡筒，双脚恐怕冻伤更重。制作毡筒要无接缝、一次成型、大小合脚，毡片薄厚均匀又要舒服美观，是项技术活，制作毡筒费时费力，现在的年轻人更倾心轻便舒适的运动鞋，穿毡筒的和做毡筒的人几乎绝迹。我在巴扎转了两个多小时，老人一双毡筒也没卖掉，他仍双腿跪地、手拿棒棒糖嘬着，下巴的白胡子一颤一

颤，隔会儿伸出舌头舔舔上下嘴唇，露出几颗残牙，很专注很享受的样子，似乎忘记了时间的游走。毕竟谁也无法回到从前，“活着，就还是得做一点事。”老人在用做毡筒的手追赶年轻时的自己。

凡到过新疆的人，都能感受到新疆热烈、奔放、明亮的阳光，如水般流动跳跃，自然万物赤橙黄绿，所有的色彩浓艳到极致，呈现出青春的诗意。巴扎上，卖烤肉烤鱼烤包子烤全羊的，卖羊杂碎羊头羊蹄的，卖抓饭凉皮黄面凉粉的、卖馕饼砂锅串串香粽子的……各种吃食都出动了，争奇斗艳，占据了半壁江山。时至高峰，各家生意红红火火，食客一波一波。卖炸鱼的摊位前摆一口直径一米多的油锅滋滋冒着烟，膀大腰圆的维吾尔族大叔手握长把漏勺，把裹了鸡蛋和调料的草鱼挑进锅里，鱼块翻滚，倏忽金黄，香味扑鼻。眉开眼笑的老板娘动作利落，称重、收钱、装盘、在金黄的鱼块上撒上孜然和辣椒面儿，几块诱人的炸鱼旋即端至面前。撕下一块入口，香辣酥脆，肉质鲜嫩，口腔里所有的味蕾花一样绽放。

卖烤鱼的男人叫麦子买买提。在新疆叫买买提的男人和叫古丽的女人一样多，大家习惯在买买提前加上职业或是爱好、借以区分。麦子买买提从前麦子种得好，这两年种麦子不挣钱、赔了本，改卖烤鱼，认识他的人仍叫他麦子买买提，而不是烤鱼买买提。“人不管走到哪一步，总要找点乐子，不能老是愁眉苦脸”，麦子买买提现在的乐趣转移到了制作烤鱼上。麦子买买提翻动烤鱼的架势酷似名角登台亮相，只见他把半风干的草鱼一剖两面，用红柳签子穿好支在圆形烤盘上，烤盘的炭是胡杨木制成的，斜拢一圈的鱼，像围着篝火集体祈神的萨满，神圣而庄重。待鱼烤至两面焦黄，再浇上用西红柿、辣椒、孜然和各种香料调配的鲜汁，色彩明艳、香味浓郁，意志不坚定的好食者，闻必方寸大乱。巴扎里有流动推车卖粽子。粽子是汉族人的传统美食，维吾尔族人也学会了享用粽子，且兼容并蓄、创新出不同的吃法。卖粽子的年轻女子巴哈古丽目如深湖，湖岸长着蒲草般密密的睫毛，上下扇动一池秋波，嘴

角微翘成一弯静月、笑而无语，俏丽的脸氤氲在热雾之中如含露的玫瑰花。只见她剥开粽子，放进瓷盘，小铲压平，表面淋上自家熬制的蜂蜜糖浆，玉手熟谙轻盈。一位年轻妈妈端着盘子，一勺一勺喂四五岁的女儿，小姑娘嘴里鼓囊囊的，吃得眉飞色舞。一位穿着破旧衣服的老汉手里捏着五元钱，安静地坐在条凳上排队等候。卖粽女子把剥下来的粽叶折叠为二、层层摞放在台案旁，像一座绿色宝塔，生意好坏见者自明。女子用不动声色的张扬，含蓄的智慧荡漾人心。

烤包子在新疆很普遍，四边形，巴掌大，也有特别大的烤包子，和田就有，很出名。许多外地人慕名去和田专为吃烤包子，店里六个大馕坑不停地烤，仍供不应求。温宿县的巴扎的包子独特，圆圈边捏着水波纹，烤包子半个盆底大，估计吃一个就饱了。做烤包子的中年男子站在铁板做的移动烤炉前，威武如武士，若非亲眼所见，谁也想不到精巧如月的包子，出自一双本该握砍土曼（一种类似锄头的长柄农具）的粗壮大手。串串香是近些年才从内地传入新疆的，以其食美价廉很快受到当地人的欢迎，按照当地人的饮食习惯调配佐料，出锅时撒上孜然和辣子面，去除油腻、保持串串的香味，是不错的改良。

美食是最容易打动人心的，忘却心里的创伤乃至深刻的乡愁，享受一餐美食，专注于眼前的简单与丰厚，真的快活。太阳偏西，人们陆续走出巴扎，一位妇女启动电动三轮车，车上载着一头小羊和两个娃，每人手里攥着一串冰糖葫芦，一位维吾尔族男人牵着三头小羊，沿着公路边走着。一位提着鸽子窝的男人用四川话大声地呼唤停在对面的出租车司机……心满意足的周末巴扎结束了，下一个巴扎指日可待，一个个巴扎像翻卷的浪花，一浪接着一浪把一段段凡俗的日子推至远方。

大米河水的拯救与沦陷

阿克苏产大米，素有南疆稻乡之美名。阿克苏种植水稻的历史在很多史书上都有记载。许久以前南疆的疏勒、焉耆、尉犁，北疆的米泉、玛纳斯和伊犁地区普遍种植水稻。种稻要旺水，说明从前新疆并不缺水。已经消失的故城精绝、楼兰、尼雅曾经都有河流经过。

阿克苏地处塔里木河源头，塔里木河由天山山脉的阿克苏河、昆仑山脉的叶尔羌河和和田河汇流而成，三河汇聚在一个叫肖夹克的地方。这个地方现隶属新疆建设兵团阿拉尔市，今年深秋去阿拉尔，很想去肖夹克，时间关系未能达成所愿，转而在阿拉尔军垦博物馆拍了一张三河交汇的模型照片。虽有小小的失落，想想并不觉得遗憾。生命的长度有限，不可能抵达所有想要抵达的地方，有时行走的时间长了，思考的时间就短了。塔里木河环塔里木盆地蜿蜒东流，消失于台特马湖，全长2000多千米，这条河流养育着近千万的人口，是南疆最伟大的母亲河。阿克苏占据这样一条伟大河流的心脏地位，地利人和，自然生机勃勃。

水多的地方树就多。南疆五个地州数阿克苏树最多，这些树不是平白无故自己长出来的，而是阿克苏人亲手种植的。20世纪八九十年代，阿克苏人发动了名为“柯柯牙”的绿化工程，历时十几年全民总动员种植各类树木几千万株，在此之前和在此之后阿克苏人一直在植树造林。造林工程的带头人毕可显退休之后也没闲着，承包库车县牙哈乡的一片荒滩，种植了几万棵树，已是80多岁的耄耋老人了，为这一片树林每年像候鸟样在北京和南疆往返。每年、红枣成熟的季节，老人都会托人带给我两箱新鲜红枣，一颗枣代表一片心，吃着甘甜的红枣，我常想，和毕可显老人比我并不老，没有理由不奋力走好余生。

从干燥的荒漠戈壁进入阿克苏地界，空气里增加的湿气尤为明显，结痂发硬的鼻腔感到很舒服。插秧不久的稻田一筹一筹犹如棋盘，楚河汉界，泾渭分明，向着目力无法抵达的远方延展。禾苗簇簇而立，柔弱如髫女，静待时间催熟芳华。风过，稻田波光粼粼，径边的杨树沙沙作响，遒劲俊伟的树木枕戈待旦守卫着碧墙里的繁华春梦。

地缘的优势求之不得也无法改变，平常百姓一日三餐的主食非米即麦。新疆米金贵，凭票供应米面的年代，记得父母的粮食定量是28.5千克，大多数是苞谷面，大米每月每家定量两千克。平常舍不得吃，攒着过年改善生活，谁家妇女坐月子，婴儿没有奶水或是孩子生病用大米熬粥滋养。我同学的妈妈生第十一个孩子，乳房像抽干的枯井榨不出一滴奶水。妈妈生的是个弟弟，是她家唯一的男孩。同学的妈妈满村挨家借大米，一天三顿拿一小铝锅抓一把米两碗水放在炉子上熬，直熬到米汤如牛奶般浓稠，用筷子挑，米汤面上起了一层油皮儿。半年之后，同学抱着弟弟到我们家来玩儿，火柴棍似的胳膊腿居然发得像一截一截嫩白的莲藕。在新疆生长半世纪，前几十年在北疆，多吃米泉和伊犁大米，后几十年在南疆，吃得最多的自然是阿克苏产的大米。如今，交通的便利给人带来了选择的余地。超市卖的大米品种很多，黑龙江五常大米、黑龙江的大米、泰国的香米，口感都不错。但是舌尖根深蒂固的记忆总是先于我的大脑抵达，手臂身不由己地伸向新疆本地大米。

阿克苏的大米品牌很多，商标有阿克苏大米、温宿大米和阿拉尔大

米。温宿、拜城、库车、阿瓦提、乌什县是大米的主产区，水稻种植面积近 2000 万公顷，总产量 14 万吨左右。阿克苏水稻种植周期 100 多天，一年只产一季，节奏契合农耕时代。缓慢是农耕时代的标记，当快与慢在中心城市拉拽角力，农耕仍在南疆广阔的绿洲缓慢行进。主旋律一旦确立，所有的人、事、相互和弦，当南方的水稻一年三季，阿克苏大米像反应迟钝的树獭，跟不上丛林的节奏，默默寡守着田畴固有的方式，春种秋收，像延续千年的手工技艺，明知终将被大机器工业的巨口吞噬，无可奈何花落去，仍固执地维护大米本身的一缕原香。阿克苏大米好吃，“粒长而洁白，熟之香软且腴，似秫而爽，味佳于洋米。”煮一锅而满屋香，“其味甘、其气章，百日食之，耳聪目明，心意睿智，四卫变强，邪气不入。”也许正是偏远和所谓的落后，保护了人、庄稼和食物的原味。这正是我愿意一生守着新疆的原因之一。

彩云的原乡

和田，又一个葡萄成熟的季节。

巴格其镇的千米葡萄长廊，绿荫遮蔽了秋日的骄阳，光影从葡萄叶缝隙中漏下，一阵微风吹过，地上悠荡着斑驳细碎的金片。晶莹剔透、翠如碧玉的葡萄，一串串密密实实挂在头顶。长廊的两侧，绿叶环绕着图案精美的彩门，一家邻着一家，小溪从家家户户门前缓缓淌过。流水人家、葡萄长廊、彩门半掩，这里的人们沿袭千年的古老村落这般安闲地呈现在面前。

午后，习惯午睡的我有些困倦，斜在葡萄架下的地毯上，有一搭没一搭和几位和田市的文友闲聊。地毯上摆放着切成小块的油馕，精致的瓷碗里是加了香料的秘制红茶，犹如融化的琥珀，神秘的香像是从遥远的古代飘来的仙气，令人沉醉。弹拨尔、手鼓、热瓦甫弹奏的十二木卡姆，欢快又略带忧郁的曲子在葡萄架下萦绕回旋。我伸手摘下一串熟透的葡萄，吹去浮尘，一粒粒送入嘴中，慢慢享受着甜润的汁液滑入喉间的那种无法言说的美妙。路过此地的维吾尔族女子，不时从眼前经过，她们身上的艾德莱斯绸裙，水波吻岸似的随着身体的移动轻轻颤动，翩

然若仙。茶雾袅袅，我神情有些恍惚，端起香茶猛呷，意欲提神，没曾想茶竟醉人，一时分不清身在何处。

小时候，我住在新疆北部克拉玛依荒凉的戈壁滩上，油城人的衣着和这座为油而建的城色彩一样单调。平常所见之人，多着灰黑、青蓝、军绿的衣服，唯有维吾尔族洋缸子（妇女）的服装与众不同，她们围着彩色纱巾，身穿色彩斑斓的连衣裙，衬托着她们秋水深潭般清亮的眼眸，卷帘似的睫毛，是那么的瑰姿艳逸，顾盼生情，像一片片飘行的彩云。每每仰望这云霞霓裳，心里艳羡不已，不知这份美丽来自何方？听妈妈讲，她们美丽的衣裙来自千里之外的南疆和田，千百年来，那里生产着一种特有的丝绸——艾德莱斯。自此，和田的艾德莱斯绚烂了我的心，摇荡着我的情，牵引着我的梦。

如果你热爱一个地方、热爱一座城市，脚步就会带你到达。我因艾德莱斯绸喜欢上了和田，一次一次地来到和田，寻找心中美好而遥远的梦境。艾德莱斯一直是我喜欢、我关注、我热爱的！2015 年，上海时装周举办了艾德莱斯炫昆仑专场，沪疆两地悄然刮起了一股“艾德莱斯风”。我相信，那是通向未来的光亮。如今的它犹如一只破茧而出的彩蝶，向世人舞动着一份独特的美丽和一个民族的美好，那份美好的原乡永远属于和田。

塔城花开在云端

许多电视专访节目即将结束前，主持人通常会说，请您用一句话总结此次访谈好吗？于是，被访者各抒己见、各执一词，像一首交响乐落幕时精彩的回旋，给节目画上圆满的句号。

坐在离开塔城的轿车上，脑海翻腾，想搜罗一句最能表现塔城的词语，而此刻我思维滞涩，想得头疼脑涨也没翻出一星半点妥帖的词。三天的采风跑遍了塔城的山山水水，雪山、草原、白云、山花、河流、清泉、鸟鸣、大鸨、边境、民居、赛马、弹唱、风琴、歌舞、古树、红楼、宝塔、岩画、迁徙、西迁、戍边、节日等元素，丰富得像一场盛宴，一道接一道的珍馐美味，我慌乱又兴奋，来不及咀嚼，实在需要时间慢慢地消化。

克拉玛依城建在平坦的戈壁滩上，城市背后是绵延如带的青色山脉，人们习惯叫后山。听大人们讲，山背后就是塔城，塔城对小时的我是邈远而神秘的。它是风魔、暴雪、甚至死亡的源头，似乎具有强大无比的力量，更因为不了解而放大了它的神奇和恐怖。站在克拉玛依城市远眺，山脉西面有一黑洞洞缺口对准城市，这是个老风口。打我记事

起，一场接着一场大风，从这个老风口狂奔而出，横扫克拉玛依，像从围栏里放出的斗牛，怒气冲冲，充满死亡前拼死一搏的杀气。七级以上的大风简直就是家常便饭，十二级以上的飓风就有十几次。我有时怀疑，山后是不是安了巨大的吹风机，要不怎么会吹得树倒车翻，人跑屋掀，小时的我上学路上常因怕大风刮，不得不长久地抱着一根电线杆。

从克拉玛依去塔城，必须穿过老风口深壑狭长山沟。夏季雨后，洪水沿着山沟汹涌奔流，瞬间冲翻山沟里的车辆、冲走人畜，死人的事常有耳闻。漫长寒冷的冬天，老风口的风施展魔力，把裹挟的雪挥成手中的长鞭，在房前屋后、大街小巷唬嚎，肆无忌惮地抽打人脸。但是，风带来的绝对不全是疯狂，有时，风雪过后，常常有“好消息”传来，大雪掩埋了草地，塔城大批无法越冬的老弱病残死羊，人们习惯叫淘汰羊、驹里羊运抵克拉玛依，支援石油工人，成为那些食物极度匮乏年代的温暖记忆。家家户户的烟囱里飘散着青烟，整个小城弥漫着羊肉的香味，大人和孩子们的脸颊也泛起了少有的红光。一些馋嘴的单身汉，把羊卸成大块，放进大铁桶，在屋外支起炉灶，清炖羊肉。实在没有酒，就去职工医院要一瓶医用酒精（那时看病不花钱的）兑上水，拧下一个自行车铃铛，轮流喝酒吃肉，直到醉得人仰马翻，不省人事。父亲单位有一位身壮如牛的小伙子，因吃了带血的烤羊肝，得了肝包虫引起的肝硬化病，不到30岁就走了，自此，无知的人们才知道原来羊也会生虫。我家住的那栋房子共有八户人家，房头八号是哈萨克族人，家里两位老人带个女孩子，我家不吃的羊杂全部送给他们，他家有亲戚在后山放牧，偶然能见到穿皮裤和毡筒靴的男人骑着高头大马像一阵风，穿村而过。拴在他家门前的马像天外来客，村里孩子们怯怯地站在远处，双瞳闪闪。

大概是十岁左右的年纪吧，父亲去塔城出差，我嚷叫着要去，私下的小心思是想探究山后的秘密。我记得很清楚，那天，正午的太阳闪烁在头顶，灼目而不酷热。穿过几乎漫过头顶开满野花的草地，之后，来

到一处哈萨克族人家。这家人不住毡房，而是住和我们一样的土坯房。走进院子时我看见院墙上并排摆着一溜牛粪饼。在母亲这位近乎洁癖的医生的调教熏陶下生长的我，视牛粪饼为肮脏的东西。男女主人出门迎接，父亲似乎和这家人很熟悉（不知是不是八号家的亲戚），自然地盘腿坐在矮炕上，与男主人聊得十分热络。屋里的羊膻气热浪般扑来，我嫌炕上的花毡脏，站着不动，面对陌生的环境，我像戈壁滩上受惊的兔子，警觉地四下观望，甚至有点草木皆兵。我的举止引起了父亲的不满，他目光严厉，呵斥我坐下。无奈，我半个屁股轻轻地挨在炕沿上。热情的女主人身着花裙子，像是草丛里的红蝴蝶，在屋里屋外飘进飘出，她把一块油脂麻花的红布平铺在炕上，用刚刚拿过牛粪饼点火的手，把馕掰成小块放在红布上让我们吃，她又忙着去烧奶茶。父亲边吃边继续和男主人及司机聊天。不知是被膻气熏的，还是因为看到女主人手上残留的牛粪渣儿，表面虽平静地坐着，可我的胃却已在翻江倒海，一阵一阵的恶心往上涌。

孩子，吃吧。女主人拖着长调说着塞给我一块馕饼，她给我的仿佛不是食物而是毒药，我慌忙放下。就在弯腰放馕的瞬间，炕上一根马鞭上密密麻麻爬满了油亮亮的虱子惊现眼前。霎时，我全身的汗毛嗖地奓起来，像受惊的小鹿，尖叫一声，腾空跳起，冲出屋外。父亲军绿色的BJ-212车停在屋外土路上，按照当时规定，只有县团级以上的单位才能配备这种车，草原上长大的哈萨克族孩子从没见过汽车，他们好奇地围着汽车，看看这儿，摸摸那儿，扒着玻璃窗往车里望，胆大的干脆爬到引擎盖上，见我从远处冲过来，他们麻雀似的一哄而散。我关上车门躲进车里哭鼻子再不出来，司机叔叔端来水和馕，全被我拒之车外。不一会儿，那十几个像是刚从地里挖出来的土豆似的孩子又聚拢到车前，我成了一只被抛弃在雪地里的绝望的羊，睁着一双无辜、可怜的眼，隔着玻璃望着他们对着倒车镜挤眉弄眼、追逐嬉笑，快乐地如同一群围猎的小狗。他们的衣服滚着好看的花边，他们眼睛深邃明亮、仿佛夜空的

月亮，他们说什么我听不懂，我说的话他们也一样不懂。大概是被这完全陌生的世界吓掉了魂，后来发生的一切我丝毫没有记忆，搜遍了大脑里隐藏的每个角落，都无法忆起，我甚至怀疑自己压根没去过塔城。

20 世纪 90 年代初，巴图什口岸开放，塔城人感受到了来自北方的勃勃生机，像最早盛开的杏花，急于借助春风的力，完成爱情的交配，结出人生全新的果实。少数嗅觉敏锐的人开始涌向口岸，寻找商机。我儿子的小姑父，一位年轻有朝气的小伙子跟着一位塔城朋友，率先干起了倒运羊毛的边贸生意。几年下来，钱挣多少不清楚，可由此变了心，爱上了一位塔城姑娘，与乌苏的媳妇离婚后迁居塔城，从此一去不返。

汽车穿越两山夹峙的深涧，沿着玛依塔斯路逆风而行，远处的雪山下竖立着巨大的白色风力发电转轮，路边的芨芨草被逆风吹得斜斜贴着地面。压藏多年的谜团顿时豁然原来这里的风自西西伯利亚吹来，在塔额盆地这个子宫里交配孕育，之后，经狭长的玛依塔斯产道挤压，在克拉玛依上空发出第一声啼叫，被来自母体的风吹中长大的我，几十年后的 2013 年初夏，我再次真正踏上前往塔城的路途，像冬天蛰伏的蛇，我的记忆穿越时空从冬眠中慢慢苏醒，突然间看到漫山遍野烂漫的山花，竟然因激动而身心颤抖，啊，这就是我曾经看到的塔城。

塔城地区地域辽阔，东北与阿勒泰地区相邻，东部以玛纳斯河为界与昌吉回族自治州及石河子市相连，南以依连哈比尔尕山和婆罗科努山为界与巴音郭楞蒙古自治州和伊犁地区为邻，西南毗邻博尔塔拉蒙古自治州，西北部与哈萨克斯坦共和国接壤，边境线长达 160 千米；在地区腹心地带，有自治区直属的克拉玛依市与伊犁哈萨克自治州所属的奎屯市。听说，克拉玛依油田地界从前属于塔城区划，20 世纪 50 年代初油田发现之后才从塔城划出。看塔城地图，很像草原上生长的蘑菇，而窄长的克拉玛依正好位于蘑菇的茎芯处，塔城人去自己的地界乌苏、沙湾或是和布克赛尔，都须穿越克拉玛依，说起这事，不知塔城人心里会不会感到失落。原来，作为克拉玛依的人，冥冥之中始终与塔城有种生命

的联系，只是，小时候的我并不清楚，这联系来自同一土地，这么追溯起来，我也算是塔城人了呵。

来到塔城，给我的第一感觉是，这里的天格外蓝、云格外白、花格外艳、鸟格外多。有人调侃塔城的天蓝得过分、花开得放肆，话虽俗，可事实如此。

尽管塔城的蓝天快被文人写滥了，尽管在新疆大地，蓝天白云随处可见。但是，我敢说这里的蓝天绝对值得讴歌。塔城的蓝天极富变化，像魔术师挥动的帷幔，淡蓝、浅蓝、海蓝、深蓝、瓦蓝，湛蓝，明净无渣，朵朵白云似羞涩柔媚的少女，依偎在地平线上，不肯远离家园。在阳光的催促下，悠悠地、轻轻地向着天空围拢，不断变换着美丽的身姿，一会儿是一群顽皮的羊羔、眨眼之间变成了游弋的海豚，仿佛一伸手就能抓住它们；过一会儿又似松软的棉花糖，能嗅到丝丝的甜；转眄，灼若芙蕖出绿波，柔情绰态，仪静体闲。我久久伫立，凝望着穹廓，心旌摇曳，思绪飘散，真想拥抱住它，或是躺到它柔软的怀里撒娇、自在翻滚。

从人满为患、密如蜂巢的高楼大厦出走，眼前展现的是塔城平坦开阔、自由起伏的原野、大面积种植的玉米、小麦、油菜纵横伸展，绿意盎然，欣欣向荣，天空辽阔，目光轻易抵达天边，像母亲宽厚温暖的胸怀，散发着令人微醺的泥土和野花的芬芳，长久郁积于胸的烦闷之气渐渐散去。行走塔城，上百年的橡树、柳树、榆树、高耸入云的钻天杨，美丽的槭树、白桦树以及许多叫不上名的树成群结队，蓊郁繁茂。一座仅有不到30万人口的城市，拥有如此之多的树木绿地，多么令人惊喜。

“木欣欣以向荣，泉涓涓而始流。”在塔城，无论在城市、还是乡村，或是公园，白色的野蔷薇、红色的野玫瑰、野罂粟和许多不知名的山花竞相开放。此行人中，有一位来自克拉玛依的朱凤鸣女士，每遇奇特的花朵时，她都能立即准确地叫出名字，感叹她在植物方面博学的同时，对塔城植物的种类如此丰富多样颇为喜悦。她说，塔城有个全国有

名的植物学家，她师从于这位大师。有高人隐于民间，看来塔城不能小觑，这当然归功于塔城植物多样的丰富资源。塔城自称是五弦之都，卡浪古尔河、阿不都拉河、锡伯图河、乌拉斯台河、阿克桥河等 14 条季节河流穿城而过，这真是塔城得天独厚的福祉，在新疆大地这等有福气的城市并不多。

我确信鸟也和人一样有喜怒哀乐的情绪，这是我在塔城的新发现。相比城市穿梭在车流上、高楼中的鸟，受了汽车尾气、工业废气毒害的嗓音滞涩、沉暗，情绪也是抑郁低落的。然而，因透明纯净的空气，清甜的水源，丰富的食物，塔城的鸟鸣带着欢快的情绪，银铃一般清脆、甜亮。傍晚，密林幽处，开始了群鸟多声部的合唱，或婉转、或低柔、或高亢、或悠扬，啾啾、咕咕、喳喳都是那么的清新悦耳，自由自在，似乎附了天使般的仙灵之气。人们受其感染，心之蘧然，驻足寻找那灵巧玲珑的身影，学着鸟鸣欢叫。

塔城是个名副其实的多民族聚集城市，千百年来，汉族、回族、维吾尔族、哈萨克族、俄罗斯族、达斡尔族、塔塔尔族、锡伯族等 25 个民族生活在这里。他们在这片土地上和睦交融，生息繁衍，保留着独特的民俗风情。

不管自愿或是被迫，无论战争与和平，一个民族的迁徙的脚步印满绵长的故事，行囊卸下即是又一处故乡。孤陋寡闻的我，始终以为 18 世纪中叶戍边进疆的锡伯族人，一直在伊犁河谷察布查尔屯田定居，开拓了自己的第二故乡。到了塔城才恍然，一同迁徙而来的还有另一支发源于东北的古老民族达斡尔族。到达伊犁后，他们其中的一部分士兵被派往塔城驻守边关，从来没有后退一步，他们是值得骄傲的民族。为纪念祖先的伟大迁徙，锡伯族人把祖先离开沈阳西迁的农历四月十八日定为西迁节。此行正巧遇上锡伯族人的西迁节，这一天，我们跟随锡伯族人汇聚到西迁纪念碑前的广场前。广场上人潮涌动，锡伯族人男女老少身穿传统民族服装，共进野餐，载歌载舞欢度节日。能干的锡伯族妇女

把自己刺绣品摆出来相互切磋，做的拿手菜肴端出来供族人和客人免费品尝，他们是相亲相爱、不分彼此的一家人。

与锡伯族共同驻守边关的达斡尔族人听说采风团要来，提前举办了敖包节。达斡尔人盛装而来，云集在以石垒成的敖包前，杀羊祭祀，祝词祷告，祈求风调雨顺、五谷丰登、人畜平安，祷毕宰牲，其头颅、心、血、肝、肺等供之，并在敖包旁边的树枝上挂彩布条。祭毕，不分你我大伙把羊肉分而食之，祭品人人有份，共同分享。

哈萨克族萨塔娜提和我聊天时讲，她家住在乡里时，那些在牧区的亲戚朋友，每到开学就骑马把孩子送到她家，或一两个、或两三个，从她记事起，家里从来没有中断过孩子。她母亲一生都在为这些孩子们忙碌，从来不分亲生不亲生，来到家里的孩子全一样。365 天，母亲重复着同样的活计，清早起床、煮奶茶、打馕、收拾屋子，洒扫庭院，瘦高的身影进进出出，总是乐呵呵地，她从没有想过什么物质回报，亲戚朋友们也没觉得有什么不合适，从来也没有给过什么生活费或是钱，最多放假来接孩子时，带点风干肉、马肉或是奶疙瘩。母亲觉得，生活就该这样，别人需要她，这就是最好的理由。这种情况并非只有一家，几乎所有住在城里的亲戚，都寄养了几个孩子。哈萨克族人思想意识里，一个不被他人需要、没有朋友的人，得不到来自族群的关怀和温暖，就像草原上迷失的羔羊，生命注定是孤单悲哀的。

一路上，听到坐在我身后的一位女士，不断地给同伴讲她烘烤俄罗斯面包、用自家果园采摘的草莓、杏、苹果等熬制果酱的程序，与家人和亲朋好友分享劳动成果的喜悦。一位肯花费数小时，甚至半夜三更从热被窝里起来揉面的女人，是优雅安闲的，她懂得借助阳光、空气、水，调和面粉、鸡蛋、盐和糖，在拿捏有度的时间里等待面包成熟的时刻，熬出果酱的香味，这是多么令人向往的闲慢生活。有幸的是，我在塔塔尔族女教师再屯娜家里吃到这样完全人工烘烤的面包和主人亲手制作的各式果酱。暂不提吃的感受，容我说说这个小院。除了一条小径、

几间平房和房前的平地，一亩见方的院子全种着树，走进院子如同来到了森林公园。拥有这样的院子，让蜗居在城中高楼的我羡慕得眼珠子都掉出来了。

离开塔城的前一天，去买塔城有名的风干鹅，从市场出来，有些口渴，进了卖冷饮的小店要了一杯酸梅汁。不一会儿，年轻漂亮的汉族女店主端了上来。呷了一口后，我惊呼，哇，太好喝了，和我从前喝的酸梅粉兑水完全不是一个味。女店主神情自豪地说，那当然不一样了，这是我自己熬制的。我店里还卖我自己制作的“玛洛什”，非常好吃，要不要尝尝。女店主快步进屋取来尖尖一碗色泽黄润的冰激凌放在我面前说，尝尝吧，不要钱。这就是“玛洛什”，是用纯牛奶和鸡蛋做的。也许是我浅薄，“玛洛什”是我平生吃的最香甜绵爽的冰激凌，比我在意大利吃的所谓世界有名的冰激凌好吃多了。一弯新月、一勺冰激凌，夏日夜晚，与亲爱的人坐在街边，嘴含余香，清风拂过树叶发出轻快的沙沙声，嵌着五彩绲边的艳丽装束的塔塔尔族、哈萨克族、锡伯族和达斡尔族妇女，像绿树丛中的花朵、翩飞的蝴蝶、悠悠的彩云从眼前飘然而过，多么的浪漫和惬意，这是一种纯净的美！

塔城人的眼眸里闪动着泉水的灵光，血液律动着大自然的新鲜气息，他们身体健壮、眼眸清亮，生活乐观、态度开朗。他们从来不缺乏快乐，今晚，让我们咀嚼香喷喷的油馕，举起杯畅饮“格瓦斯”，管它以后的雨雪风霜，不需要奢侈和浮华，唯要这一刻的幸福。只要音乐响起，文化广场、树林底下、果园里面、草原之上、小河旁边，到处都有舞池，那些长相不一的各族男女老少们，身着各种彩色服装欢歌舞蹈，背着各种民族乐器吹拉弹唱、热情的观众捧场，捧着捧着脚底开始发痒，忍不住和着欢快的乐曲跳舞。我跳上一曲已汗流浃背，那些六七十岁的老人一曲连着一曲跳舞，毫无倦怠。

假如有人质疑塔城人的简单、放松、朴素的生活只不过是生活表象，那我要告诉您，我在塔城看到的绝不仅仅是这些。还有塔城人对待

树木、草原、生态和文化的态度，这种态度从细微之处表现出来，像地层深处涌出的涓涓清流，那份清甜，沁人心脾。

在祖国这样一座偏远的边陲小镇，有一群“80后”的年轻人，策划了西北地区最大的环城自行车自由廉租车站，共有1000多辆自行车泊在塔城主要道路上。只需2元钱，便可租一辆自行车，自由自在地飞驰在宽阔的公路上，想象一下，嗅着花香，迎风起舞的感觉要多美有多美。

窝依加依劳牧场，哈萨克语意为“在山区间的小盆地牧场”南麓是塔尔巴哈台山，白雪覆盖如玉龙腾云，绵延起伏的草原绿野千里。哈萨克族居住的毡房前牧人们正赶着繁星般的羊群放牧，天地如此辽阔。见我手里拿着快喝完的矿泉水瓶，牧人在旁边提醒我，不要随便扔垃圾，草场每隔一定距离放置了垃圾桶，还有公厕，队里有专人负责收垃圾。走过新疆许多草原，还第一次见识了草原有固定的垃圾桶和公厕，看来，从前随处乱丢垃圾，随处大小便的习惯应改改了。前年，在天山深处的巩乃斯草原上，我与另一班文友在不到百米的距离，捡了一百多个被人乱丢的矿泉水瓶，实在多得无法清理，只好无奈离去。塔城的窝依加依劳牧场，几百人在这里集会，观看哈萨克族的叼羊比赛，竟没有一张纸片和一个乱扔的矿泉水瓶，要让三万多亩的草场保持清洁多么不容易。铁塔一般强壮的铁列克提队的队长杰恩思米马什告诉我，他们学习澳大利亚的做法，实行围栏放牧，平均500多亩围成一片，一周转场一次，围栏内计算放入固定的牲畜。队上只划出很少的区域开发旅游，丰富牧民的业余生活，改变牧民单一的收入来源。

繁茂的库鲁斯台草原前些年因过度放牧几近荒芜，围栏几年之后，这里重新恢复了往日的生机，百鸟齐鸣，百花齐放，细流轻绕。披着朝阳、散发着草香的露水打湿了我们的鞋面，虽然无缘见到传说中的仙鸟——大鸨，能在静谧、壮阔、多彩如油画般的库鲁斯台漫步，享受自然无私的馈赠，已足够诗情画意。

塔城的生态农业如火如荼、生机勃勃。我们在蔬菜大棚吃着不上化肥、不打农药、原生态的黄瓜、西红柿，那味道甘美无比，无以言表。我小时爱吃的西红柿就是这种味道。无意中瞥见蔬菜大棚墙洞有东西，好奇心驱使，举起手机电筒往里照，呵，想不到吧，一只小老鼠蜷缩着身子，头朝洞的方向安然入睡。灯光照射、人声喧闹，都无法干扰它香甜的睡眠。这只老鼠很有智慧，把家安在这里，不愁吃喝。看来，大棚的主人对这只无伤大局的小老鼠也够宽容。本来我是非常害怕和讨厌老鼠的，这只小老鼠安然入睡的模样，如此深刻地感动和征服了我。

文章写到这里，我突然想起别人用过的一句话，花开在云端。我想，这次塔城之旅，正给人以花开在云端的感觉。

特克斯的色彩与浮光

大自然绚丽多姿的色彩皆源于阳光。没有阳光，地球就没有生命，万物就没有色彩；万物失去了色彩，生活便索然无味。

大自然中变幻莫测的色彩，有着穿透肺腑的感染力。红色热情、活泼、张扬；橙色繁荣、力量、智慧；蓝色沉稳、宁静、清新；粉红可爱、娇嫩、浪漫；银色尊贵；灰色朴素；白色无瑕；黄色灿烂；棕色可靠；紫色梦幻；绿色是生命的希望。

出行南方近月，怀揣着一本口袋书《周易》匆匆归来。脚下白云绵软，头顶蓝天刺目，银色的飞机在蓝天与白云间鹰一般穿行，伊犁愈来愈近了。大地巨大的画布上铺展着绿色的草原、紫色的薰衣草和黄色的麦田，伊犁的缤纷色彩尽收眼底。花开花落，转眼十年，再见伊犁，已是2014年仲夏。“遇见一座城，像遇见一个人一样，等时，造势，得天地成全”，成全我此行的是《西部》杂志举办的第三届文学颁奖大会。下飞机，一路奔向八卦城特克斯（县）。八卦城我早就知道，一直误以为在昭苏，却不知伊犁还有个特克斯。同行的人告诉我特克斯意为“野山羊多的地方”。从伊宁市到特克斯县，两个多小时的路程，没有

见到一只野山羊，却惊奇地发现路两边绿树丛后闪过一幢幢彩色的房屋。屋顶的颜色非常丰富，我细细观察，有红顶、绿顶、紫顶、灰顶、黑顶，仅红色就有大红、深红、赤红和紫红，绿顶也有浅绿、深绿、墨绿和黑绿、还有许多介于赤橙黄绿青蓝紫之间的颜色，只要你能想到的颜色可谓应有尽有，墙面更是多姿多彩，随意混搭，极具俄罗斯风格的房屋，圆拱形的窗牖，配上明艳的色彩，犹如一首演奏在大地上的《跳跃波尔卡》，勾画了一个调皮可爱的哈萨克少女在乡间小路上单脚跳跃，忽而踮起脚尖、小心翼翼，忽而大步蹦跳、奔放洒脱，轻松欢快。节奏感强烈的气氛，渲染出特克斯浓浓的市井风情。

特克斯最著名的当属八卦城。八卦城像铺嵌在绿色大地上的巨大转轮，在阳光的注视下不断变幻着奇妙的色彩。城市中心八卦文化广场为太极“阴阳”两仪，按八卦方位以相等距离、相同角度射线状向外伸出八条主街，每条主街长千余米，每隔300多米设一条连接八条主街的环路，由中心向外依次有四条环路，其中一环八条街、二环16条街、三环32条街、四环64条街，轴轴递进、环环相扣、路路连通，完美体现易经数理。八卦城是中国的唯一，也是世界的唯一。我们到来时，城市中心八卦广场拆了旧观景台，正修建新的太极塔。太极塔主体建筑已经完工，施工方允许我们登临塔顶观看城市。塔不够高，无法一览全貌。曾见过从空中拍摄的八卦照片宏阔震撼，64条街道卦象清晰、切割分明的区域内屋顶色彩鲜艳。此行没有机会空中俯瞰，亦不感遗憾。世界上的美景恐怕我永远也看不完，残缺是一种常态，是应坦然面对的现实存在，残缺有时也是一种美好。太极塔设计成八卦形，白色墙青灰顶。八卦广场四周的建筑不高，也多是白墙青灰顶，显得朴素大气。而离广场中心稍远的建筑，色彩随心所欲，自由缤纷。短短特克斯三天之行，无处不在的色彩时时冲击着我的视觉，让我有些迷惑：特克斯人为什么喜爱给房屋涂上斑斓的色彩？

汉文化的精髓太极八卦能在遥远的西域草原上扎根、兴盛，难道仅

卜筮特克斯风水宝地这么简单？任何自然的事物中，往往包含着必然。八卦与彩色，两者表象的背后一定隐秘着某种联系。这算是一种哲学分析与推断。

神奇广阔的西域大地，散落着上帝遗留的明珠，那是片片丰饶的绿洲。在绿洲与大山之间，是苍凉的戈壁与荒漠。巍峨的天山却似一位高深莫测的智者，亿万年来静默无语、安然独坐，俯视包容着每一种文明，每一种文化和每一个人。特克斯是有幸的，它依偎在天山深处的怀抱，有伊犁河丰沛乳汁的滋养，水草肥美、风调雨顺，成为人们向往的风水宝地。太阳墓、草原石人和岩画给特克斯染上火焰、大地、太阳、月亮和星星的色彩；汉朝的细君公主踏着江南清丽婉约的脚步唤醒了特克斯；丝绸路上的沙漠驼铃摇响了特克斯；易经八卦落户草原，冲撞出特克斯色彩理念的核裂变，易经文化已深入人心。在特克斯听到这样一个故事。两位年轻小伙儿相约进山采蘑菇，他们翻过一座山又一座山，草原掩盖了他们的脚印，两位年轻人在高山草原里迷失了方向，他们拿着手机却说不清自己到底在哪里。这下急坏了家人和亲朋好友，大家放羊一般遍洒在高山草原上，就是找不到他俩。时间过了一天又一天，山里没有食物、没有水，却有熊和狼，亲人心急火燎，找遍了方圆上百千米的沟沟坎坎，始终没有半点踪迹。五天过去了，恐怕是凶多吉少，有人猜测他俩的性命难保，有人想放弃寻找。这时，有人想起一位老人，据说这位老人会用易经占卜，从前，谁家丢了牛或羊，或是失了东西，经他一算准有结果，灵验得很。他的家人急忙找到老人家，80 多岁的哈萨克族老人已病入膏肓，坐都坐不起来了。听了家人描述，老人躺在床上，吃力地吐出了两个字“活着”。结果在第六天，找到时，他们真还活着。原来这两人遇到了几只熊，吓得躲进了一个小山洞里，幸亏带有打火机，点燃树枝，饿了吃草，渴了喝露水，存活了下来。这是易经文化的神奇还是一种巧合，谁能说得清。

城市的成长和大树一样，要有汲取养料的根，有了根的城市才会枝

繁叶茂，活色生香。八卦城就是特克斯的根，彩色房屋是城市之树上的葳蕤的叶片。特克斯人赋予彩色房屋深刻的意象。乾，红色，自强不息；坤，黑色，厚德载物；震，青黄，坦然面对困苦；巽，白色，顺应自然，万物和谐；坎，血红，遇险行舟、勇于进取；离，金黄色，君子以德，明照四方。艮，土黄，安守寂寞、宁静致远；兑，灰色，诚信于心，和颜悦色。色彩，已不仅为了悦目、悦人、悦已，色彩升华为一种精神，彰显着特克斯人品质内涵。此时的八卦城，也已不再是一座城这么简单，它是一种文明完美的交融，是一种生活的态度，更是生命之大道。

参悟了生命大道的特克斯人敬畏自然、尊重自然，循道自然。因热爱大自然并且渴望与自然浑然一体，所以愿意把自己的房屋染成彩虹的色彩，住在童话般房屋里的特克斯人，内心怎么会不勇敢、不宽厚、不纯静。他们不愿挥霍草原，不拿土地换金钱，而是开发有机农业，建设优良种马场，为草原申请了世界自然文化遗产，把草原保护起来，有序发展。特克斯人告诉我们，围栏种植，让草原生息，成绩已经显现，不出五年，那些一时过度放牧退化的草原又将焕发勃勃生机。特克斯人把易经文化发挥到了极致，他们在八卦城里建起了八卦公园、高耸起周文王的雕像。在特克斯河岸的野丛林中建起了太极岛，就连西瓜的雕塑、自制的饼干都制作成太极图的模样。特克斯人把生活在这片土地上的哈萨克族、维吾尔族、柯尔克孜族、蒙古族和汉族等 13 个民族在太极八卦的历史铜鼎里，精心烹制出浓香醇厚的饮食、独特的文化和充满异域情调的民俗，令来此一游的客人流连忘返。

特克斯是一片净土，在工业和信息无限发达膨胀的现今，他们坚执笃守草原文明，苦苦地追寻美好生活。全县不足 17 万人，仍以农牧业为主，人均年收入不到万元。可是，特克斯人却不惜重金，出版特克斯文化历史书籍，养活着几十号演员的文工团，利用废弃厂房打造占地几千平方米的文化产业园区。还有古老的榨油房和哈萨克民族特色刺绣。

特克斯人的思想单纯，目标明显，就是要通过自己的努力，发展自然文化旅游，让特克斯的人民从此告别贫穷，走向富裕。通过旅游致富是险中求生，实在太不容易，我为他们捏了一把汗。

篝火映着夏夜的繁星，穹窿如盖、笼罩四野，草原响起了阿肯弹唱。一个五六岁的哈萨克小男孩，露着小肚皮，跳着自己的舞蹈，他是那样的纯真与快乐，我被这份快乐与纯真深深地感动，一改平常的羞懦，忍不住自告奋勇地唱歌，“草原夜色美，未举金杯人已醉，晚风轻拂绿色的梦呀，轻骑踏月不忍归。”我的歌喉因激动而变得嘶哑，但是，此时的我是一朵盛开的野花，不在乎别人的目光、不在乎生命的长短，不考虑活着还是死亡，只为装扮草原的夜色而怒放。

参透了易经卜筮秘密的特克斯人，一定卜筮到了特克斯的未来，那未来就藏在彩色的房屋里，离开时，我特意用相机把特克斯的彩色房屋逐一拍照。特克斯人告诉我，当年河谷干旱，草长得不好，他们为此担忧。离开的那天早晨，震雷滚过天空，天地交合，普降甘露。真是天佑特克斯啊！

心若有爱　请到达坂城来

偏见是不充分的信息，是片面的不准确的看法；偏见往往始于第一印象，像可怕的毒液，一旦浸入脑中，很难将其剔除。

对达坂城由来已久的偏见，恐怕得追溯到30多年前的20世纪90年代初。年轻的我开始了人生意义上的首次穿越天山之行。那时南疆发现了新油田，需从北疆的克拉玛依调一批人支援南疆石油开发。当时的克拉玛依人普遍认为，南疆荒凉邈远落后，无人愿意去。调动工作是人生的大事，慎重起见，我想先去看看再定。从克拉玛依到乌鲁木齐的长途班车走了八个小时，晚上，夜宿乌鲁木齐，第二天早晨朝着南疆的方向出发。

达坂城是南北疆的分界线，也是进出天山的重要关隘，从北疆到南疆铁路或公路达坂城都是必经之路。车驶离乌鲁木齐市后，在茫茫戈壁上爬行，天蓝地阔，四野茫茫，道路坑坑洼洼，各色砾石以公路为界对峙两边，像两个随时准备战斗的集团军，从旋转的脚下铺展到远处弯曲的地平线。狂风一会儿在这边鼓吹，一会儿又转向对岸，似煽风点火的鼓动者，准备看一场惊心动魄的好戏。老式的大轿车，如负重的老牛，一路气喘吁吁，吱嘎作响，人感觉被抛到了世界的尽头。快到达坂城时，我忽然来了精神，哼着优美的《达坂城的姑娘》，忘记了旅途的劳顿，瞪大双眼，满怀期待，渴望邂逅美丽的大眼睛维吾尔族姑娘。透过玻璃窗，只见街道上空无一人，风吹着公路两边的榆树和沙枣树呼啦呼啦响，如两排老人倾斜身子勉力前行。路边的土泥平房房门紧闭。风吹走的碎石打破了挡风玻璃，行车有危险。司机决定滞留达坂城。司机打开车门的瞬间，门被风猛然向外拉，像被对手一拳击中要害的拳击手，车门左右摇摆，真担心再摆几下就要掉落。达坂城处于两山的峡谷之中，犹如风箱，无论哪个方向，风在达坂城都畅通无阻。风是达坂城惯坏的音乐家，石头、树木、青草，房屋和人，任何一件有形的东西，都被风奴役成乐器，一年到头不知疲倦地吹着风魔的狂想曲。

不得不下车的我立即被风裹挟着，脚步不由地顺着风的方向而去，衣袂飘舞、头发像千万条蛇在头顶上爬行。躲进小商店里，柜台上仅有简单的日用品，最多的是油炸大豆。这哪儿是城，连个村都算不上吧，失望的情绪写在每一张疲惫的脸上。滞留达坂城七个多小时没有吃上热饭，肚里填满了油炸大豆。之后的路上，一车人放屁此起彼伏，奇臭无比。消化不良让荒凉、风大、贫穷、落后，这些词组合在一起，构成了对达坂城的感受在心里发酵。

远方因为神秘而心生向往，远方永远充满期待。人人都盼望行走在无限的远方，继而拉长生命维度，增宽生命河流的丰度和宽度，让其看起来更宽广辽阔。可是，人穷其一生，也无法抵达所有的远方。而有些远方却像与你有着某种必然关联或前世的约定，不得不一次次地相见，远方也就不成其为远方了。达坂城无疑就是这样一个地方。因为第一次被吓着了，自此之后，我多次路过达坂城，心中抵触，似逃避某种可怕的瘟疫，决绝而快速地穿城而过。

带着发酵 30 多年的偏见，2016 年夏天，再一次来到达坂城。这次达坂城一改前次的模样，赐予我深入一座城市内核的机会。

“倚剑登高台，悠悠送春目。”站在达坂城北戈壁的旷野之上，风托举起我的遮阳伞，吹得我裙裾飘飘，仿佛只要一跳，便把我带到碧空之上。向北望，新筑的烽火台犹如号角，接连南北疆的铁路桥凌空飞架，像巨人的手臂，以夺人的气势指点江山。一列动车飞驰电掣迎面驶过，掀起的风把轰轰的巨响送出极远，山把响音回收、折射、切碎，反馈回来，声音仿佛是千年悠悠的驼铃和商旅沓沓的脚步。向南望，一排排人工育林，海浪一样汹涌而来，点点白帆似的风力发电机在辽阔的戈壁上竟发；向东望，达坂城安坐透明洁净的蓝天和在铺天盖地的绿色之间，像盛开的雪莲花；脚下的高坡上，层叠的砾石缝隙人工开挖出的坑，种植着一棵棵小树苗，纵横交错的黑色滴灌管像达坂城人手与手编织的同心结。砾石滩仍是我曾无数次看到、经过的砾石滩，现在，却以另一种历史的意志和姿态，让坚硬冷酷的砾石滩变得柔软而生动。风阵阵吹来，绿色镇压住尘沙，三面环绕的天山清晰的黛蓝衬着羽毛般轻柔的白云。此时的达坂城，风仍是大的。但风似有了欢愉的心情，收敛起冷硬混沌的面孔，犹如一首轻音乐踏绿而行，吹开百花。

白水涧古镇离达坂城区不远，原是一座唐代兵营，因白杨河穿城而过，故曰：“白水城”。古白水城建在铁黑色岩石之上，扼守峡谷咽喉，易守难攻，大有“一夫当关、万夫莫开”之阵势。达坂城人在现已残破无几的古城对面，沿河兴建了一座规模不小的“白水涧古镇”。我们到达的六月，白水涧古镇刚刚开放不久。仿唐代的门楼，护城河、吊桥、烽燧再现了古镇“古戍依重险，高楼见五凉，山根盘驿道，河水浸城墙”的场景。古镇内设达坂城古城遗址、王洛宾艺术馆、奇石馆、文史馆、车马店。达坂城因王洛宾的一首歌而驰名，达坂城人民对这位西部歌王充满了感激之情，古镇里专立了他的半身铜像。王洛宾头戴牛仔帽，手弹吉他，注视着远处的达坂城，许多游客抢着在铜像前留影，以自己的方式表达对他的喜爱。王洛宾的不朽魅力唯有达坂城的风可以比肩。站在城门楼上远眺，巍峨的雪峰像一条银色丝带在天边飘逸，坚

硬的山有了各种妩媚。古城下的低凹处水草丰美的湿地，给古镇披上一件绿色袈裟，让古镇看起来像一位从西方探秘而归的行者。达坂城的记者追问我对白水涧古镇印象如何，我告诉他一个新的景点的建造，不在于有多逼真，而是多了一处凭吊反思历史岁月的地方。况且，这里一年天天萦绕着王洛宾的歌声。歌声让行者匆匆的脚步慢下来，安静地怀念一个人、听一首歌；让这座千年废墟不再寂寞，我认为没有什么不妥。

风向北吹。草和芦苇以集体的向度，身体贴俯大地，发出落雨般团结一致的沙沙声。这是一种屈于迎合的卑微吗。不对。草和芦苇正是以这种坚韧，完成生命的成熟与圆满。人的生命何尝不是在压迫之下保守着坚韧。坚韧是特定环境下的一种精神状态。石油人有句话："人无压力轻飘飘，井无压力不出油。"压迫有时更能催生出强劲的动力。那些没有风的日子，草和芦苇一样会昂起头，向天而歌。隔着这片茂密的芦苇丛，白水涧古镇废墟以残缺支离的身姿陡立在高高的达坂之上，像一个战死沙场仗剑而立的勇士，草和芦苇在它的脚下顶礼膜拜。

登临废墟之上，风越过没有阻碍的草地，从北面残缺的城墙垛口呼啸冲击，像攻陷城墙的无数蚁敌，强大的力量差点把我从垛口掀翻在地。碎石夹泥沙夯筑而成的城墙，在千年的岁月里，时常以这种不屈不挠的精神，对抗着自然的进攻。巍峨的博格达雪峰，似勇士智慧严慈的老父亲，飘飘苍苍的白发召唤着儿子，为渐渐倒下的儿子鼓足最后的勇气。风与城的较量，人与自然的斗争，在达坂城演义得尤为残酷。达坂城可能没有太过宏阔的历史，有了这座古镇废墟足以让我透视它精神深度和高度。

交通迅猛发达的当今，人类的触角像八爪鱼伸向每一处山川。地球每一寸肌肤每一个褶皱都留下人类的脚印，再也没有所谓的处女地，所到之处无不被践踏，有的则完好地保护下来，得以让后来者欣赏。达坂城东沟乡河谷次生林，便是这样一处被较好保护的景区。人工铺设的原木徒步道有意高出地面，不破坏草地和树木。步道在丛林里蜿蜒迂回，

曲径通幽、柳暗花明。行走之上，丛林光影斑驳，溪流潺潺，老树虬枝。金黄的油菜和粉色的荞麦花像大地换上的碎花长裙，妖娆了仲夏的达坂城。众多的鸟以自己的方式在丛林中歌唱，歌声清脆动人，像是迎接远方来的客人。在这片丛林中，大自然以不可察觉的伟大力量，悄无声息地蓬勃万物，营造出一种温馨清甜安适的氛围，以至人人陶醉其中，流连忘返。行到云水间我终于看清，达坂城袒露的粗粝荒凉的胸膛里，跳动着一颗如此柔情多情的心。

午后，为了我们的到来，哈萨克族艺人聚集在新建的有着许多雕塑的鹰舞庄园，举办一场哈萨克族弹唱。草原深处生活的哈萨克族人，完成了从草原到乡村的定居，他们还不适应。一些老年的哈萨克族男人坐在雕塑的基座上东张西望，无所事事。人群聚集的地方，空气里的风传达出不可一世的酷热。身体里的水分运移到了皮肤的表面，又是怎么从微细的毛孔渗出，顺着脖颈、胳肢窝和脚心一滴一滴地流出来。我被广场一侧不失时机临时摆摊的哈萨克族妇女吸引。云纹图案的羊毛毡毯、手工刺绣，自制的酸奶疙瘩、自做的点心……这些纯手工制品，每一样都透着哈萨克族日常生活的温度。买了些酸奶疙瘩，在小摊前闲转，广场上的人不多，买东西的人寥寥无几，一位穿镂空水蓝上衣的中年妇女，目光一直追着我，她不好意思地问，你买一幅吧？她的小摊前，摆着十几幅十字绣，绣品有马、狼和鲜花。马是哈萨克族人的翅膀，是哈萨克族脚下的远方；鲜花是哈萨克族人的希望，是哈萨克族人眼中的世界；狼是哈萨克族人的精神图腾，是哈萨克族人勇气和斗志的来源。我由此判断，她是一位热爱生活的女人，心生亲近，于是上前攀谈。我注意到她的手关节粗大，明显变形，强烈的紫外线把她的皮肤灼成红褐色。我问她生活过得好吗，她说，会好的，会好的。不知为何，她微笑的目光里闪过一丝忧伤。一座城市建造得再繁华，假如没有一个个鲜活的人支撑，便会失去存在的意义和价值。我突然想通过她来管窥达坂城世俗的温度。歌声在广场上飘荡，我在歌声中开始与她长谈。她告诉

我，她的名字叫巴提古丽，45 岁。她们家在阿克苏乡黄渠泉村，村里大多数人是哈萨克族。下山定居之后家里有七亩地，十几只羊。七亩地全部种草，一年的收成 1000 多块钱，十几只羊由丈夫上山里放，自己帮人打零工。大儿子学习成绩好，考上江西南昌的一所大学，小儿子在县城上初中，清贫的一家人自足安和。不幸的是，四年前丈夫车祸四根手指被切掉了，没余钱治病，不得不借了两万元高利贷，原本窘迫的日子雪上加霜。上大二的大儿子也由此退了学。

返回家中的大儿子哭着对妈妈说，妈妈，我这辈子最大的梦想就是读完大学。

你让妈妈怎么办，怎么办？

大儿子把头埋在两腿之间，无声垂泪。

现在他在哪儿，还能继续读大学吗？

不行了，学校保留了一年的学籍。我们没有钱，他在家帮人放了一年羊后去和田当兵了。我小儿子现在读高中，他的学习也好。小儿子有次问我，妈妈，我会不会和哥哥一样上不了大学，妈妈我想上大学。一直微笑着的巴提古丽说到这里，泪打湿了眼角，她用衣袖擦，泪水越擦越多。在陌生人面前淌泪，她强忍着，不好意思地低下头。残疾的丈夫无法干活，为了还债，巴提古丽日夜不停地做十字绣，收入微薄，生活难以为继。2014 年，新疆维吾尔自治区开展“访民情惠民生聚民心”活动，新疆友好集团驻村之后，了解到她家的困难，给她丈夫谋得在乌鲁木齐友好商场的一份简单工作，每月有了 1300 元的固定收入。她做十字绣，每月也有几百元的收入。亲戚也在帮助她卖十字绣。驻村组前几天又以 2500 元买走她两幅大十字绣。现在，高利贷已还清一半。她眼里含着泪，始终微笑着说，会好的，会好的，真的会好的。

达坂城有东沟乡、西沟乡、阿克苏乡、柴窝堡乡、达坂城镇、高崖子牧场、天山牧场和三个街道，几乎全是山沟、凹地、大山，不用细数达坂城的资源，单是这聊聊几个地名，便可知达坂城仍然贫困，达坂城

最富有的是阳光和风。艰难的日子，迎风而立，把希望交付未来，这就是和巴提古丽一样的达坂城人。达坂城人用一切可以利用的有限资源，把达坂城建设成了一座精致和谐的家园。此时若是有人问我达坂城给你留下的最深刻的印象是什么，我肯定会说，不是天山草原，也不是达坂城大豆和柴窝堡辣子鸡，而是达坂城御风而舞，临风不惧、贫困且益坚的气质；是达坂城人对自然、对歌声、对一切美好的事物的那份挚爱。

你若心中有爱，请到达坂城来。

追赶河流的果实

孔雀河，醉倒在香风里的汉子
在天山和塔克拉玛干沙漠之间
一条走了又走的路
千年，或更长
东方和西方，两粒沙相逢
执子之手。漠风的背后
你热衷收藏阳光、盐碱和雪水
白露为霜的秋
你伫立河岸
挑起一枚枚灯盏
照亮一座城
一座城的人把你嫁出去
你征服谁，谁就会记住
你带香味儿的名字

——香梨

我劝你，千万别在新疆人面前赞美哪里的水果甜。

下一秒，也许你会被新疆人眼里的不屑与嗤之以鼻伤害。但请你相信他们不是有心的。如果你想在万千人之中辨认新疆人，很容易，拿出当地水果让他品尝。如果他是地道的新疆人，只需一口，肯定大呼小叫，这也叫甜，比我们新疆的差远了。

我再劝你，听到这样的话，千万别争辩。新疆人的身体里含了太多的糖分，性格是胆汁质的，热情豪爽直率，他们或她们会为家乡的骄傲据理力争，绝不是虚张声势。

新疆水果的甜美的确举世无双。如果新疆人不以此为傲，那他热爱新疆的诚意便令人怀疑。

假如秋天是挎着篮子的丰收女神，那么中原的篮里装的是麦子，南方是稻米，东北的是大豆、高粱、玉米，新疆则是装满了瓜果，红、黄、绿、紫，挣脱了时间和空间的束缚，形态饱满丰富到无与伦比；色彩艳丽到超凡脱俗；甜蜜馥郁到啖食难忘。

新疆地处干旱地区，这里太阳辐射强，日照时间长，昼夜温差大，因此这里瓜果特别甜。“吐鲁番的葡萄、哈密的瓜、库尔勒的香梨没有渣。”假如把新疆的瓜果写成一首散文诗，让阿肯（哈萨克族民间说唱艺人）弹唱，三天三夜也唱不完。现在是仲秋，白露过，寒蝉未鸣，夜风清凉，天干物燥，这个季节最适合吃梨。那就让我单说说香梨吧。

一

香梨，顾名思义是有香味的梨子。香梨，香妃，茴香，这些缀以香字的名称似乎都与西域有关。如果把众多的梨美人聚齐君前，香梨一曲胡旋舞，六宫粉黛无颜色。香梨饱满多汁，绿色的皮脆薄如纸，朝阳的一面染上阳光的颜色，淡淡的红晕，美人含羞，惹人怜爱。一枚梨是水的露珠，一弹即破，放在显微镜下看，当牙齿咬破皮的瞬间，似跳水运动员从十米跳台钻入水中，嘴角四周溅起层层水花……

时间指向1986年9月，邓小平在人民大会堂宴请英国首相撒切尔夫人，此次访华，为1997年香港回归问题进行谈判。在邓小平强硬坚定的态度下，撒切尔夫人有些招架不住，心情沉郁。宴会期间，服务员端上来了一盘新鲜香梨，邓小平主席挑选了一枚香梨递给了撒切尔夫人，请她品尝，以缓解过于凝重的气氛。

very nice ，very nice.

英国首相撒切尔夫人，一边吃一边忍不住赞叹。这位在世界政坛上叱咤风云的铁娘子，轻而易举被一枚小小的香梨征服，顾不得政治家和女人的矜持，接连吃了三个。

当年撒切尔夫人吃的香梨就产自新疆库尔勒。库尔勒背靠南天山，比邻塔克拉玛干沙漠，是划分南北疆的地标性城市，自古以来一直是贯通南北疆的必经之路。如果乘汽车从北疆抵达库尔勒，一线中通的感觉尤为强烈。汽车出塔什店向上攀爬至天山尾间一座不高的岭，向南俯瞰，绿浪层层叠叠簇拥着林立的楼群，雾霭轻笼，库尔勒城若隐若现如梦似幻，仿佛海市蜃楼。深入城市的中心，即刻会被这座城的大气磅礴，端庄秀丽而又刚柔相济的气质深深吸引，城市既有水的妖娆灵动，又有山的崔嵬嵯峨，雌雄同体，匠心独运。孔雀河穿城而过，含有丰富矿物质的天山雪水潺潺流下，滋润着这里的一草一木。孔雀河在库尔勒人眼里还是一条神奇的河流，库尔勒香梨就是沿着这条河流，从铁门关峡谷一直追赶到铁克里干，直至孔雀河消失的地方。仙袂飘飘的孔雀河像天山下凡的仙女，而迤逦孔雀河两岸的香梨树是她的亲密爱人，从不离其左右。香梨独爱孔雀河浇灌过的土地，为此情愿生生世世追随。孔雀河水意志坚定，向着无垠的塔克拉玛干沙漠，香梨一路收集河水遗留在大地上的诗词和记忆，创作出一曲经久不衰缠绵悱恻的爱情长歌，点亮满树的灯笼，为一条河的归途壮行。

凭果农多年的经验，他们说沿孔雀河两岸15千米的范围内生长的香梨，最为与众不同，而在此范围内，沙依东园艺场和铁门关一带的香

梨更是极品中的极品。香梨掉地粉碎，这是世界上迄今为止，所有的梨类中独一无二的，除此范围以外的香梨，虽说也叫库尔勒香梨，品质却大相径庭，皮厚核大，东施效颦，外地人真假难辨，只有吃过多年香梨的当地人能够区分。香梨的糖分含量高，梨汁粘手，我住的小区路两边全是香梨树，小区梨树和其他的花木一样，不为求其果实，主要是春季赏其花。站在路边的香梨树每到秋季，照样结它的果。香梨多了也没人稀罕，行人来来往往，熟透的香梨会“啪”的一声突然掉在地上，粉身碎骨。路面上，一团一团香梨落地的甜泥，踩着粘脚。

香梨是库尔勒乃至新疆和全国难以复制的特色产品，是库尔勒仅次于石油的支柱产业。种植面积近百万亩。香梨是一位真正意义上的皇家贵族，农业，土地开发、水利、劳务、储存、保鲜、运输、娱乐等行业的20多万人为它服务，他们的今世的命运幸福和这颗小小的果实紧密联系在一起。库尔勒市兴建的数百家保险冷库，就是香梨产业兴盛的见证和标志。香梨，带来了丰厚的经济效益，使库尔勒一派繁荣景象。每到秋季，垛满了成箱的香梨，一辆一辆车满载香梨驶出城市，每一枚香梨都是库尔勒的形象大使和代言人，是一个最贴近世俗需求的文化符号，这里的阳光、河流、土壤、盐碱、草木、白云、蓝天及淡淡的沙尘，被一枚枚香梨带到远方，及远方的远方，每一位食客都感觉到来自西域的香甜，这种香甜不同凡响，他们似乎能感觉到树叶、根系、淡淡的花朵和梨的生长，呼吸着树汁的清香，身不由己对这些追赶河流的果实心生爱恋。

二

相传，古代有一个叫艾丽曼的姑娘，为了让乡亲们吃上梨子，她不畏艰难，朝东翻越99座山，到过99个地方，骑死99头毛驴，引进99株梨树，在当地栽植。其中只有一株梨树与本地的野梨树嫁接成功。当梨树上结的梨子成熟时，香气浓郁，随风飘散，乡亲高兴地称它为

“乃西普提”，意思是喷香的梨子。千年的时光里，梨树经过了多少人双手的抚摸，游走了多少人家，甜了多少人的肚腹，已成为扑朔迷离的历史残片，人类很难确定香梨的具体种植时间，但香梨是西洋梨和东方梨嫁接、驯化而成则是不争的事实。香梨可以说是东西方文明在古老的丝绸之路上交融并蓄最甜美的例证。20 世纪五六十年代以前，库尔勒香梨种植面积很少，散见于维吾尔族人的庭院里，20 世纪五十年代末，沙依东园艺厂成立，在位于新疆库尔勒市西郊十千米处的孔雀河畔，采用现代嫁接栽培技术，大范围种植香梨，这是香梨走向世界的发端。周边的农民返效仿之，他们放弃棉花、玉米、小麦等农作物的种植，纷纷种植香梨树，把新的生活希望系于小小的果实之中。恰尔巴格意为“四个花园”，这里是库尔勒市的香梨主产区之一，20 世纪 60 年代中期，香梨园二三十亩，改革开放之后开始成规模的种植，如今，已发展到几十万亩。在这里，最早的梨树已经有 100 多年，绝大多数的梨园生长了二三十年，正进入结果的旺年。尽管风灾严重，且遇病害，香梨减产，壮年期的香梨园仍然硕果累累。在上户乡的卡拉苏村，有幸得见 50 年前种植的香梨园。几十棵梨树，主干粗壮低矮，要两人围搂合抱，枝干似条条虬龙，苍劲有力，形如绿塔，宝塔层层悬挂一枚枚香梨，像一个个银铃。树下，铺着艾德莱斯绸的长桌，摆着西瓜葡萄香梨和热气腾腾的茶，村民们环桌而坐，弹琴唱歌，男女老幼跳着欢快的麦西来普，凉风徐徐，传递着丰收的诗意。如果你恰巧三月底四月初来到梨城库尔勒，建议你顺着孔雀河一直往下走，你会看到千树万树梨花开，雪白的梨花如云似雾，铺展在广阔的大地之上，那是花的海洋。清气过，枝摇曳，万顷花浪翻涌，美出了浩荡之势，空前绝后。人在花下走，云在天上飘，香气袭人。如果你有足够的时间，可以细细观察梨花，或一枝独秀，或相互簇拥，婀娜多姿。每朵花有五个圆满的花瓣儿，围着中间的花蕊，每个花蕊头顶褐色的点点，像宣纸上的几点墨，点缀着梨花更加娇俏。

梨花堆雪压枝低，
游人僮佪醉迷离，
梨城三月芳菲暖；
清风明月共欢喜。

置身花海怎么能不欢喜。这就是活在人间的所爱。

三

世界上但凡稀有的物种，无不娇贵，动植物同原。香梨被誉为果中圣品，它的娇贵不亚于大熊猫。从春到秋，从出生到结果，时间有多漫长香梨树有深刻的体会。排除各种意外，一棵梨树要长七八年之久才挂果，十五年方进入盛世，太不容易。说起香梨树的金贵，可不比南方插一根棍子都能长成大树。香梨树不是靠种子植活，也不能扦插，果农们要把每一棵精心挑选的梨枝下嫁给其他梨树，在梨与梨的交融、叶与叶的磨合中成熟，变美。香梨开花和挂果的季节，也是库尔勒的风沙季。风沙发动一场一场特洛伊战争，为一睹梨花的美貌。好在果农们早有准备，安排香梨园周边杨树高大伟岸的身躯阻挡风沙。香梨的皮儿娇嫩，哪怕树叶轻轻扫一下，也会在它嫩如婴儿的皮肤上留下褐色斑点，卖价就不好了。果农们每年要精心修剪香梨树，使每一棵树学会低调，错落避让，尽量贴近地面，减少风对花和果的影响，让每一个树枝和果实充分接受阳光的照抚。香梨园里，我发现几棵间杂着的砀山梨、苹果梨和酸梨。九月中旬，香梨已采摘完毕，而这些杂梨成熟的果实仍挂在枝上，树下掉落一地，竟无人理睬。它们是香梨树的丫鬟，专为香梨花授粉服务，因为香梨的花期短、梨花授粉能力差。砀山梨个头大，像孩子的脑袋，吃一个管饱。尝过之后，觉得这些梨子也挺好吃，梨树背负着的使命不同，果实也分出了高低贵贱。香梨树下杂草丛生，我以为可散养些鸡，鸡吃草，香梨长，互不影响。果农们笑了，笑我无知。这些杂草并非可有可无，它们是梨树的护卫，这种草是虫儿的美味，有了草，

它们就没有必要爬那么高的梨树，香梨树便减少虫害，少打药，冬天落雪，匍匐的草给树根多加一层棉被。采摘香梨得戴手套，包一层软纸，再套上泡沫袋，轻拿轻放，不敢有半点马虎。储藏更讲究，温度控制上下偏差不能超过0.2摄氏度，每一步都得小心伺候，不可掉以轻心，否则，香梨很快就会腐烂变质。在香梨园里巧遇从加拿大请来的土壤专家，他挥舞铁锹，挖开一棵树根，诊断树的发育健康情况，之后要对土壤进行分析，配制营养，提高梨树的免疫力，也就是说，梨树的健康从梨树健康时抓起。为提高库尔勒香梨的天然品质，如此大费周章非常有必要。一枚香梨众星捧月，千呼万唤始出来，使现实的香梨，接近于理想主义。

四

谁能解释，花蕊只是孕育果实的温床，还是自然亘古的呼唤？是否还有不为人知的奥秘，否则，怎么可能几十年前，梨花的香味悄自叩开一个小女孩的心房，让她冥冥之中循着梨花的古老密码逶迤而来。同学的爸爸是一位开大车的司机，小时候常去她家玩。有一次。听他爸说起南疆有个叫库尔勒的地方盛产香梨，本地人唤作“奶西姆提”，意思是“喷香的梨”。梨子有孩子拳头大小，甜若蜂蜜，脆如冰块，掉落在地会摔得粉碎。呵，此果只应天上有，人间哪得几回见。荒滩戈壁长大的我，想裂脑袋也猜不出它在舌尖上是种啥感觉。隐藏在岁月深处的谶语，像一棵生长在迷宫的圆葱，层层包裹，层层回旋，层层展露那神秘的答案。1990年的一天，当我走出库尔勒火车站，望着成箱、成筐的香梨摆在街道两旁，成片成林的梨园在秋阳中闪闪烁烁，香风阵阵袭来。猛然意识到，原来几十年前幻想过的味道一直在这里等着我，这是味道对一个生命注定的安排。梨园翻腾起绿浪，拍打着我的激动的心岸。这土地多么香甜！这就是被人们称为梨城的库尔勒！从此，爱上这座城市，毅然作别故乡、跨越天山，拖家携口，来此定居，一住就是几

十年。几十年光阴里，我把自己也变成了一棵树，根深蒂固，守望着梨城我美丽的家园。生活在梨城，香梨同样滋养了我的孩子。刚来库尔勒时，五六岁的儿子一口气能吃掉八九个香梨，真担心撑坏了他的小肚皮。后来，年年吃，吃多了，嘴变得越发挑剔，喜欢母梨肉质的细腻，厌弃公梨的果核渣糙，分得出正宗还是伪劣。香梨吃不完，储存起来，冬季，从菜窖里取出表皮泛黄的香梨，咬一口，清凉甜爽，沁入心脾。在天干物燥的冬天吃着甘美的香梨，真是无上的享受。也有许多人喜欢把香梨做成梨酱，抹在烤得焦黄的馍馍片上，好吃极了。或者加上甘草、贝母、冰糖熬成梨膏，遇到伤风咳嗽，温水冲喝，不用吃药便可痊愈。2000 年之后，城市快速发展，一栋比一栋高的楼房，在梨城迅速地蔓延。有一天，坐车走遍了这座城市，猛地发现，高楼竖起道道密不透风的墙，阻隔了花香、月亮与星光，城里，再也找不到那海浪般汹涌的梨树，它们悄然退缩到城市的边缘。一时心有说不出的沉重和失望。没有香梨园城市还叫梨城吗？第二年，我沿孔雀河一路往下游行走，惊喜地看见，戈壁深处，香梨树非但没有萎缩，反而以排山倒海之势向着荒漠的版图蔓延，此情此景让我的心中充满喜悦！

巴伦台散记

从库尔勒到和静县的高速公路正在扩建。汽车过焉耆县后，团场的村道上七拐八弯，公路两岸杨树、柳树、沙枣树和榆树共同组成的绿墙，像穿越迷宫，树墙后面，玉米、棉花郁郁葱葱，浓淡的色块像墨青大写意，恣意汪洋，长势良好的庄稼即将成熟，像马拉松运动员到了最后冲刺阶段，即使远远地望过去，也能感觉到庄稼拼尽全力生长的速度，听到庄稼在烈日下大口地喘着粗气。经历了黑暗中时间的酝酿，春天突如其来的沙尘和寒冻，倔强的生命摇摇晃晃不屈不挠，终于看到胜利的曙光，每一棵秧苗怎能不奋不顾身。

车到哈布其哈峡谷口，风的力量在这个峡谷口扮演了尽职尽责、使命感强烈的演奏者，憋足了气从“长号”吹出来，零零碎碎的骆驼刺紧紧贴伏在山坳处，仿佛一抬身就被风连根拔起，四处飘零。出峡谷向北，便是和静县高山草原，这里是巴伦台和和静县的交汇处。蒙古族人在这个出口设供祭。从前堆起的石块，现在和静县政府把它们设为旅游景点，用水泥砌成了三层圆台，周围植树，拉起五色经幡。风大，树一律朝着南面倾斜，风像勤奋好学的老先生，经幡被翻来覆去地看，阳光

争晒，许多幡碎成了布条。道路岔口立着一块大石头，石头上的题字是前巴音郭楞蒙古自治州州长浩·巴岱所写。浩·巴岱也是文化人，他写诗歌，和台湾诗人席慕蓉由诗结友，关系密切。2007年夏天，席慕蓉来新疆文化考察，我有幸陪同她一起拜访了浩·巴岱，他在乌鲁木齐的家里招待席慕蓉，一起共进早餐，大概这是蒙古族接待贵宾最高规格的表达了。下车拍照，立即感觉到强烈的紫外线，像把人放到微波炉里烤，好在山风劲舞，身体并没有感觉汗蒸，只是裸露在外的皮肤有些灼烧。

稍做短暂停留继续赶路，道路逐渐深陷进两岸绵延不绝的巉山之下，汽车贴着山崖下肠道似的公路蚂蚁般蜿蜒，山谷底部巴伦台河水掩映在野柳、野槐和沙红柳丛里，忽而激荡忽而舒缓，流水淙淙，山风摇动，树木集体起舞咏唱。

到达巴伦台已是黄昏。

黄昏的巴伦台镇，暗影慢慢爬上山峦，斜阳如母亲的吻轻轻印在山尖。顿时，每一座山尖都因欢喜而烁烁明亮，仿佛镀上了一层金子。穿着单衣裤下车，全身的毛孔即刻收紧，竟有些瑟瑟，山里山外气温竟然相差了十几度，人像坐过山车，一时无法适应。

巴伦台位于天山腹部的崇山峻岭之中，自古便是一个交通要道和重要的关卡。从右边216国道翻过胜利达坂可到乌鲁木齐，从左边218公路穿越巴音布鲁克草原可达伊宁市，两条国道在巴伦台交会。从和静县地图上看两条路像树的枝杈，将需求、欲望、向往和无限的可能伸向远方。独库（独山子至库尔勒）公路开通之前，这里是南疆通往伊犁地区的必经之路，也是库尔勒通往乌鲁木齐的捷径。也许正是由于四方通衢的作用，弱化了巴伦台的价值。大多数人包括我，都以为巴伦台是一条狭长的山谷，公路两边无非是些不上档次的小饭店，来来往往的人最多在巴伦台吃顿饭，短暂停留之后一脚油门冲出山沟，远方的那拉提草原或巴音布鲁克草原才是人们的期待。真正的巴伦台镇何止这一条沟，

3000多平方千米的土地仅有7%是平坦的，绝大多数地方重峦叠嶂、峡谷纵横，巴伦台沟、浩尔哈特沟、呼斯台沟、乌兰沟……沟沟相连，山山相通，能叫上名字的宽沟深壑就有十几条。高山对人的活动，无疑是一种限制，但高山何尝不是自然给人类的一种恩赐呢？高山拉长的土地至少成倍增加，从而赢得了更大的空间。

巴伦台的特点就是山多，沟多，水多。20世纪50年代，和静县发现铁矿，之所以把钢铁厂建在巴伦台，就是考虑到这里水多，山多，易于战备掩护。

巴伦台无疑是美的，美在它雄奇壮丽的山峦，美在她千姿百态的沟壑。白色的野韭菜花、紫色的马先蒿，星星一般的雪绒花以及众多叫不上名字的野花，点燃了寂静的山岭。如果把天山腹地比作上帝的后花园，那么巴伦台就是花园的照壁、屏风，用于呼应的前景。

蒙古族世代在巴伦台的山谷中转场放牧，繁衍生息。现在，巴伦台镇六个行政村常住人口中绝大多数是蒙古族。所以地名也多是蒙古语，乌拉斯台、巴伦台、呼斯台……这些名字把初来乍到的内地人，弄得晕头转向，云里雾里。20多年前，我领着四岁的儿子去库尔勒探亲，火车在巴伦台站停下时，记得已是下午，狭小站台上显得有些空寂，孤零零一棵老榆树下开出一小片花园，花园里种着耐旱的土豆花和臭绣球花，从站台上往外看，并不见楼房和村庄，远处风蚀的山体灰蒙蒙的，少了生命的绿色。儿子从比他高的土豆花丛中钻出，手里举着一只绿滚滚的大青虫。火车在此停留时间不短，我心下思忖，如此荒凉的地方谁会来居住？那些年月常有内地人闯荡新疆，是他们不小心把这只只能在内地才能见到的菜青虫带到了这里？

我在库尔勒定居后，妹妹陪母亲来看我，路过巴伦台站，母亲听到列车员报巴伦台站名，误以为是“拔轮胎”，想想这么可笑的地名，就笑出声来，越笑越觉着可笑，竟然一路笑了半个多小时，妹妹吓坏了，以为母亲精神不正常。妹妹见到我给我讲起此事，母亲一听“巴伦台”

三个字，又忍不住大笑。这是一个能给母亲带来欢乐的地方。

我们这些土生土长的新疆人，面对众多的以蒙古语、维吾尔语命名的地方，也一样纠结。比如巴伦台这个名字的意思，我问过许多人，几乎没几个人能说得清楚，这次到了巴伦台，终于晓得，原来巴伦台是蒙古语红柳沟的意思，蒙古族把这种红柳叫沙红柳。奇怪的是这种红柳只生长在巴伦台沟，这种红柳的存在强化了巴伦台的唯一性。我仔细观察过，沙红柳和塔克拉玛干周边的红柳最大的不同是花。普通的红柳花是一簇一簇的，花开红似火焰，紫如朝霞。而巴伦台沟生长的红柳，花枝是浅紫色的，一条一条弯来弯去，如维吾尔族少女轻轻甩动的数条长辫子，妖娆妩媚却又含蓄羞涩。沙漠的红柳以耐干旱、耐盐碱、耐酷暑闻名于世，沙漠红柳和胡杨被人们广泛颂扬，昭示着艰苦恶劣的环境下，坚忍顽强的精神，它已上升为精神图腾。沙漠里生存的人以它为参照，激发自己克服困难的勇气和毅力。巴伦台的红柳，生长在河谷水岸，与沙漠红柳比要幸运得多。命运的种子投在不同的地方，便有了截然不同的结局，这和人的命运多么相似。巴伦台的沙红柳生对了地方，可是生活在这里的人，面临的困境与艰难丝毫不亚于沙漠红柳。

巴伦台镇夹在天山的褶皱当中，镇政府所在地设在巴伦台沟，河谷狭窄，两岸大山绵延崣峙，似两道钢索，把巴伦台人牢牢围困其中。20世纪五六十年代之前，这里全部的生产方式就是放牧，没有公路，也没有医院，有钱的牧民把孩子送到黄庙去学习简单的蒙古文。道路交通的闭塞，给牧民的生活带来极大不便，生产长期得不到发展，时光仿佛在这里停滞，面对绵延不绝的大山、贫困与伤病，人们无能为力。去年，我采访过从巴伦台走出来的蒙古文人道·李加拉。他出生时，正赶上牧民转往冬牧场，母亲在大雪纷飞中生下他，往襁褓里一裹，背在身上，连续走了三天三夜，到达冬牧场后，母亲打开襁褓，被眼前的景象吓呆了，儿子的双脚已经被冻伤，脚后跟儿皮肉溃烂，父亲剪下一撮狗尾巴毛，烧焦、敷在他的脚上，好与不好只能听天由命。一个孩子能够健康

地长大成人，都要经过七灾八难，孱弱的淘汰了，健壮的留下来。不像现在医疗科学高度发达，人类摈弃了自然淘汰的规律。巴伦台村出生的蒙古人桑格加拉，从 1964—1999 年，在巴伦台村和呼斯台村当了 35 年村支书，他当支书那阵儿骑马上下班，通知开会从这个蒙古包跑到那个蒙古包，每个蒙古包距离又远，通知完一个会一天就过去了。巴伦台从前一直是纯牧业，20 世纪 60 年代初，十几户从江苏迁来的支边青年，开启了巴伦台种植蔬菜的历史。巴伦台属高寒地区，年平均温度 5.7 摄氏度，不宜农作物生长。只有土豆、大白菜、胡萝卜、大豆等少数品种。尽管浇地用的都是“矿泉水”，种植出的绿色无污染的大白菜、土豆远近闻名，但终究受可利用的农业土地贫乏限制，无法与广阔的平原相比，2017 年全镇农业收入 400 多万元。这个过于微弱的数字，多么来之不易。我们到来时，正是大白菜收割的季节，沿途可见到大卡车上装载着满满的大白菜，白菜地里，一些农民正在弯腰收割。一位承包土地的河南老兄说：“今年巴伦台风多雨多，气温偏低，白菜长不起来，病虫害严重，为保住白菜的好名声，镇上管得严，三天两头来检查，不允许使用化学农药。地头上就立着一块大铁牌子，上面一条一条列出严禁使用的农药名称，足有 100 多种。在大白菜地里走了一圈，发现三分之一的白菜虫蛀得非常厉害，卷心的叶子焦黄，无法食用，被丢弃在地里。”辛苦劳作几个月，这样的结局谁都不想面对，农民有农民的不易，要想保住白菜的纯粹，付出代价的首先是他们。

经过几十年的发展，特别是近些年，巴伦台村村通柏油路，几乎家家有汽车，出行特别方便，看病有医保、草场有补贴，只掏很少的钱，就住上了政府统一建造的抗震安居房。两室一厅的房子，有洗衣机、电视机、电冰箱，和城里相差无几，富裕的人家都在和静县城买个楼房，冬天特别冷时，老人和孩子住进县城，夏天来巴伦台避暑。历史上从来没有解决的问题，现在全部都解决了，牧民过上了梦寐以求的生活。世代游牧的生活方式被改变，但是有一点似乎没有变，人们内心仍旧纯净

淳厚朴实，像山里未经污染的白云，慢悠悠地滑过一座一座山头。欲望被感恩和快乐收拢，衣食无忧，身体强壮，这是许多人孜孜以求的生命状态吧。

途经巴伦台，无论走 216 国道还是 218 国道，沿途都可以看到星散的牧民定居点，天蓝或明黄的色调，整齐统一的房屋，似刻意摆放的彩色积木，在蓝天与绿草间翻开童话书页，顿时让一颗心变得纯净安宁。巴伦台镇共有六个行政村，定居点最集中的是包格旦郭勒村，“包格旦”是蒙古语深山泉水的意思，218 国道从村前经过，远远地望过去，车流如织，像一条闪闪发光的银河。前沟后沟两条水如哈达环绕村庄。村子里的人大多数在山上放牧，家家镶嵌着马形饰物的彩色铁门闭着，草地里有两只悠闲的黑头羊。黑头羊是和静独有的羊种。脖子以上纯黑如墨，秋天正是上膘的季节，身体圆滚滚的。此时，它们待宰的日子不远了。上天不让它们有思想反而是无限的怜悯。黑头羊的闲更显得村庄安详静谧。走进村委会大门，馥郁的香气扑面而来，门前小路两旁被大片的白色碎花覆盖。我用形色软件扫描，显示名称是防风。防风是一种中草药，有祛风解表，胜湿止痛，止痉等功效。防风的生命力顽强，可以很快占领土地，让庄稼不能很好地生长。农民对这种草很痛恨，把它们叫臭草，发现后必除之。但草原上的牧民并不这么想，也不这么做。天地属于万物，每一种动植物都有生长的自由和权利，每一朵花都是美的，没有香与臭的区别。

这个村 20 世纪 50 年代初建，当初只有 60 多户人家、200 多口人。60 多年过去了，现在增加到 200 多户、500 多人，人口发展缓慢。不知是不是与这特有的地理环境有关，也许这样一个狭长贫瘠的山谷无法供养那么多的生命，这也是自然法则吧。去年，这个村有 25 名年轻人考上了大学，还有许多年轻人到城里去打工，有文化的年轻人，似乎不愿意再过只知道放羊、吃饭、睡觉的日子，他们更愿意把自己的理想放逐在远方和城市。在村委会，我见到了村党支部书记阿拉西。从他不停接

打手机的状态，看得出来他的工作很忙。他很热情地接待我们，详尽地介绍了村里的情况，还给我们讲了一个有趣的故事。从前，乌鲁木齐的博格达峰和巴伦台的包格旦峰名字相同（巴伦台的博格达峰），他们曾经是相亲相爱的一家。有一位蒙古勇士，在一次保卫家乡的战斗中牺牲了，人们把他葬在乌鲁木齐博格达峰下，他的妻子阿尔腾格日勒思念丈夫，领着两个孩子，每天站在山巅向乌鲁木齐方向眺望，一年又一年，母子三人变成了三块石头，永远朝着博格达峰的方向，她的泪化作两股清泉，在山脚下汩汩流淌。村妇联主席欧音其米克专程带我们去浩尔哈特沟看这股神奇泉水，山路崎岖颠簸，有一截被洪水冲毁，车无法通行，步行半个多小时，看到山脚下河谷的树丛中缠绕着五彩经幡，走近看见两股清泉从石缝隙流淌出来，捧在手心喝一口，清冽甘甜，比超市里卖的矿泉水好喝多了。欧音其米克告诉我们，所以在这里拉上经幡，感激大自然的恩赐。是的，游牧民族对大自然的依赖，像羊依赖草原，在这里，人并不是最高贵的那一层，而是所有自然生物链中的一段。他们对自然的感恩和敬畏之情，就像这股清泉，是由内向外的自然流露。曾几何时，我们这些生活在现代化设施齐备的城里人，像过着舒适生活的笼中鸟儿，失去了飞翔的翅膀，渐渐疏离自然，丧失了感恩与敬畏之心。

近几年，巴伦台的畜牧业面临着新的困难和挑战。由于现在草场都分给牧民，草场得不到养息，牦牛、马等大畜发展得太快，给草场的平衡带来压力，致使放牧距离拉长，投资加大，牧民之间小纠纷不断。面临的第二个困难，是灾害，包括自然的和动物的。去年五月下旬，牧民刚刚转场到查汗努尔春牧场，突遇 40 余厘米厚的雪灾，12 户牧民被困山里，饿死冻死了 38 只羊，8 头成牛、11 头小牛犊。这还不是最严重的，最严重的是狼害。以前牧民都有猎枪，现在国家有动物保护法，牧民眼睁睁地看着狼偷袭牛羊束手无策。去年，包格旦郭勒村一户牧民的羊，遭群狼围袭，一夜之间咬死了 70 只，损失惨重。据他们说，山里

的狼很聪明，牧民在底下放羊，狼就在山头，他们把羊赶上山头，狼又尾随在山谷。狼群和牧人斗智斗勇，那些落在羊群后面的羊难免被狼撕裂，成为狼的美餐。对此，牧人忧心忡忡。听了狼吃羊的故事，我们也只是听着。我们不是牧人，没有切肤的疼痛，也体会不到一只羊于他们日常生活重要到何种程度。

不管怎么说，生活都在向好的方面转变。狼的问题也不会任由其泛滥吧。人对付狼总还是有办法的，这一点我深信不疑。

当我们想起钢铁

假如不深入巴伦台，坐在车上很难注意到左手边一棵古榆树下的厂房。

厂房为红砖垒砌，三角形屋顶，两扇陈旧的木质大门被一把老式的锁锁住，来来往往的车辆从厂房门前呼啸而过，卷起阵阵尘埃，扑打到陈旧的门脸上。厂房看着还算结实牢固，因时间过去太久，红砖已变成紫铜色，且蒙上厚厚的灰尘，像一位坐在路边目光浑浊的老者，沉浸在自己的回忆之中，警惕地与现实保持着距离，每一道皱纹都难掩岁月的沧桑。路过的人，甚至不愿多看一眼，人们渐渐地把它遗忘了，去追赶新的荣光。然而，它却是一个时代集体缔造的英雄，是南疆第一座钢铁巨人，是一段光辉岁月的见证者和亲历者。

它就是巴伦台跃进钢铁厂。

巴伦台和钢铁联系在一起，起源于一件偶然的事儿。

1952 年 8 月 8 日，乌库公路修路，穿过海拔 42000 多米的天山腹部胜利达坂，延伸到南疆时，乌库公路工程处处长傅志华在巴伦台的一间土房子里正给一营营长交代任务，有同志反映早上四点出发外出狩猎黄

羊的副食小组直到晚上七点还没回来。第二天早晨，打黄羊的人回来报告说，因罗盘失灵迷失了方向发现了矿石。第三天，乌库公路工程处的同志将发现矿石的喜讯用电报报告了王震司令员。王震司令员得知消息后，手一拍桌子，兴奋地说，太好了，有了铁矿，就有了钢铁；有了钢铁，我国就有望赶超英美，看他美帝国主义谁还敢欺负我们。我要亲自去看一看。随后，亲自同苏联专家赶赴巴伦台莫托沙拉现场考察勘探，做出“一边修路，一边找矿；有了铁矿，就有钢铁”的指示。

1952 年，刚刚成立不久的共和国，从长期的战乱中站立起来，像一位大病初愈的人。国家百废待兴，千头万绪，人才奇缺。然而，共和国的缔造者们哪一位不是经过战火淬炼的钢铁战士，困难压不垮他们，他们雄心万丈，越是困难越向前。他们有能力打下江山，当然也有信心建设好这个国家。他们当然知道钢铁是工业的粮食，一个国家要想走入现代化，没有钢铁那就是天方夜谭，就是痴人说梦。有了钢铁，就有了大踏步建设好国家的底气。曾经在一份资料里看到，1950 年 3 月 27 日，中苏两国政府在莫斯科签订援建中国 156 个大型建设项目协定，新疆钢铁建设是其中援建项目之一。共和国为年轻人搭建了一个广阔的大舞台，中央发出支援新疆建设的号召，随后大批青年通过参军、从部队复员转业、兵团招干进疆。“无数颗跳跃的心，熔成一个庞大而坚强的意志。”巴伦台这位头枕高山、躺在花香四溢的草原上的钢铁巨人，仿佛听到天边轰轰滚过的雷声，从冥冥之中醒来，向着现代化的钢铁工业，迈出了第一步。从此，打破了巴伦台延续千年的游牧生活。

1958 年 4 月，跨越天山南北的第一条公路——乌库公路建成通车，使巴伦台钢铁基地建设成为可能。同年 9 月，新疆维吾尔自治区党委书记曾涤、兵团副政委张仲瀚、巴音郭楞蒙古自治州党委第一书记王振文等参加巴伦台 3#28 立方米“国庆号”高炉破土开工典礼。为赶在十月给共和国献礼，无数双形色各异的手一刻不停，无数双大大小小的脚来回奔忙。一个月，在人的一生中很短，但在众多的人当中却很长，一个

月建成了巴伦台历史以来首座炼钢高炉“国庆号”。如今，高炉依旧立在跃进钢铁厂院内，周围榆树林挺拔出新的高度。高炉呈圆柱形、砖混，这种土法上马的高炉深深地烙上了“大跃进”年代的标签。他们是开拓者、奠基者，是划时代的转折点。当火炬投入高炉的刹那，巴伦台沸腾了，锣鼓声欢呼声响彻云霄，欢乐的人们流下了喜悦的泪水。这个划时代的历史时刻，永远镌刻在新疆生产建设兵团的史册上。紧接着，兵团趁热打铁从农七师、农八两师抽调了2800多人，支援巴伦台钢铁基地建设。巴伦台钢铁基地正式命名为“新疆军区生产建设兵团机运处跃进钢铁厂”。短短一年多时间里，六台高炉像六个钢铁巨人耸立在巴伦台沟。至1959年底，全年生产铸造生铁53027吨，铁矿石166234吨，焦炭117967吨，原煤22.31万吨。总产值3419.58万元，上缴利润862.50万元，铁的产量占新疆铁产量的四分之一。“跃钢”“新疆军区生产建设兵团跃进钢铁厂”简称，被评为全国冶金工业266个红旗单位之一，受到西北五省经济协作区、新疆维吾尔自治区和生产建设兵团的表扬和奖励。

在特定的历史时期，中国几乎所有的大型建设项目，都是依靠轰轰烈烈的会战模式展开的，像大规模的集团军作战，一旦有所突破，人员车马便蜂拥而至，很快形成五脏俱全的生命机体，产生摧枯拉朽的强大力量。

20世纪整个六七十年代。跃进钢铁厂稳步发展，生铁铸造由5万吨增加到50万吨。先后成立水泥连、机修连、铸造连、妇女生产连、农副业排、汽车营，职工近万人；开办了第一、第二小学、中学，学生最高人数达两千多人。他们告别帐篷搬进了平房，过着一日三餐、按部就班的工厂生活。炼铁和生孩子，是当时巴伦台山沟里两件轰轰烈烈的大事，缺一不可。都说有苗不愁长，“铁二代”在大山中悄然长大，然而生活依然是艰辛的。

“爸爸，原来外面的天空这么大呀，我以为别处的天也和巴伦台一

样，窄窄的一条一条，像妈妈切的面条。”现任跃进钢铁厂厂长毛荣军对我说这番话的时候，我的心有些酸楚。毛荣军的母亲是铸造车间的翻砂工。翻砂活我也干过，那是我上中学时，学校修篮球场，男孩子负责铺路，女孩子负责把烧热的沥青倒在沙子上翻炒，活很重，浓重的烟气熏得人受不了。翻砂工作湿气太重，许多妇女到了晚年，腿都不行了。毛荣军的父亲是钢铁厂的一名老司机。当年有两个中队，一个中队将矿石拉到山里面的土炼厂，炼成焦炭，另外一个中队再将焦炭拉到巴伦台炼铁。父亲开老式解放牌大卡车，司机们把这种车叫老黑头。无论冬夏每天早晨四五点起床，发动车走216国道进山。山路险峻坑洼不平，遇到下雨或下雪天常有塌方和雪崩，尤其翻越胜利达坂年年有司机出事，死人不少。冬天车里没有暖气，司机穿着老毡筒、羊皮大衣，实在冷得受不了就点上喷灯烤会儿火。路上就怕车坏，车一坏人就有可能冻死在路上。那是一段让老司机恨得咬牙切齿，却无可奈何的道路；是他们那一代人必须承受的苦难和别无选择的生活。毛荣军的父亲晚年移居乌鲁木齐市，每次听说儿子要回乌鲁木齐，父亲都会再三提醒他，哪一段路不好走哪一段路易塌方。父亲在这条路上走了30多年，熟悉得如同自己的家。其实，现在的路早已今非昔比，但那条土路在父亲脑海里抓铁留痕，永远如昨。

改革开放后，受新型钢铁工业的冲击，跃进钢铁厂不可避免地走向衰落。工厂关闭，工人疏散，学校关门。曾经喧闹的巴伦台镇猛然静默，昔日的一排排民房，安静地站在山坡之上，脱了漆的门都贴上了封条，院子里从前种的苹果树和杏树依旧繁茂，像撑起的一把把雨伞，为将要倒塌的房屋遮风避雨，一只流浪狗在长着蒿草的房屋前转悠，似乎在等待远去的主人。学校的两扇铁网门紧闭着，院子里的荒草齐腰，大门外两侧墙壁上“努力学习，振兴中华”几个大字依然清晰，朱红的颜色已暗淡。我提出还想去参观路边那座闲置的厂房，毛荣军带我们从厂区出来穿过马路，下了几节台阶。厚重的木门吱嘎一声推开，从外面

看不高的厂房，进屋才觉得阔大宽敞，原来这个厂房一部分凹进地下。站在厂区内，仿佛被隔绝在另外一个世界，那种穿越时空的感觉强烈得令人窒息。厂房里并列着两台大型发电机，黢黑的机身落满灰尘。毛荣军告诉我们，千万不要小看这台机器，它的来历可不一般，是第一个巴仑台沟的“洋媳妇”。1958 年 12 月初，自治区王恩茂书记亲自批调一批捷克 440 千瓦柴油发电机组在巴伦台安装，并以电动机带动罗茨鼓风机鼓风，改变了高炉鼓风用汽车引擎带动的状况。接着，他又领我们去看另一台设备，这是一台上海生产的立式四冲程柴油发电机，机身已然陈旧，出厂的标牌崭新发亮，可见这台设备的质量多过硬。标牌上标示着出厂日期是 1961 年 3 月。也就是说，它比我晚出生一个月。这台与我同龄的老设备，完成了自己的历史使命，默默地停放在陈旧的厂房里，到处挂着蛛网，一根木头顶住的大门外面是 216 国道，汽车一辆接一辆呼啸而过，这里却安静得让人有些忧伤。那些遗留的工具，仿佛工人昨天还在这里工作，土法上马的炼钢炉，火锅式的厕所，无不保留着那个年代的强烈印记。厂房里，一幅毛泽东主席的画像，依旧慈祥地看着他一手缔造的钢铁工业，由兴到衰。每走一步，脚下都溅起灰尘，我能感觉到机器的轰鸣声和人的嘈杂声，榔头起子乒乒乓乓的声音，犹在耳畔。他们没有走远，就是这个厂房，曾有数千名来自祖国各地的青年，怀揣着一腔热血，把青春、汗水，甚至生命，全部奉献在这里。光从高处的玻璃透进来，仿佛正注视着这里，抚摸着这些生锈的机器，像抚摸父亲苍老的皮肤，酸楚的泪在我内心翻涌。我们现在的幸福生活，正是踩踏在他们的肩膀上摘得的果实。有什么理由否定那个年代，否定为之付出努力的一代先辈。

如今，十几个人留守工厂，六座钢炉拆得只剩两座，堆积如山的炉渣全部清理干净，露出平整的褐色地面。不久的将来，这里将重新恢复植被，开发为红色旅游基地，让更多的人在青山绿水中，缅怀那一段艰苦的岁月，把过去、现代和未来用一种叫精神的东西连接起来。印度文

学家泰戈尔说：你今天受的苦，吃的亏，担的责，扛的罪，忍的痛，到最后都会变成光，照亮你的路。是的，跃进钢铁厂的衰落，照亮了和静县现代化钢铁工业的光明前景。和静县铁矿资源非常丰富，已探明的矿山有查岗诺尔、备战、诺尔湖、敦德四大铁矿。就近运输，就近生产，这无疑是和静县钢铁厂的一大优势。距离跃进钢铁厂不远的和静金特钢铁厂，已跃升巴伦台现代钢铁工业的龙头。当我们驱车进入和静金特钢铁厂，展现在我们面前的是一个因势而建的狭长的现代化厂区。拾级而上，层层登高，来到生产钢铁的流水线，便完全进入了钢铁的世界，支架，转台，钢炉，阶梯，一切的一切全是钢铁铸造的。生产线上钢花飞溅，机器轰鸣，震耳欲聋，一根根一块块通红的线材、板材、棒材鱼贯而出。红与黑，冰冷与火热，在巴伦台的山沟里，交织转换，最终成为南疆发展的有力支撑。

悠悠孔雀河

阳光，空气和水构成大漠不可或缺的三元素，渲染着大漠遗世独立的孤绝、壮阔、坦荡和惊心动魄的美。

站在热气蒸腾的沙漠里，不免怀疑，光与水定是前世的情敌，明目张胆而又情真意切地表达着对西域大地的深情和热爱。太阳嚣张跋扈，一意孤行，用火红的箭镞射击，企图消灭每一个水分子，独占大漠这个辽阔的狂野的女子；然而水，以坚韧的柔情和不拔的态度，柔弱的身体，紧贴大地，不舍昼夜，竖起无数绿色盾牌，抵挡住不可一世的毒日，用爱滋润狂野焦躁的大地，让干燥的荒漠风情妖娆，色彩缤纷。

我成长初期的 30 年，在一个叫克拉玛依的戈壁小城度过。因油而建的城市，坐落在荒山之下戈壁滩上，覆盖大地的不是花草，不是稼禾，也不是树木和河流。目之所及被大大小小的砾石占领，只剩下地面的灰和天空的蓝，色彩单调得令人绝望。大风肆无忌惮地穿城而过，若不是水井边寥寥的几棵榆树和黄泥土屋上袅袅的炊烟，还有冰冷高耸的钻塔，日夜不停息的抽油机，简直比月球还要荒凉死寂。为了一种叫石油的物质，多少人的青春和生命在此奉献。一首《克拉玛依之歌》涂

染这一群人的生命底色，包括我。

懂事之后，逃离这词儿像汹涌的漩涡，搅得我心神不安，痛苦不堪。我知道，冥冥中的远方，有一座城，有一条河，等着身体和灵魂心甘情愿地皈依。

1991 年夏，带着五岁的儿子，从克拉玛依出发，穿越天山，坐了 8 个小时的汽车、17 个小时的火车，终于抵达库尔勒。接我们的车穿城而过，道路两旁的绿色，像天空的蓝，毫无节制漫无目的地延伸，像海水猝不及防覆盖了眼中灰暗的底色，直抵人心的战栗。车停在孔雀河岸的水上人家，那是我第一次以陌生人的身份近距离打量孔雀河。两岸杨柳依依，自然倾斜的河堤间生着芦苇、红柳、罗布麻、苦豆子及杂草。河水清浅，流水缓缓，蜜蜂在耳畔嗡嗡，蜻蜓轻点过水面，轻巧的足，溅起微小的水滴，飞落在草叶尖。儿子赤脚拍打着水面，小鱼儿在水底忽而东、忽而西、忽而南、忽而北，自在逍遥，不关心水以外的世界。维吾尔族人家土泥小屋沿河而建，简易木桥伸进水里，屋里抓饭香气弥漫，屋外艾德莱斯绸裙在绿树间摇曳成诗行。焦灼浮躁的心被一条河的从容不迫感染、安抚，渐渐平静下来。爱上一条河，如爱上一个人，并不需要深思熟虑，刹那间的电光石火，足以击溃人心坚硬的外壳，这一见，再无法割舍，第二年举家动迁，安置在这座城。居家的楼房面朝孔雀河不足十米，从此，夜夜枕河入眠，生命从枯槁走向丰盈。

伟大的天山，伟岸的耸立在塔里木盆地和准噶尔盆地之间，拦截云朵，收纳雨雪。雪融为水，水聚集为成小溪，溪聚集为小河，每一条河的诞生都是天地拼力合欢的结果。开都河发源于天山，全长 500 余公里，流经大、小珠勒图斯盆地，美丽的巴音布鲁克草原，过和静、焉耆、博湖三县，注入全国最大的内陆淡水湖博斯腾湖，全长 700 多公里的孔雀河经博斯腾湖流出，过塔什店，进入霍拉山和库鲁塔克山夹峙的铁门关，抵达库尔勒，经尉犁县最终注入罗布泊，两条河一进一出，把伟大的天山和浩瀚的沙漠连接起来。地球历经亿万年的沉寂、孕育，以

至山崩地裂地疼痛，分娩出大自然风华绝代的生态系统，自然的大美坦荡在天地之间。从远古到现世，这个巨大的生态水系，以亘古不变的姿态存在，“遍予而无私，利万物而不争。”我仰望它的高度，如同仰望蓝天，树立起信仰。

流经我门前的河曾因班超饮马得名饮马河，当地维吾尔族人称“昆其达里雅”，意为皮匠河。孔雀为“昆其”转译音。孔雀，多么美丽的名字。因了这条河，兵团二师在这里扎下营盘，修筑水渠，开垦出万亩良田；因了这条河，石油大军以库尔勒为起点，支撑起征战“死亡之海”的胆量和气魄；因了这条河，昔日的沙漠小镇蜕变成新疆南部最繁盛的现代化城市。孔雀河像一块巨大的磁铁，把形形色色的人吸引团结在它的周边，这是只有大河才具备的能力和魅力。

幸福，从一条河开始。

春天，草木复苏，满城梨花似雪，落花随水而流，暗香浮动；夏日，河水疏影横斜，波光粼粼，河岸清风徐徐，凉爽宜人；秋季，落叶纷纷，水波斑斓，水映蓝天，流动着丰收的喜悦；冬日，瑞雪纷扬，孔雀河似洁白的哈达，飘在银装素裹的城市之间。沿着河岸蜿蜒的林荫道，每天上班下班，水流哗哗伴随着匆匆的脚步；休息日，往来于建设桥和狮子桥之间，访友，逛街，餐饮；黄昏时漫步孔雀河，看云聚云散，西阳将一河水浇铸成黄金；烦闷时扶栏河岸，望河水悠悠东逝，阅尽人间万年，却始终宠辱不惊，心中的烦闷渐渐疏散。节日里，和市民聚集在河岸大舞台，观演出，赏烟花，载歌载舞，享受欢乐时光……九年前的冬天，几只天鹅如白云飘落孔雀河，也许是天鹅偶然的降临，谁也没想到，此后，天鹅年年降临孔雀河，城市中心的河成为天鹅越冬的新家园。深秋，仙鸟来兮，孔雀河平添了生命的灵动和妩媚。

日子在一日三餐的琐碎、庸常中悄然过去了 25 年，守着孔雀河，从最初的惊喜到习以为常，如今我那河水里浸泡大的儿子，也将他的家安置在孔雀河畔，两岁的小孙儿每日都要去河边游玩，他的小手指着河

说，孔雀河。稚嫩的声音氤氲着水汽，那水汽来自孔雀河。世上，还有什么比相亲相爱的一家人共享一条河，共饮一河水，与一条河血脉相通、骨肉相连更坚固的幸福吗？

人有时是渺小的，人既离不开土地、阳光，也离不开水。千百年来，人以沿袭千年的简单方式掌控着水，而水反之掌控着人的生命：水丰，则六畜兴旺、五谷丰登；水断，则草萎地枯、城颓人散。人与水在爱恨交织的纠缠中耕种、收获、生育、繁衍、建设、破坏、安身立命，用蘸水的笔墨，书写一部璀璨的西域大史。历史无论多么波澜壮阔，那也都是曾经，现世的人只关心现世的生活，比如眼前的孔雀河。这十多年来，我从孔雀河瘦弱的身体，看出一条河的疲惫。每到春冬两季，孔雀河水骤然下降，甚至托不起天鹅轻灵的翅膀。沿河两岸骤增的葡萄、棉花、小麦、玉米、向日葵，牛羊鸡鸭鱼，树木花草；农村、工业、服务业像嗷嗷待哺的幼鸟，把贪婪的喙插入河道；不断扩张的城市无节制地攫取；高耸的楼房日夜不停地泵水，每家每户的自来水管、抽水马桶需要水运作推动；几百万生灵的身体由她供养，包括我，我生命里全部的水来自孔雀河。博斯腾湖水位下降，孔雀河上游堵坝截水，距离绿洲不远的地方，草木枯萎、土地干裂，枯干的胡杨以触目惊心的死，昭告大地从繁华走向衰败的悲壮。许多土地开垦又被撂荒，像一块儿被遗弃的抹布，大风吹来沙尘漫卷，农民经常为争水大打出手，头破血流，生存是天大的事。在生存面前，高尚和诗意遥不可及。

面对孔雀河的衰弱，犹如面对母亲的病体，除了为她的命运忧心忡忡，别的我什么也做不了，这种痛蚀骨锥心。2000 年，国家专门成立塔里木河管理局，管理局就设在库尔勒。面对残酷的生态现实，迫使人们改变现有的灌溉耕种和经济模式，广推滴灌、节水农业，不遗余力地抑制人的无限攫取；向下游注水，调节水资源，解放水库，终使河水挣脱了束缚，干枯的河床再次焕发出生机与活力，修复的生态重新循环运转。今年，流经门前的孔雀河也前所未有的充盈、有了浩荡不凡的气

势。看来，人类与自然和谐共处不是不可能，而取决于人对自然的态度和行为。

遥望千里之外的塔克拉玛干沙漠，躺着一座城的残骸，那是被水遗弃的古楼兰。天山南麓、铁门关下的库尔勒拥有一条河，半城水，何其幸也。

此生，一枕河水，岁月静好，足矣。

乌 尔 禾

身后那座城市迅速拉远缥缈在云端，高速公路两边是平坦无际的大视野，夏季的一簇簇灰绿，被深秋的画笔重新涂染，明暗强烈、浓墨重彩。风莫名其妙地被车窗缝隙猛烈吸入，在车里群蜂似的旋转，碰撞，搅拌，又晕头转向地被甩出去。风在耳畔呼呼作响，像低吼，像反抗，拍打在脸上有一些疼。急忙把车窗摇起，车子在我猝不及防时冲下大坡，握着方向盘的手，倏忽颤抖，头有些眩晕，像酒驾。

这么快，乌尔禾到了。

一

乌尔禾是一片古老而又年轻的土地。

一亿年前，地球的青壮年时代，乌尔禾像彩绘的搪瓷脸盆，湖泊浩渺，湖岸植物茂密高大，土地温润，四季如春，百鸟翔集，龙蛇竞走，一片勃勃生机。乌尔禾剑龙、蛇颈龙、恐龙、准噶尔翼龙自由生息繁衍，堪比电影《阿凡达》营造的自然仙境。20 世纪 60 年代在这儿发掘出了 20 多米长的巨型恐龙，展开双翼三米多长的准噶尔翼龙和无数淡水蚌壳化石就是不争的证明。后来随着两次大的地壳运动，地面抬举，湖水东去，气候逐渐干燥，沧海变桑田，转瞬换了人间。动物们在这个舞台上演唱，你方唱罢我登场，恐龙灭绝了，黄羊、野猪、野牛、豺狼狐兔等野生动物来了。白杨河、克拉苏河、达尔布图河，三条动、静脉穿流而过，灌入大小两个艾里克湖，百口泉泉水汩汩像银光闪耀的流苏，胡杨成林、草木丛生，动物成群，一派欣欣向荣。和恐龙与黄羊相比，人类占领这片土地的时间轻如鸿毛，直到 18 世纪下半叶，也就是距今 300 多年前，人类才开始在此定居。第一位在乌尔禾定居的是位蒙古乞丐，他被胁迫至此，并非自愿。人是群居动物，除非迫不得已，谁也不愿离群索居。说起这位蒙古人还有一个故事。乾隆三十七年春，刚从伏尔加河流域迁回的蒙古土尔扈特部被清政府安排在新疆南北不同的牧场，其中舍楞属下的 300 多户，迁驻乌尔禾白杨河流域游牧，由和布克赛尔亲王府管辖。据说到此不久，草原突发灾难，干旱瘟疫接踵而至，人畜大批死亡，人心惶惶不可终日。占卜师求神算卦观星象，说瘟疫流行的原因是瘟神作祟，大旱是天降人灾，须用活人驱邪祭天，找一个人来让瘟神附在他身上，祭祀天神，然后把他驱赶出大草原，送到远远的地方，灾祸方可消除，以拯救万民，保一方平安。但是绝不能将人杀死，否则，天神震怒，会再降灾祸。亲王觉得言之有理，立即下令寻找“带邪人”，后来找到一名叫吉日地的乞丐，此人既无父母，又无妻儿，也没有亲戚，是最合适的人选。人员确定之后，先让代邪人吃饱喝足，穿戴一新，择吉祥之日，把吉日地绑在寺柱上，举行盛大的祭祀活动。随后，用两峰骆驼载着“带邪人”和为他备好的食物，四季衣服和生活必需品，由两名武士押送，将他放逐到荒无人烟的戈壁滩上。被放逐到戈壁滩的吉日地，在戈壁滩上搭了一个蒙古包住了下来。不几天，食物和水都用光了，不愿等死的他，别无选择地向前走，去寻找食物和水源。慈悲的天神可怜这个孤寡之人，让他找到一片风光秀丽之地。湖水宽阔清澈见底，湖边长满了胡杨、芦苇和芨芨草，湖面野鸭翩

飞，丛林里黄羊、野猪、野鸡、野兔成群结队，蔚为壮观。吉日地拔了些野麻挽结成套子（蒙古语读乌尔禾），他每天用套子套野味，打上水，拿回蒙古包慢慢食用。过了些日子，草原上的猎人偶尔来到这里，无意中看到了吉日地。他惊讶万分，吉日地居然还活着，他的蒙古包里怎么会有那么多的野味。吉日地见到族人兴奋得犹如孤单的羊找到头羊，忍耐不住的亲切和激动，让他忘记了被放逐的苦与痛，他带着好奇的猎人去看他下套子的地方，他在前面跑，速度和马一样快，猎人骑马在后面紧跟。猎人们称赞吉日地是“飞毛腿吉日地”，把他下套子的地方叫“吉日地的乌尔禾”。后来王爷知道了，他很不高兴，下令说，吉日地是带邪人，他是瘟神的替身，不配使这个吉利的名字，就叫乌尔禾好了。从此这个地名就叫开了，直至今日。

200多年前吉日地支帐篷的夏子街如今楼房拔地而起，街市通衢，人来人往络绎不绝，俨然有蓬勃姿态。中华人民共和国成立时，乌尔禾长居人口不足百人。

乌尔禾第一次的人口暴增源于石油开发。石油是奔腾不息的血液，支撑起现代文明的筋骨，让人类的生活和欲望血脉偾张、流光溢彩。新成立的共和国想跃马奔驰，石油绝对不可或缺，克拉玛依油田的发现是战马铿锵踏地的足音，振奋了整个共和国的精神，一首《克拉玛依之歌》，浪漫和激情唤醒了青春的梦境，奏响了生命的节律，无数英姿勃发的年轻人洪流般朝着西北方向集结、集结。1956年，在荒原披绿的春天，乌尔禾首座钢铁井架像如意金箍棒，插在乌尔禾大坡的胡杨林中，伴随着巨大的轰鸣声钻杆飞旋探入地下，把这位沉睡了亿万年的老人从睡梦中拽起，匆匆搭起T台，自此，石油人在这片T台上闪亮登场，并像树根一样向远处的准噶尔沙漠蔓延。

二

在克拉玛依人的眼中乌尔禾是一片神奇的土地。乌尔禾虽与克拉玛

依仅隔百公里，面貌则迥然不同。克拉玛依无水无土，荒凉平坦，满地戈壁砾石，除了石子什么都稀缺。乌尔禾水草丰盈，湖泊河流交错，动物群游。神奇的不止这些，还有闻名于世的魔鬼城，天然沥青矿，戈壁滩上随时可以捡到色彩斑斓的金丝玉。克拉玛依是一位粗犷的顶天立地的父亲，而乌尔禾是丰饶的慈悲为怀的母亲，一阴一阳，阴阳相谐，谁说不是上天指定的婚配。假如当年把油城安在乌尔禾，引水入田，栽花种蔬，家家门前流水潺潺，历史偏偏遇上一群无所畏惧的年轻人，他们随着石油迁徙，哪里有石油，就在哪里安营扎寨，筑墙围城。寻找石油像对待一场战役，只要能打胜仗，根本不考虑环境交通适合与否，生活方便不方便，“可下五洋捉鳖”的浪漫的理想主义情怀，促使他们藐视一切艰难困苦，而这些精神又倍受那个时代赞美推崇。如今看来，这种做法至少拉长了供水、粮草等后勤补给线，浪费了大量的人力、物力和资源。过长的运输线掣肘了油田的生产生活，兵马未动，粮草先行，没有粮草、饮水补给，一切都是零。克拉玛依的领导者们很快认识到了这个问题的严重性，于是他们把目光投向乌尔禾。石油会战初期的 20 世纪 50 年代，当务之急的是解决上万人的饮水，白杨河距离克拉玛最近，运输水的主力是骆驼，每峰骆驼左右两边各驮 25 公斤水，长长的驼队首尾相随，日夜兼程，吸纳吞吐。每人每天只能分到一脸盆水，饮水、做饭、洗脸、刷牙就此一盆，干群一致，绝无多余，洗头、洗澡是一种奢侈，乃至需要特批。骆驼运输的迟缓难以为继，拦河筑坝，修渠引水很快从图纸付诸行动，一条奔腾澎湃的大河被分流切割成小溪，到我记事的年纪，白杨河水经管道通达各个新村，每个新村中心建有一口自来水井，有专人管理，兼烧卖开水，供养全村人吃喝拉撒用水。那个时候的我并不知道这水来自哪里。反正水是公家的不要钱，谁家用谁家挑，不要钱固没有人珍惜，一年 365 天，天天哗哗的流淌。克拉玛依是沙石地不存水，流不出十米就渗入地下，最受益的大概是水井旁站立着的几棵白杨树。20 世纪 70 年代中后期，人口剧增，春夏枯水期常断水，外

出拉水成为油田运输的重中之重，水罐车不够就动用油罐车，家家户户排队打水，司机把油罐车的粗管子对着一堆五花八门的水桶哗啦哗啦灌满，每只桶的水面漂浮一层油花，闪烁着缤纷的色彩，飘着淡淡的汽油味。水挑回家把上面的油花撇一撇，就这么吃下肚了。缺水少绿的克拉玛依，因房屋的增多愈加强化了它的苍凉、疲惫和不忍目睹的孤零，哪怕鲜活水嫩的孩子也染上了戈壁黄羊和蜥蜴的暗黄色，大概这也是适者生存吧。直到引额入克（引额尔齐斯河的水输送至克拉玛依）。额尔齐斯河水长袖一舞，将一枚晶莹的水花胸针别在克拉玛依的胸前，柔软了粗犷的男子，彻彻底底地改变了一座城的模样。当然，这是2005年以后的事，在此之前几十年，白杨河始终不渝的载荷着一座城。水的问题解决了还不行呀，粮食和蔬菜哪里来？石油人又将目光瞄准乌尔禾，“国家经济困难时期，新疆石油管理局，克拉玛依市政府采取生活补救措施，发出向千古荒漠要粮菜的号召，隶属钻井处率先进驻乌尔禾盆地，垦荒造田，种植小麦、蔬菜。新疆石油管理局在艾里克湖畔建立总农场，市人委、保卫处、商业局、运输处、电厂、二厂油建公司公路段陆续进驻乌尔河盆地，新办农副业基地”之后，局属各单位也陆续划地为田，成立农业队，生产的果蔬粮食，供应本单位职工，人吃下果蔬粮食，提供劳作的动力，而排出的粪便做成肥料，运回乌尔禾的农田里，滋养农作物，人与自然建立起唇齿相依的关系，完成了圆满循环。干劲十足的石油大军不厌其烦、锲而不舍地将一根根钢铁探针插入大地，在这片土地上找到乌尔禾、夏子街和风城三个油田，想方设法把岩石缝中的原油挤榨干净。我小的时候并不知道这些开采出来的油去了哪里。父母上班，上班就有钱，有钱就有饭吃，有衣穿，其他的似乎与我无关。

很长时间以来，乌尔禾隶属和布克赛尔，中华人民共和国成立后兵团农七师进驻，后来又发现石油，一块地儿一分为三，耳鬓厮磨难免磕磕碰碰，1982年克拉玛依成立乌尔禾区，父亲从石油管理局运输处调

到乌尔禾任副区长。搞了几十年运输，父亲觉得自己的命运从轻车熟路的高速公路猛然拐下乡间小道，一时难以适应。春节期间去拜望父亲的老乡战友。一个多小时，他喋喋复喋喋，回忆和战友一起经历的年轻岁月几度哽咽。父亲的战友告诉我，你父亲心里郁闷啊！你想他去乌尔禾赴任，身边跟随一位小同事，带几件换洗衣服，搭乘拉货的便车前往。刚成立的乌尔禾区没有房屋，没有办公室，甚至连一张办公桌都没有，一切从零开始，借住在蒙古族家里。他所能开展的工作不过是走家串户，了解民情。蒙古族人热情好客，喝酒自然少不了，他身患乙肝不能饮酒，盛情难却，架不住酒精浸泡，半年后父亲被查出肝硬化晚期，肝区疼痛难忍，从此离开乌尔禾，两年后去世，刚刚 48 岁。现在乌尔禾多好，是新疆西北部最大的农业基地，已经是几万人的小城镇了。女儿呀，我们一起转业来的日照老乡 20 多个人，现在只剩下四个了。我们这代人苦啊！父亲的战友说到这老泪纵横。

百废待兴的 20 世纪 50 年代，克拉玛依的戈壁滩上一下子涌来那么多男男女女，青春的荷尔蒙在旷野中漫延，白天消耗不完的过剩精力，肚里的孩子和地下的石油一样源源不断地生产出来，石油运走了，孩子留了下来。嗷嗷待哺的孩子们有着小狼一样坚实的胃，他们需要粮食、奶和蛋白质撑起骨骼。于是父亲们，义无反顾挺进乌尔禾，下套子、下夹子、挖陷阱、枪打车撞，十八般武艺各显神通。野兔子、野猪、呱呱鸡、黄羊，逮着什么要什么。整个 20 世纪 60 年代的生活困难时期，各个单位派司机开公家的车抓黄羊。父亲在运输处近水楼台，打黄羊他也去过几回。天地暗合，四野阒静，即使夜晚黄羊仍保持警惕，远处十几辆汽车隆隆驶入魔鬼城，如天边的惊雷由远及近，远光灯射出刺目的光，像一束束射出去的箭镞，这庞然大物眼里射出的光比狼还可怕，身体比野牛大得多，在黄羊的记忆里，从没有这样的动物，父母教给它们的技能里也没有这一项，黄羊用可怜的脑细胞努力的搜寻。“可能吓坏了，灯光照到黄羊，它就呆了，瞪着一双双惊恐的眼睛。黄羊太多了，

司机猛轰油门就撞倒一片。真过瘾啊，只管往车上扔。后来黄羊学聪明了，远远地看到车就跑，没命地跑，黄羊怎能跑过车呢？汽车在后面猛追，黄羊跑着跑着，精疲力竭，倒毙在地。”这是父亲给我们描述的打黄羊的情景。小时候我从未见过黄羊，父亲也不把他们打的黄羊拿回家。父亲说黄羊肉不好吃，草腥味儿十足，太瘦没一点油水，吃到嘴里像啃木头棍儿。父亲打黄羊，最后一次是 1973 年夏。那时我家住公家统一盖的土坯房，孩子多，房子不够住，家家在院儿对面自盖一小伙房。记得那天起得早，天微明，口渴，去伙房倒水，开门抬脚突然一个趔趄差点儿绊倒，灯亮的刹那吓了我一跳，地上躺着一只硕大的黄羊，肚皮高高隆起，修长健美的脖子耷拉在地上，一双坚硬如戈的羊角抵住墙角。我轻抚它褐灰色的皮毛，粗糙如针。哦！可怜的公羊。那天我拿着一个冷馍去上学，等中午放学回家，黄羊不见了。父亲说，他请八号房子哈萨克族大哥肢解黄羊，羊肉分给邻里，杂碎羊头和蹄子给八号房子，父亲只留了一条羊后腿。那天父亲炒了一盘黄羊肉，如父亲所说实在不好吃。饭桌上父亲始终不动筷子，我问他为何不吃，父亲神情有些沉重，他说：“今后他再也不去打黄羊了。昨天晚上他们跑了整整一夜才发现这只漂亮的公羊，身后跟着一只大腹便便的母羊。见车追来，公羊见车快追上的时候，停住了脚步，司机刚一踩油门要撞他，它快速闪到一边，和我们玩起捉迷藏。母羊缓缓地向远处跑，司机打算放弃公羊去追那只母羊，司机朝母羊的方向轰油门时，这只公羊突然站到了车前大约百米的距离，然后，冲着车头加速飞奔，还没等我们反应过来，只听得‘咣当’一声，公羊倒在车前，死了。母羊跑远了。大伙把这只羊扔到车上谁也不要，我就把它扛回了。”

爱是多么的伟大，可以让它为爱而死，死得斩钉截铁。我突然觉得父亲他们这代人开发了乌尔禾，建设了乌尔禾也破坏了乌尔禾。

现今，乌尔禾风城开发成旅游景点，星云般流动的黄羊群被父亲他们这一代人猎杀得所剩无几，就连戈壁滩上随处即得的彩石，也遭疯

抢，克拉玛依人几乎家家藏有彩色的石头。大自然亿万年孕化精灵，贯以好听的名字“金丝玉”，摆在高阁之上，成为一种装饰品，更多的雕琢成各种挂件、镯子，在柜台里买卖。大自然的给予和人类无度的索取在这里表现得如此赤裸裸。

三

离开家乡多年，克拉玛依到乌尔禾的高速公路什么时候修通无从知道。从前这条路可不是这个样子，公路像一条丢弃在戈壁滩的马鞭，坑洼不平、危机四伏。新疆几乎所有的路都好不到哪儿去，特想不通，那时候的人为何只修车不修路。车破路差，出门等于受罪，从克拉玛依到乌尔禾要走四五个钟头，每小时二三十公里的速度，简直是牛车的速度。当年车少人多，有车坐就不错了，没有挑三拣四的余地。一群“无产阶级的孩子”，十三四岁的少年，爬上解放牌大卡车拉去乌尔禾学农，呵呵，那可是羊放草原，虎归深山，吃饱喝足，上树掏鸟下河捞鱼，田里偷瓜树上摘果，捉耗子骑母猪，摔碟子打板凳，掏完大粪吃馒头，海阔凭鱼跃，天高任鸟飞，自由自在、胡作非为、浑浑噩噩，谁知道啥是诗和远方，顺便看看《一只绣花鞋》《十三级台阶》《野火春风斗古城》《第二次握手》的手抄本。女同学创下一顿吃 22 个鸡蛋，男生一次偷 30 个西瓜的历史纪录。样板戏和红色电影台词背得烂熟，听说哪个农场放电影，依然和打了鸡血似的，看完电影，黑灯瞎火往回走，男生趴在路边儿，怂恿班里的漂亮女生拦车，夜黑路长，灯火阑珊处，兀现一孑孑身影招手，误以为女鬼追魂，一脚油门夺命而去。幸运时，司机停车招呼女生上车，路沿下的男生一哄而上，司机也无可奈何，到了地方男生女生猴子一样从车上跳下，连声谢谢都不说，风一样飘远了。再后来到乌尔禾接受贫下中农再教育三个月，文化知识没长到，反倒偷吃了不少瓜果，身体养得像颗粒饱满的玉米。

至今，我还是没有弄明白，这段路对我意味着什么。这个又急又陡

的坡，从前，年少时的我，每一次从这里冲下去，身体随着汽车悬浮起来，心脏收紧挤压，不由大呼小叫。路弯处惊现一片金灿灿的胡杨，隆重、明亮、温暖在苍茫的戈壁里，像严冬里的炉火，像迷茫目光里的岛屿，像黑暗舞台上突然开启的一束追光，心海沉睡梦豁然苏醒，文字的路被照见方向，这一刻通往未来的脚步终于有了决定。回家之后忐忑地拿起笔描摹触动灵魂的美，那是我写出的第一篇散文，文字不到500且幼稚，发在公司的简报上。后来几十年搬了十多次家，当初的文字像一片叶子早不知失落在哪里，文学的路却越走越坚定。原来，这条路对我生命的意义深长，一直通向未知的远方。兜兜转转半个多世纪，转了一个大圈，又回到了这里，站在原点，眼前是同一片明黄色的胡杨，耳边仍然漠风飒飒，除了拓宽的公路似乎什么都没改变，变了的只有我的容颜。

时间筛掉了曾经以为要命的痛苦、烦恼和伤痕，时间填平了凹凸的脚印，拉直了奋斗的艰辛，拼搏和煎熬，苦涩也变得甜蜜，剩下的只有快乐与感恩，站在人生的尽头回首，犹如站在乌尔禾眺望克拉玛依，曾经烂如草绳的路已是金光大道，让我无限的留恋，无限的回味。

回眸莞尔而忘怀

身穿白色圆领老汉衫，手摇蒲扇，坐在一把旧躺椅上，微笑地看着妻子出出进进地忙碌，孩子们来来回回地玩闹，仿佛很享受。这一年，常叔叔56岁，背有些驼了，在我这个年仅十多岁的孩子眼里行动迟缓，缺了几颗前门牙，笑起来老态毕现、慈和可掬。

这是常保臣叔叔给我留下的第一印象，好像也是永久的定格。

父亲众多的同事中，我小时候去的最多的人家算是常保臣叔叔家了。我们住的工人新村与他们家住的黎明新村只隔一条马路。我们叫常叔叔的爱人小叶阿姨，她为人热情好客，常请我们去她家吃饭。小叶阿姨留着20世纪70年代妇女们统一的发型，齐耳短发，把她原本就圆的脸，衬托得像个苹果。她个子矮小，身材匀称，动作和讲话一样麻利，他们家的话都让小叶阿姨一个人说完了，通常情况下，常叔叔总是一言不发，眼角挂着笑意。

在物质极度贫乏的年代，小叶阿姨的厨艺肯定不怎么样，否则，为什么我吃了那么多次她做的饭菜，舌尖却没有丝毫记忆跳动的音符。

小叶阿姨和我母亲年纪相仿，那个时候还不到40岁，她没有母亲

漂亮，皮肤也不及母亲白净细腻，讲话快了我一句也听不懂，不过这并不影响我们对她的亲近和喜爱。她性格像孩子，活泼可亲、笑容灿烂，与她没有距离感，用现代人的话说是没有代沟。

小叶阿姨的老家在遥远的海南岛，被她频繁提及。为此，我专门在父亲的大地图前查找许久，终于在地图地最下角找到那个叫海南岛的小圆点。在小叶阿姨的嘴里，海南岛绿林如海、温暖如春、椰树临风、阳光沙滩、天阔海蓝，美如仙境。16 岁之前的她一直生活在她认为的天堂里。在干燥荒凉的克拉玛依石油城长大的我，海南岛是我根本无法到达的邈远极地。那里有小叶阿姨的父母、姐妹兄弟，有她温暖的吊脚楼和儿时的亲密伙伴，有她熟悉的学校和密林中的小路。海南岛于小叶阿姨如鱼入大海，一定是畅快的，无忧的，若非，为何每每提起，她双眸会放射出异样的光彩。

“四野”是中国解放史上战功卓著的神奇军队。这支军队里有赫赫战功的刘亚楼、贺晋年、刘震等十几位军事指挥员。“四野”从中国的东北一路南下，在湖南与白崇禧相遇后一直追打着到了中国的最南端海南岛。

1950 年 5 月 1 日海南岛解放了。解放全中国的历史大任终于完成，中华人民共和国早在半年多前即成立了，在经历的四年无数艰苦卓绝的战斗，血与火的洗礼，生与死的考验之后，解放大军终于可以放下手中的武器，享受胜利与和平的成果。

家在河南濮阳的常保臣叔叔，就是四野军队中的一员，这一年他 35 岁。仗打完了，也该成个家，过上老婆孩子热炕头的美好生活。

那一天，风和日丽，椰树摇曳，机缘巧合遇见了 16 岁的叶爱娥的黑瘦矮小，五观平常。常保臣叔叔缘何选择了她，任我怎么追问，常保臣叔叔始终静默不语。假如他肯说出来，他的传奇经历足可以写本内容丰富的小说。可惜，他至死都沉默着，发生在他身上的故事，连同他参与过的无数战斗，都随他的驾鹤西去而成为永远没有答案的谜。

那时没有洞房花烛夜的缠绵缱绻，叶爱娥嫁给了常保臣。是命运的“红线”，还是时代的“红线”，把原本属于两个完全不同世界的陌生男女联系在了一起。今生，成了不离不弃的亲人。之后，作别家人，叶爱娥跟随这个陌生男人远赴新疆，支援祖国建设。

这一情景长大后在我脑海中反复演义。未离开海南岛半步的叶爱娥，从海角天涯到西域大漠，几十天舟车劳顿一路同行，他俩都说些什么，做些什么。越来越远离的家乡、越来越远离的绿野、像一根长长的细丝，随着越来越荒芜苍凉大地的移近，泪水一寸一寸、一点点拉长她们心中的思乡和恐慌，自古悲情伤离别。万水千山阻隔，此一别许是今生不能再见，谁人不伤心落泪。对于生活在交通信息四通八达的现代人来说，无法体会当时的情景和感受。小叶阿姨不至于生死前途两茫茫，但毕竟远隔万里，怎不伤怀。

广袤的新疆大地，幅员辽阔、人烟稀少，绵长的边境线，凸显着重要的战略地位。在中华人民共和国成立不久，便把目光投向新疆，调集了大批的军队屯垦戍边，着手发展工农业生产。一批又一批年轻人怀着报效祖国的理想和抱负蜂拥而至这片热土。

到达克拉玛依的常保臣和叶爱娥，分配到一顶窄矮帐篷，买了锅碗瓢盆被褥，安置了他们的第一个家。按照部队级别，常保臣当了队长，不知为什么虽初中没毕业，在当时绝对算是文化人的叶爱娥，却被分配学电气焊。猜想这个工种不是人人都能学习，需要掌握一定的知识吧。20 世纪 50 年代的克拉玛依，地处戈壁荒滩、渺无人烟，大风肆虐，豺狼出没，绝不似她的名字般珠圆玉润。没有水源，没有房屋，没有生活物资，一切都要从很远的地方运输，比起转战南北参加的残酷战争，这些困难对常保臣简直小菜一碟，而上帝似乎有意刁难叶爱娥这位弱小的少女，困难接踵而至，让她应接不暇，苦不堪言。克拉玛依气候极端，夏天，太阳如同一个巨大火炉，把戈壁滩快要烤化了一般，烈日下工作，无遮无拦、皮肤要烤出油来。冬天，气温骤降至零下三四十度，冰

天雪地，天寒地冻，夜半出去解手，身体都要冻僵了。狂风还为这极端的严酷再助一把力。大风经常把刚支好的帐篷掀翻、吹跑、锅碗瓢勺随风满地滚，他们一次又一次把吹跑的帐篷用力拉回来，再一次又一次地支撑起来。有一次半夜起风，十二级飓风，把睡梦中的常保臣和叶爱娥吹出 200 多米远，幸亏他俩死死抱住一根电线杆才没被吹跑。克拉玛依没有水，生活用水全部依靠水车从外面拉运。用水实施配给，一人一天一脸盆，吃喝、刷牙、洗脸、洗脚都不够，别提洗澡，洗个头都算想都不敢想的奢侈，这叫从小滋养在水中的叶爱娥难以忍受。

小叶阿姨居家，一年四季不穿鞋，趿拉着拖鞋板，黑黑的脚，五指鸭蹼似的分张。小叶阿姨说她在海南，从来没有穿过鞋子，习惯赤足，穿上鞋，浑身上下不自在。冬天再冷，她都不穿棉鞋，两只脚生冻疮，疼得钻心，那也不改，习惯之顽固保持至今。

16 岁之前的叶爱娥没听说、没见过棉衣棉裤，更别说做了。发的棉衣裤不保暖，常保臣心疼妻子，特意买了羊皮袄（羊毛在里面，外面是皮）。羊皮袄最抵御寒风。保暖是保暖，叶爱娥受不了羊皮的腥膻味，闻着就恶心想吐，宁肯受冻也不穿，背着常保臣悄悄送了人。

叶爱娥的女儿和她妈打趣：“我小时候最羡慕别人妈做的棉衣棉裤，针脚稠密，厚薄均匀，平平展展。而自己妈缝的棉衣裤、针脚杂乱，凸凹不平，没穿多久，胳膊肘和膝盖的棉花坠落下去，留下两张薄布。别人妈蒸的苞谷面发糕又松又软，你蒸出来的硬邦邦的能砸死狗。”叶爱娥听了总是笑着说：“那不也把你们养大了，一个个壮实得像牛。”

恶劣环境还能克服，但心里的哀伤难以愈合。一个年轻、热情似火，一个中年沉静如水，火容不得水，小叶阿姨总感到和常叔叔没有爱情，没有爱情的日子怎么过。她想家，思念远方的亲人。叶爱娥选择了逃跑，每一次出逃最终都是被常保臣找到，拉着她纤纤的手，默默地领回家。

时光在幻起幻灭的指缝中无端溜走。如花的年纪，最容易滋生爱

情。19 岁的叶爱娥爱上了与他年龄相同的小徒弟。绵绵无尽的思念“求之不得，寤寐思服。”注定没有结局的凄绝爱情在焊花中飞溅，绽放着炫目的光热。这耀眼的爱情之光，不能只在暗夜里开放。两心相悦的男女，双双逃离。一座孤城万仞高山，荒凉戈壁渺无人烟，逃又能逃到哪里？

这一次依然是常保臣接她回家，依然是沉默无语，自此，背后多了刀锋般刻毒的声音。有人议论说常保臣太窝囊，好女人是打出来的，要好好调教。常保臣始终没有一句抱屈的话。

一个经历了无数次残酷无情的战争和悲欢离合世事后的成熟男人，内容厚重，内心汹涌，外在却变得朴实、安然。经历岁月磨砺之后，我终于看清常保臣，他哪里是窝囊，在他内心是多么爱这个小妻子，爱这个来之不易的家，因为爱所以包容。

不久，那个小伙子调走了，距离把他们的爱无声地分开。

经历了生活的各种起起伏伏的叶爱娥彻底安稳下来，丈夫深沉的爱焐热了她冰冷的心，她开始投入全部的情感经营起小家，一连为他生了三个孩子。勤快的她包揽了所有家务活，学习做棉衣裤、学习理发，已然成了一位贤妻良母。

后来，“文革”开始了。一个是被人唾弃的“不正派女人”，一个是叛国之人的同党。被批斗的人，无人靠近。对是非，父亲有自己的评判。父亲以一个军人无畏的行动，领着全家人频繁地出入小叶阿姨家，从不理会别人的非议和小报告。这让他们两人心存感激，也使他们在冰冷的世间感到了人心的温暖和热度。

其实，在那个人心混乱的年代，我父亲作为一名领导干部，他的一举一动都需要三思。因了父亲的刚正不阿，“文革”期间，他被造反派关押、打断几根肋条，出来后依然我行我素，同情保护“文革”中受害的弱者。作为他的女儿，我深以为傲。

到小叶阿姨家，听她说的最多的就是海南岛了，她无时无刻不牵挂

着亲人，成了无法割舍的心病。终于在“文革”稍稍平息后的1974年，小叶阿姨踏上了期盼20多年的回乡旅途。那一天离家时，我们去送行，小叶阿姨坐在一辆常叔叔为她搭的解放牌卡车驾驶室里，哭得泣不成声。

送走小叶阿姨，父母小声问常叔叔，她这一去会不会不回来了？

常叔叔看了一眼身边的三个孩子说，她会回来。

一个月后，小叶阿姨回来了，她真不怕麻烦，辗转六天，从遥远的海南岛背回四个椰子、一网兜杧果。回家的第二天专程来我家，送来了一个椰子、几枚杧果。

杧果，不过是一种普通的热带水果，当然，这是后来才知道。那个年代在西部戈壁能见到被誉为“圣果”的杧果，可是太稀罕了。那是我长那么大头一次见到、吃到真正的杧果，尝过之后不以为然，还不如新疆的西瓜香甜。

小叶阿姨和我父母坐在院子里聊天。

家乡的变化不大，可父母亲已过世多年，兄弟姐姐这么多年不见也生疏了，见了面没什么话说。

小叶阿姨说这番话时，双泪横流，她不停地用手帕擦眼泪。

20世纪六七十年代，是中国石油工业快速发展扩张的时期。胜利、大港、四川、江汉、长庆、辽河、吉林、江苏，任丘等新区先后展开与大庆会战模式相同的石油大会战，每一次石油会战必从全国的石油单位调集队伍。我父母卧室的墙壁上挂着两张大大的地图（那时家里没有专门的客厅，父母的卧室是我家最大的房间了），一张中国地图，一张世界地图。每听说哪个油田要调集人马，这段时期也是父亲和他的战友、同事们议论的密集话题。他们在中国地图上用铅笔画个小红旗，测算从新疆克拉玛依到达该油田的距离，讨论该油田的发展前景。父亲身边的多个同事、战友相继调到口里（新疆人对嘉峪关以内的统称）。

常叔叔考虑小叶阿姨无法适应新疆干冷的气候，又不能吃羊肉，

1975 年，他们一家调到了温暖润泽的江苏油田。

电话里，他们的小女儿告诉我，79 岁的常保臣临终前拉着小叶阿姨的手说，你给我理了一辈子的头发，搓了一辈子澡，做了一辈子饭，我这一辈子找了你，值了。

时间，看不见摸不着，却在分秒间让一切换了容颜。2011 年，我母亲回山东老家，路过徐州去小叶阿姨家。小叶阿姨久病半瘫。提起年轻往事，她莞尔而笑说，多已遗忘，还提它做什么。

和田、和田

提到新疆和田就联想起一个词，神秘遥远。是的，在内地人眼中，和田遥远而神秘。自古至今，和田盛产的美玉温润如羊脂，内敛而不张扬，被世代名士风流视为高洁品质的代表、为历代帝王喜爱，令平常百姓向往。

和田因玉而闻名中外，和田因玉而兴盛。和田声名远播。但是，真正造访过和田这座城市的人并不太多，我知道和田并非因为玉。在20世纪70年代连饭都吃不饱的时候，玉在人们眼里不过是块石头。不似现在人有了闲钱，玩起玉石，使价格飞涨，成了名副其实的“疯狂石头”。我知道和田是读了毛泽东的诗词，“一唱雄鸡天下白，万方乐奏有于阗，诗人兴会更无前。”老师说，于阗就是和田。到了和田你才会明白这里为什么是玉的故乡，别看和田外表零乱，一年365天天空没几天清透干净，总是蒙着雾一般的尘土，遇大风更是，“黄尘迷雾，几不见人”。如果因此而小瞧和田，那就大错特错了。和田，无论古今，绝对值得关注，值得重视。

和田有着无与伦比的高贵历史。在被称为“东方小庞贝城”的精

绝邦城的废墟中，考古专家发现了屋里的火炉、舒服的炕、雕花的木碗和筷子，屋外藏冰的地窖，围着篱笆的花园，大片的葡萄园和果树。脑海中闪着这样的镜头。风和日丽的午后，树影婆娑、葡萄低垂，身穿丝绸衬衫的官员，安坐在镂花方桌前，轻轻端起杯，呷口来自东方的绿茶，神清气爽，门外传来马蹄声，风尘仆仆的传令员呈上木牍，封印上刻着智慧女神雅典娜，官员小心地敲打掉印泥，解开麻绳，抽出上片木版，露出密密麻麻的佉卢文，读罢公文官员嘴角浅笑了。这是《西域考古记》里记载的情景。希腊神话、西印度佛教和中国文明在这一刻完美地接触。“褐色大地披上绿色丝绸，契丹商队又将桃花石锦缎铺陈”“你瞧，从空中飞来天国的鸟儿，一些是印度的罗阇，一些是恺撒的使臣”。这是个多么令人兴奋的场景，就连见多识广的奥里尔·斯坦因也不由惊叹“他们生活多么安逸”。这座中原人眼中的小西天，被誉为西方极乐世界的和田，佛教在此兴盛了一千年，玄奘赞其佛塔林立，紫烟绕城，香气弥漫、佛国的精神圣地。时光荏苒、物是人非，不变的只有坚硬的玉石和向善的人心。

在和田，你随意走进一家饭店，外表普普通通，平平常常，里面永远干干净净，清水洒过地面，没有一张纸片。你刚落座，貌美赛石榴花的女孩为你奉上一杯热气氤氲的香茶。和田的高贵气质就隐藏在这杯香茶之中。如果你有足够的时间一家一家去品，你就会发现，每一家的茶都与众不同。这些由大麦、玫瑰花、生姜、桂皮、豆蔻、丁香、孜然、冰糖等天然植物加普通的砖茶煮制的茶，醇香无比，祛风散寒、暖胃提神。吃过抓饭、烤肉、拉面、馕和水果，再喝杯香茶，顿觉气血贯通、周身舒展，有种微醺的迷幻。

见我一次次去和田，朋友充满奇怪地眼神问我，和田有啥好去的，脏乎乎、乱哄哄，满大街都是土腥味和羊膻味，熏得人头痛。我为什么喜欢和田，我也说不清楚，就像爱上一个人不需要理由。

和田时而像白纱半遮面的女子在跳胡旋舞，风旋裙飘、美目盼兮、

风情万种，充满异域的诱惑；时而似皓发白髯、双目炯炯、瘦骨硬朗的老者，充满自然的智慧；时而像历经沧桑和苦难的父母，目光里闪着慈爱、无奈与悲凉。和田变幻多端，需要你在阳光明媚的午后，斜倚在葡萄架的绿荫下慢慢去品。

现代化的城市固然好，生活方便，红灯停、绿灯行、修剪齐整精致的草坪，按地段布置的店铺，长龙般的汽车、密不透风的高楼，一切都太规矩、太冰冷，城市的冷气像西伯利亚吹来的寒流，从各个角落里渗透出来，封锁人心。斑斓的霓虹灯和节奏疯狂的音乐依然无法让一座城市温暖。和田是有温度的。和田的温度来自一望无际的果园，来自人、骆驼、马、毛驴、狗和羊共行的街道，来自街边杂乱无序的小摊。街边小摊丰富多彩，绣着花的男女小帽挂在一层一层的架上，吊在铁架上新鲜的羊肉，红、黄、蓝、绿的艾德莱斯像彩虹的瀑布，烤肉炉飘出孜然的香味，混合着刚从树上摘下的葡萄、石榴、苹果、红枣，各种香料、药材，散发出迷离的味道。玉石摆在地上，一堆一堆的，黑玉、黄玉、青玉、白玉、墨玉，汇集成缤纷的世界，让人眼花缭乱。表面脏污的巨大玉石，被主人小心地挖掉表面的小块皮，露出里面的“肉”，像晶莹剔透的眼睛，使玉顿然有了生命的生动。

维吾尔族人喜欢食用玫瑰花酱，玫瑰花盛开的季节，一大盆一盆鲜艳欲滴的玫瑰花摆在巴扎上，四处飘散着花香。系着彩色纱巾，身穿艾德莱斯长裙的和田女子，翩然的身姿风情万种。小“巴郎子”手里拿着一支棒棒糖，忽闪着大眼睛望着你，心瞬间融化在他明澈如水的眼眸里。和田的自然环境用“极其恶劣”形容一点也不过分。和田与中国最大的塔克拉玛干沙漠比邻，干燥、粗野的漠风无情地抽打、驱赶着绿色的生命，把绿洲分割肢解得支离破碎，黄沙漫过，绿色消失。每到春季，几乎是每个黄昏，和田的天空就变成了恐怖的赭红色或是灰黄色，细如流水的沙子雨一样无声无息地落下来。我在和田书店买了几本书，回到库尔勒家中拿出来看，翻动纸面的手明显感觉涩，那是从和田带来

的细而不见的沙子。道路上骑摩托的男子成了土人，驴车悄无声息地走着，老人雪白的胡子被风吹得凌乱，街上妇女们步履匆匆。60 年内，和田的策勒县城因风沙侵袭三次被迫搬迁，流动沙丘像魔鬼般仍然以每年近百米的速度舔舐着县城。沙丘所到之处良田被毁，家园沦为沙漠。现今，沙丘距离县城只有短短的一公里，策勒人的第一反应是再次迁城。但已是无处可迁了，和田城同样没有退路。身后是寸草不生的生命禁区昆仑山，面前是黄沙弥漫的塔克拉玛干沙漠，沙漠已逼近家门口，近些年，“沙雨”次数越来越多。在高山和沙漠这两个巨大的存在面前，绿洲是和田人民唯一可以依赖的家园。每个人有每个人的命，你的命在这里，你就得安下心来，心安定了，一切皆可改变。在沙丘的边缘建一间土房，围一个院落，引来昆仑雪水，架起葡萄藤，修一个馕坑，过起日子，然后，开始不停地种树，白杨、核桃、石榴、红枣、杏和桃，直到杨树的枝梢够着蓝天。是的，正是他们的子子孙孙，一代接一代人植树造林，用浩浩荡荡的杨树组成作战的集团军，把自己的家园藏在大片的杨树后面，用树林做前卫，与沙漠展开无休无止的抗战，这是人与自然的较量，是生存与死亡的对决。相信每一位看到和田绿洲的人都会有所触动，为之动容。这里的每一滴水都像是来自昆仑玉女的眼泪，和田人从不敢有丝毫的浪费，连这样的念头都不敢有。新疆散文家周涛说过，对绿树、青草、鲜花和流淌的水所持有的态度即是一个人的道德品质的鉴别。和田是高贵的，有尊严的，没有人比和田人更热爱这片土地。因了这里有核桃树王和无花果王。请问，在哪里还能轻易找到生长了 500 多年的核桃树和无花果树，和田有。500 年啊！500 年，且不说那些战争和灾难，单是人的一个小小的念头和欲望，就能让一棵枝繁叶茂的树瞬间倒下。有人说，每个人降临到世界上都有需要自己去完成的使命，树也是带着使命来的。夜间人类睡去的时候，树在大地上私语，没有人听得懂一棵树深邃、沉默的语言。但是，和田人听懂了。一棵树能安然无恙地活到 500 岁，树就成了人人参拜的神。

等待一场雪

这两天大江南北瑞雪普降，微信朋友圈尽是晒雪的照片。

刚有微信那阵子，全国人民集体晒美食，这阵子又在晒风光，晒日月星辰、风霜雨雪，炮制了一个个烟花璀璨的嘉年华。城市在秋之尾冬之首，残叶落尽，大地萧索，风景乏善可陈。

雪似乎对库尔勒有怨气，入冬后始终躲着这座城，小城日日晴空万里，一幅自得意满甘于平庸的样子。我盼望下雪，像未婚大龄女青年盼望心目中的白马王子莅临，内心着急上火。可是急死也没用，下雪和结婚一样，不是一个人能决定的事。

库尔勒从前是下雪的，且雪很大，北面的山脉整个冬季始终挂着一条白银项链，不像现在一年四季赤身裸体。仅仅手心手背翻动了四次，不过一万多个日夜，雪变老了，像步履蹒跚的老妪拿着的抹布，手到之处力不从心，敷衍了事。雪好歹总是有的，心血来潮时偶尔来场透雪，很痛快淋漓的那种，人立即能感觉到空气清冽、胸腔通透。

春花秋月、夏阳冬雪，无非季节的代言。大雪之后，季节转承，阴极转阳，离春天就不远了。雪也是一种变化，单调的景看久了，无趣。

变化，如水波跳跃，平淡无奇的生活溅起欢悦。沉睡一夜，早起拉开窗帘，铺天盖地的白，心陡然一颤，被肃杀萧瑟折磨疲惫的瞳仁瞬间点亮了，心里好生遗憾和后悔，我怎么就睡着了呢？雪是什么时候开始下的，啥时结束，错过了落雪，不能再错过踏雪，踏雪也要趁早。踏雪寻梅，煮雪烹茶，温酒赏雪这些极浪漫的事儿，适合文人，可惜新疆不生冬梅，自是无处可寻；煮雪烹茶亦不可行，雪已被雾霾污染。有一年冬天和一内地来的朋友路过乌鲁木齐，下飞机坐车回宾馆，朋友惊叹，你们新疆的煤真多，都堆到路边了。心里纳闷往车外仔细张望，哪儿是煤，明明是被污染的雪。雪黑如煤，借他十个胆也不敢拿来“融雪煎香茗，调酥煮乳糜。”雪地对饮倒能为，无奈城市太大，到处都是喧嚣，人迹罕至之地难寻，总不至为饮杯酒开轿车跑出几百公里吧。若是在家门口的草坪上，两人铺毡对坐，烧酒对饮，非被过往人当成精神病。雪是文人的十四行诗，情感绵延、想象丰富。哪怕“江上一笼统，井上黑窟窿。黄狗身上白，白狗身上肿。”的打油诗也甚有趣。江南的雪天，一碗热粥、两盅黄酒、三两小菜约几个朋友暖室小坐，窗处竹林冷雪淋淋，别是一番滋味在心头。北部新疆，天高地阔，大雪封门，适合喝五六十度烧酒，最好是伊犁特曲，大锅清炖羊肉，地毯上围一群人，男女老少混合，大碗喝酒，大块吃肉，辣辣的酒，热热的羊肉汤，弹琴歌舞，吃饱喝足，冲出毡房昂首袒胸任凭戈壁狂风打雪，谁怕！江南漠北，古人今人，唯一样相同，落雪之夜，柴门犬吠，或小区楼房，家的温馨灯光映照雪上，踏雪而归，身后大雪纷纷扬扬，地下一串深深浅浅的脚窝，抖落一身雪花，推门看见家中有一人等着你回来，迟迟未睡，真好。

入冬后的第一场雪最是叫人高兴，斑驳杂乱的世界被仙女香肩滑落的绢巾轻轻地覆盖，太阳披着一身雾气缓缓爬上屋顶，大地闪着莹莹的银光，屋顶上的烟囱飘出炊烟，像插在在松软硕大的奶油蛋糕上的支支蜡烛，点燃人间的温暖与幸福。家家户户的大门吱嘎吱嘎次第打开又关

闭，一些人拿着扫帚扫院落，扫屋顶，有人扫出一条细长的小道，一直延伸到公共厕所和水井房，上面再撒上从炉底下掏出冒着火星的煤渣，顿时，热气像水幕一样蜿蜒开去。之后，男人女人、学生孩子，一个一个从家里出来，沿着不同的方向散开，没入生活的轨迹。大地之上，像神人操纵的画，在一张白绢上移动出水墨的意境。雪是童年的歌谣，最喜欢下雪的无非是孩子。忽如一夜的冰雪世界，玉树琼花，雪域冰道，落在眼里的尽是惊喜，堆雪人、打雪仗、滑爬犁、趁其不备摇晃小树，一瞬间的冰凉如数不清的蜜蜂钻进小伙伴热乎乎的脖颈，嗡嗡地弹着奏鸣曲，小伙伴在追打中笑着跑远了。站住，相同的恶作剧，再来一次，你来我往，其乐陶陶。张开小手，看白雪花飘落掌心转眼化为莹莹露珠，点点太阳映在其中，水凉湿彻骨；攥起，水从指缝滴到地上，即刻融化的小洞像雪的酒窝，藏着妙不可言的秘密。

事物总是相对的，少则金贵，多则泛滥。雪多了也有并非好事。出行本身成为一大问题。脚板和车辗实的雪结了铠甲般的冰层，光亮如镜，闪着令人生畏的寒光。在冰面上走小腿肚子不由发酸，步步惊心。小孩子摔倒是常事儿，摔倒就摔倒吧，顶多屁股摔疼了，像打了一个喷嚏，没什么大惊小怪的，爬起来继续走。年轻人艺高人胆大，雪再大路再滑，自行车照骑不误，大有“驾长车踏破贺兰山缺”的英雄气概。自行车直行快骑没事儿，就怕拐弯儿，弯拐急了，哧溜一声，大意失荆州，人车分离甩出老远，划出两条优美的弧度。骑车的人趴在地上半天起不来，那狼狈样儿逗得路人呵呵笑。路人光顾笑别人了，脚下一不小心哧溜一屁股坐在地上，行人笑得更放肆了。我的两位女友，前个星期一位骑自行车摔断了踝骨，另外一位去看望，笑话她怎么这么笨。第二个星期自己摔断了胳膊，断踝骨的朋友逮着机会反戈一击，开玩笑地直追着问她熊是怎么死的。雪是自然现象，在镜子一样的冰面上开车哪怕专业司机也不敢掉以轻心，车开得如受气的小媳妇，小心翼翼，唯唯诺诺，刹车稍微踩猛点，车便在冰路上跳迪斯科，或是来个 360 度大回

环，玩冰上芭蕾。最苦的是跑长途的汽车司机，路滑道窄。上下坡或者会车容易翻车，最要命的是遇到大雪封山，车坏在路上，前不着村后不着店儿，司机猫在驾驶室里，用喷灯烤火。夜长人乏，睡着了再把车烧着。那年代，人烧伤了事小，车毁了可就摊上大事儿了。聪明点的司机，烤一会火，围着车跑一会儿，等待天亮路过的车救援，有司机熬不住瞌睡，迷迷糊糊睡着了，冻伤冻死在车里。这样的事现在几乎不存在了。但在20世纪六七十年代北部新疆，几乎每年冬天都有，那些死去丈夫的家属，最想躲避的当然是雪天，刻在骨子里的冷，像一根刺深深地扎在心窝，疼在每一个飘雪的日子。小时候，下雪的晚上从不敢出门，因为怕死。

雪后初霁，天气干冷，风像小刀子嗖嗖地刮着人的脸，穿得再多也像薄纸。扫雪时，手脚冻得生疼，耳朵麻木。赶紧回屋，搓手、搓脸、搓耳、焐热了再出去心里就不情愿，要是不下雪多好。偏偏犯贱，冬天一到又欢欣鼓舞地迎接下雪，早忘记了雪天的烦恼。

走的地方多了，阅历随之广泛。雪见多了，自然分辨出不一样。南方和北方的雪就不同，新疆南部和新疆北部的雪也不一样，这种不一样是指重量。2005年冬湖北大雪，在荆州上大学的儿子告诉我，雪把电线压断了。我不信。十年后的冬天，登贵州铜仁梵净山，山上落了一层薄雪，路面冰滑，车不能行，步行上山，行至半腰，忽听山崖处，断枝噼啪响如放鞭炮，雪得有多重才能把树枝折断。儿子的话，十年后我方信。北疆的冬季是冰雪世界，四野苍茫，南疆的雪，下到地上没有多久基本融化了，雪片轻如羽毛，偶尔细如盐粒。雪片大时如暴雨，即来即去，雪片细碎似毛毛细雨，绵绵一整天。此生最难忘的雪应该有两次。一次是雪夜过天山，车在崎岖的山路上行驶，犹如蚂蚁在枪林弹雨中穿行，雪在车灯前爆炸，像一枚枚自天而降的炸弹，不亲身经历永远也不会相信，雪也是有性格的，并不总是情意绵绵。另一次是从办公室里加班后回家，夜晚华灯初照，万籁岑寂，清雪飞扬，一个人走在路上，脚

下的雪咯吱咯吱，嘎嘣嘎嘣脆响，灯下抬头望，雪似焰火团团绽放，像应接不暇的梦境，又似无数精灵降落在头顶发梢，在肩膀上轻歌曼舞随之滑到地上，这场雪的盛大舞会仿佛只为我一人表演。一种从未有过的快感袭击了我，所有的不愉快和烦恼变得和雪花一样轻，似乎摆脱了肉身，进入了一个美妙澄明的世界。

人老了怕冷，怕下雪，雪似乎和死亡达成了某项约定。老人骨质疏松，摔倒可是大事，轻者伤筋动骨，重者有生命危险。雪是老年人的灾难。一场雪后，雪花飞舞的翅膀载着一些人最后的余温，走了，尘世再也寻不到他们的身影。我的父亲就是在30多年前的一场大雪中离开的。父亲下葬那天雪下得好大，白色的帐幔从天上铺到地下，哀乐在雪幔中徘徊，大雪收走了父亲的灵魂。父亲24岁那年，同样的冰天雪地里，迎来他生命中的第一个孩子。时间多么不禁过呀，24年后我长大成人，正张开双臂欢欣鼓舞地迎接无限的未来。大雪埋葬了父亲，大雪让我突然醒悟人不是永生的，死亡仿佛突如其来的大雪，你根本无法掌控。1984年11月2日，父亲去世的日子像一根刺扎进心脏，这个生命的痛点延长了我的伤痛，一年又一年的雪，烛泪般叠加，如今我已到了知天命的年纪，正在走向衰老，我能感觉到彻骨的寒从脚底慢慢爬升的速度。“落在一个人一生中的雪，我们不能全部看见。每个人都在自己的生命中，孤独地过冬。”我啊，越来越怕冷。终有一天，我也会死，如果我能选择死亡的时间，我愿意在大雪中走完自己的一生。被白雪埋葬，死本身多么洁净。

《周书》曰：“往者不可及，来者不可待。”这个冬天已过去大半，有人说，过了三九再不下雪，这个冬天就真的无雪了，可我仍固执地盼望。盼望着瑞雪不期而至的那一天！

大漠的秋

大漠的秋，壮美、从容。

看，塔克拉玛干大沙漠，褪去春天的轻狂随性、夏日的焦躁火爆，像彻悟生命大道的智者，平静、安然、坦荡。天格外高、格外蓝，空气明澈无纤毫杂质。风轻轻地梳理着云的发，丝丝缕缕，时而柔如绸带、时而形似羽毛，时而缠绵如花。淡圆的日，泛着清丽的光，投向金黄的沙海。黑色的公路似蛰伏的长蛇，绵延着伸向邈远弯曲的地平线。一辆车驶过来了，水一样划开寂静的幕帘，轰轰的声音久久回荡。高低起伏的沙丘中间，露出直刺蓝天的铁架，铁架顶端飘动着鲜红的旗帜，那是寻找石油的“吉普赛人”，他们像流动的沙，沙随风动，人随油动。

如果你有幸走进秋天的沙漠，一定会被那强烈的金色震慑，那是圣洁的火焰，有种坚不可摧的力量；那是出征的勇士，夕阳像巫师，振奋人心地，折射出人的身躯的卑微和渺小，沙漠面前请你千万别错过观赏黄昏的沙，那是风的杰作、风的雕塑、风的语言。一道一道清晰如水的沙纹记录着沙对风的依恋，印证着风对沙的爱情。沙在风的细语中轻舞，人在沙的怀抱里陶醉。

看，沙漠边缘的绿洲，绵长的秋给了树木和大地装扮的时间。一片叶飘飘摇摇地落下，带着悠悠的自然之声，秋天交响的序曲柔声奏起。先是挺拔的白杨，叶渐渐变成淡黄色，紧接着，梧桐树、梨树、杨树、爬山虎、小草和那些叫不上名的植物，换上艳丽的秋装和着交响乐起舞了。淡黄、深黄、微紫、酡红，参差交错，多彩多姿、如醉如痴。

一个周末的午后，我走在树林里，以蓝天为底拍下一张照片，幻动的光影、特定的角度，照射在金黄、酡红和绿中泛黄的叶片上，如同无数只翩翩欲飞的蝴蝶；粗枝细桠疏密有致、明明暗暗印着淡雅的蓝，像一幅油彩画，柔曼多姿、美不胜收。不肯卸妆的柳树，在风的摇曳中，落叶如雨，唯有那人工种植的松柏，像坚硬倔强的汉子，任风吹草动，不改旧日容颜，我自岿然不动。一望无际的戈壁上，大片大片棉田如白雪覆地，拾花工移动的身影像彩蝶、像蜜蜂。秋天，是他们把理想变成现实的季节。

再看，塔里木河两岸的金色胡杨林，浩浩荡荡、蔚为壮观，像飞腾的马群，像滚滚的黄河，像奔流的长江，更像雄壮威武的大军，向着辽阔的塔克拉玛干，唱出最高亢、最深沉、最浓烈的生命之歌。胡杨是大漠之魂，是自然的赤子，是傲立天地之间的英雄。“生当作人杰，死亦为鬼雄。至今思项羽，不肯过江东。”那片片的金黄是西楚霸王失落的铠甲，用洒下的热血，守卫最后的尊严。

如果形容春天是施特劳斯的圆舞曲，夏天是莫扎特的小夜曲，那大漠的秋天无疑是贝多芬的英雄交响曲。生长在大漠里的胡杨、白杨、红柳、沙拐枣、梭梭，每一株生命在这个季节，争先恐后唱出自己全部的美丽，使短暂的音符如火花般激越、崩裂而隆重。它们不屈不挠、气势恢宏，向着不可抗拒的命运宣战。

在新疆久了，无论走到哪儿，见到多少美景，还是最爱大漠的秋。大漠的秋豪放而自由，那些浩浩荡荡、无边无际的金黄色、像万匹战马在草原上万里奔腾；如酒醉的李白，长袖挥洒，诗篇汹涌；像端起大碗

昂脖灌酒的蒙古大汉，跨上枣红马，扬鞭飞驰而去；大漠的秋更像是一坛子烈酒，只要喝上一口就会醉倒，醉得心甘情愿，醉得泪流满面，醉得一塌糊涂、忘乎所以。大漠的秋是伟大的史诗《江格尔》，让后人世世代代传唱；是帕瓦罗蒂 C 区的高音，从胸腔里迸射出明亮、恢宏的光辉；是勇士的战场，在血色厮杀中赢得最后的胜利。

我赞美你，大漠的秋！

自古逢秋悲寂寥。深秋时节，万木萧条，落叶纷飞，凉气袭人，落魄文人多病之身，孤灯独坐，愁绪满腔，怎不由四季联想到人生的四季，思物及人，悲从中来。发出“秋风吹白波，秋雨呜败荷。平湖三十里，过客感秋多。”“落叶他乡树，寒灯独夜人。”“万里悲秋常作客，百年多病独登台。”“世事一场大梦，人生几度秋凉。”的叹息，韩愈在给他侄子写的《祭十二郎文》中说“吾年未四十，而视茫茫，而发苍苍，而齿牙动摇。念诸父与诸兄，皆康强而早世，如吾之衰者，其能久存乎?”古人寿短，面对无可奈何的短暂秋天，生发出一种文学愁绪也是自然。

然，秋天绝不是清冷、寂寥和悲凉的代名词。在毛泽东眼中，秋天是“独立寒秋，湘江北去，橘子洲头。看万山红遍，层林尽染；漫江碧透……万类霜天竞自由。”的气势；在李白眼中，秋天是“长风万里送秋雁，对此可以酣高楼。”的豪放；在王勃的眼中，秋天是“落霞与孤鹜齐飞，秋水共长天一色。”的开阔；当然也有王士祯的“一蓑一笠一扁舟，一丈丝纶一寸钩。一曲高歌一樽酒，一人独钓一江秋。”的繁华落尽、遗世独立、超然物外的意境。

每一个人都要经历人生的春夏秋冬，等到人生的秋天到来时，要像大漠的秋，保持一份淡定与从容，管它严冬何时降临，即使明天面对死亡又奈我何，且只管在秋风里扶摇长舞，任尔逍遥。

和静静美

穿越戈壁滩的燥热，远远望见一片绿洲，犹如一把从天而降的遮阳伞，伞下凉风徐徐，行走其中，全身每一个细胞都舒展开来，任绿色的清新贯通血脉，萎靡的精神即刻苏醒、眼神爽亮起来。

这是 2016 年夏季走进和静县的绿洲给我的最初感觉。

第二天，天光熹微，即被窗外的鸟鸣唤醒。

喜鹊、灰雀、麻雀、布谷的鸣叫如清脆的铃铛，陪伴耳侧。心生欢喜，干脆起床出门在县城街道遛弯。

县城极安静，道路不宽，粉红栏柱、白色围栏，隔着几段印着一些宣传标语“教育关系千家万户、公平惠及莘莘学子”“你知道全国的河流污染占多少吗（90%）”。道路两岸高大的树木，浓密的树荫几乎遮蔽了道路之上的天空，阳光斑驳着地面，移动变化着光影。梧桐树繁盛的白花，在阔大绿叶的簇拥下，犹如少女素雅的裙裾。道路鲜有往来纷扰的车辆。县城街心公园里，民族英雄渥巴锡大汗跃马扬鞭、目视东方。纪念雕塑下的树林里，一群老人随着音乐舞之蹈之。蓝顶灰砖的满汗王府，像一位蒙古老人，安闲地望着对面小广场上打太极的男人和女人。

烦于城市的喧嚣，真想拽住时光，慢慢享受眼前这难以企及的静美。

和静县地处天山南麓中段，焉耆盆地西北部，历史悠久，山水辽阔，物华天宝。有广阔的巴音布鲁克草原，有美丽的天鹅湖和丰富的矿产资源，在外人眼中，和静已然非常美丽。然深厚的人文积淀，博大的草原文化和豪迈的东归精神锻造了和静人骨血里坚韧奋发的意志，他们居安思危，永不懈怠、以“力拔山兮气盖世”的勇气，发誓要把自己的家乡建设得更美，成为名震全国的平安之城，生态之城，旅游名县和钢铁新城。

和静北山距县城6余公里，总面积50平方公里。北山是一片戈壁荒滩，一直以来作为城市建筑用的砂石料基地，每年春秋季节，从天山北面刮来的风，掀起北山漫天的沙尘侵害县城居民，北山像一块顽固痈疮，给和静县人民带来无尽的苦恼和烦扰。

2013年秋，和静县人誓言把这片荒漠改造为集生态旅游、休闲娱乐、爱国主义教育于一体的森林公园。准备在5年内完成25000亩绿化及道路、亭台、水榭等建设，种植生态林果园16000亩，建设300亩旅游观光园和生态休闲园及33个文化基地。

此言一出，许多人惊呼，开国际玩笑吧，是不是天方夜谭。

“吾非愚昧，实出诚心。”和静人以行动作答。和静人明白，和静是和静人赖以生存的家园，建设美好家乡是每一名和静人义不容辞的责任和义务。和静男女老少为能参与家乡建设备感光荣和自豪。巨大的宣传牌上写着，“干部齐心结盟友，敢叫北山换新颜”。和静人把从县城到北山的6公里的荒漠划分成区块，每一个机关部门、单位公司和学校学生认领一份责任田，认领每一棵树挂牌养护。他们因地制宜，利用地形自然落差，把发源于天山的洪水，收集起来，经过三次沉降，引入北山，采用滴灌技术节水种树。和静人巧妙地把洪水沉降池装饰成有水

车、小瀑布的水景园。还发动孩子们，在明水渠两边任意图画，让每一个孩子画出心中家乡的美景。500多幅画、几百名师生参与，耗时整整一年，终于完成了一幅令人叹为观止的美丽画卷。五彩斑斓的画卷，绵延几公里，流虹绕渚，水流画移，分外妖娆。

和静人春秋两季牺牲节假日，带上铁锹、坎土曼上山义务植树。两年种植了300多万株防风林木和果树。300万株啊，绝对不是仅仅挖个土坑种棵树那么简单。而是要把责任田里的砾石去除，换上新土、平整土地，之后才是挖土坑。新疆人都知道，戈壁荒漠地下全是大大小小的鹅卵石和砾石，铁锹挖下去溅起一个火花，石头上只有一个白点。挖一个树坑，用钢钎、十字镐、铁锹三管齐下，别说多，挖好这样一个树坑，人已是汗流浃背，气喘如牛了。和静人把义务植树省下来的钱全部买了树苗，继续植树。

只要赋予绿色以生命，绿就能走得很远很远。

如今，和静人改造北山的雄心壮志将要实现。

夏日的一个午后，漫步在北山公园的人工湖畔。绿树倒映水面，成群的鱼忽而向左，忽而向右，跟随人的身影游动，形成绚烂的漩涡。近处两只黑天鹅一前一后，优雅地浮游在水面，几只大白鹅煽动着修长的翅膀，炫耀着它们的威武。一架钢铁红桥接连着湖心小岛。远处北山山顶的敖包五色经幡上清风如沐。登临山顶，原来北山不是山，严格意义上应该是一道抬高的台地。绿色由低到高斜蔓而去，一直伸展到天山脚下，浩荡气势如飞龙在天。一条专为绿色出行开设的自行车、步道，蜿蜒迂回于绿树丛中。下得山来，转往人工湖对岸。一棵横卧在草坪上的枯榆像一道闪电刺入眼帘。这棵树有十几搂粗，纹理粗疏，树瘤凹凸，盘结的树根包着一块顽石。从纹理上判断，树龄至少500年。一棵活了500年的树，见识过多少人世的悲欢离合、沧桑巨变。树干上朱红的毛笔字写着“以树为鉴”。书写它的人好意提醒人们要爱护家乡的山水树木和环境。倒在地上的树干，已然如涅槃。不言自明。对岸隔着饮食街

是露天儿童游乐园。正是周末，家长和孩子们很多，游乐项目繁多，孩子们玩得不亦乐乎，欢声笑语不断。玩累了，去小食街，烤肉、凉皮、黄面等特色小吃应有尽有。这种集居民休闲、游乐与绿色环境和谐的生态园，包含着和静人对现世的审美情趣，对自然与人关系的理解、透视和对世俗生活的态度。

回城时，路过从天山引流到和静的一条干渠。和静人正在改造这条干渠。和静人让干渠不再擀面棍似的直来直去，而是让水生动起来，舞蹈起来，激越起来。水在这里蜿蜒，在那里飞流，又穿过玻璃亭榭，再被水车高高地举起，抛洒出数点银珠。水渠被有意拓宽，营造一种江河归海的气势，水落进露天小泳池里。泳池三五米宽，十多米长，水清澈见底。三个八九岁的维吾尔族巴郎子，穿着短裤，裸着褐红色上身。一个接一个如鱼飞跃，跳进泳池中。再往前行，望见渠岸两边正在拆除破旧房屋，一些人在拉土，旁边站着一个人，灰头土脸，正在指挥搬运。陪同的和静宣传部小李，一眼认出是县委书记。他说，北山改造开工以来，书记食不甘味，废寝忘食，几乎天天泡在施工现场，和工人一起干活，要不是县领导抓得紧，工程不可能进展得这么顺利。

前一晚上，观看了和静县演出的大型歌舞剧《东归印象》，其中最后的压轴歌曲的歌词就是这位书记亲自撰写的。

回家
誓言坚
任千阻万险折我难……
回家
誓言坚
任千阻万险折我难……

那一刻，东归英雄的史诗般的壮举，震撼全场。这位能写歌词的书记，一定是把北山的改造当成人生的“东归”壮举，在与自然的搏击

中，升华自己的生命。

胸怀有多大，舞台就有多大。

和静人以大地作纸、以水为墨、以铁锹为笔，挥毫泼墨，挥斥方遒，浪漫图画，正一步步把心中的梦想，绘成一幅山川锦绣的大美图景。

此刻，和静静美。我以为看到和静的全部，其实仍是管窥蠡测。

沙漠里的挪亚方舟

《塔里木石油报》发过一幅塔中40井区的照片。

湛蓝天宇下，万顷黄沙中，蓬勃的绿围拢白色野营房成小四合院，仿佛行驶在瀚海波涛中的挪亚方舟，载着生命的希望与未来。

世上有些场面，有些人，有些画面，只要一撞入眼帘，便如雷击一般，永远烙在记忆的长路上，看这幅照片时，我就有这种被雷击穿的震颤感。

黑色的沙漠公路绵延不断，伸向辽远的天际。

汽车以每小时120千米的速度行驶在茫茫沙海间，翻过一道沙梁又翻过一道沙梁，向南，再向南。几个小时过去了，路仍不急不火地在前方等待着，似乎永远望不到头。已腰背酸痛的我，心中生起莫名地烦闷，遥远此时已不是带着浪漫期许的词，而是，真真切切的考验。考验一个人的耐心和耐力。

终于，在路的尽头车向右拐去，被滚滚黄沙折磨得极度疲劳的眼球豁然一亮，前方不远处现出一抹绿色。极小的一片绿，被无边黄沙压迫着。如大海航行中濒死之人望见绿岛，注入了生的希望，精神一下为之

振作，塔中40井区总算到达。

中国石油塔里木油田所属的塔中作业区位于世界第二大流动性沙漠塔克拉玛干沙漠腹地，塔中40井区距塔中作业区还有100多千米，是作业区最边远的班组。从南疆库尔勒市出发到这儿600多千米路，掐指算计好家伙，相当于从北京一口气跑到山东省了。

2012年深秋，中国作家采风团深入塔里木油田采风创作，此行首站便是40井区。在车上整整坐了七个小时的作家们，颠簸憋闷得早已耐受不住，一个比一个急地钻出车，放松放松筋骨，透透新鲜空气。

小院由复合板制作的列车房围列，四周红柳环绕，芦花开放。屋后芦苇丛里藏着一分沙瓜地，残留着几个拉秧瓜。地旁的围栏里百多只鸡自在刨食，不时传来公鸡昂亢的高歌，一大群灵俏的鸽子呼啸着飞旋在小院上空。如果单看这个小院，谁都不会猜到这是寸草不生、被称为“死亡之海”的沙漠腹地。

工作间、图书室、员工宿舍，作家们逐个参观，走进仅有四张饭桌的小食堂，只见墙上彩纸剪贴的色彩缤纷、活泼俏丽的对联，“用心去呵护我们温馨的家园，用情去编织我们多彩的梦想。”两个女服务员坐在饭桌前有说有笑地择菜。见我们进来，她俩笑笑手不停地择菜。菜叶蔫蔫的像放了好几天，若在城里，菜蔫成这样早扔掉了。女服务员说，他们这里吃菜都是从500千米外的轮台县往里运，一周一次，沙漠天热得能烤熟鸡蛋，能吃上绿菜已很满足，不比在城里现买现吃的新鲜。一只黑狗静卧在食堂门前的阴凉地，见了生人不吠不咬，我们走近，狗默默站起一拐一拐地离开，趴在不远的地上，呆滞的目光默默望着我们。六年前，这只生了小儿麻痹的小狗，被人丢弃在村口。作业区的一名员工路过看它气息奄奄的可怜样儿，不忍心便捡了回来。员工们把这个新来的狗狗当成玩伴，谁回家休假，都不忘带些好吃的喂与它。经他们的悉心喂养，狗狗活了下来，腿不但奇迹般自愈，而且竟能站立行走了，尽管走路一跛一跛。

还有更为神奇的事。40井区的班长说，最初，作业区飞来一两只路过的信鸽，脚踝上打个铁环，刻着“展翅飞翔”等字。长途飞翔，鸽子定是极度累渴，鸽子知道有绿色的地方会有水，便停下来歇脚，沙漠里除了沙子，很难见到个活物，有鸽子飞来，员工们开心得像孩子，抢着拿出食堂的大米、馍馍喂食。也许鸽子也畏惧这无边无际的沙漠吧，就把这儿当成自己的家。一只两只三只，大概听到鸽子的召唤了，家鸽野鸽不断地飞来落户。下班后没多少事的员工们乐得找点事干干，他们找来铁丝，给鸽子织了窝，有了家的信鸽，繁衍生殖，如今，已是鸽舞蹁跹、成群结队了。

员工脸上挂着单纯的笑容，争着说这些鸡狗和鸽子，我明显地感觉他们的语言表达不太流畅。不知为何，我心底却翻涌起丝丝苦涩。这些鸡狗和鸽子，对于遥远沙漠里工作的员工已不仅是单调生活的乐趣，更多的是相互依存的生态关联。十天半个月的见不到个生人的员工们，得知作家们要来的消息，早早地在院中央的花园凉亭下备好了自产的甜瓜、葵花子，像迎接远方的贵宾。二次来到这儿的作家李迪和《中国作家》副总编萧立军说，7月他们来，花园里向日葵花盛开，地里的瓜刚才成熟，他们品尝了第一个成熟的甜瓜，今天又吃掉他们最后一个甜瓜。要知道，沙漠腹地种瓜多不容易，自己不劳而获，于心不忍。

你们这么远的路来一次不容易，也许，一辈子就来这儿一次。明年我们还要种，吃吧，吃吧，你们吃了，我们心里高兴。说这话时，员工们脸上的笑如同绽放的向日葵花。

“我们结婚了”小巧精致的四方礼盒喜庆活泼。明红的底色上印着两个行军礼的卡通小兵，上写“报告，我们结婚了。”李康锐满心满脸的喜悦告诉我们。

他曾是40井区的班长，在这儿工作了一年零八个月，他正是在这里和爱人任音南相识相爱。今天，特意从百余千米外的塔中作业区赶过来给曾经的同事们报喜，见了我们，他急忙把喜糖瓜子拿了出来。千里

迢迢遇喜事，又是在几乎与世隔绝的油区，愈显珍贵异常，说什么也得沾沾新人的喜气。大家不好意思地择取一枚，放入嘴里，顿时满口甜香的清泉，忘却身在沙漠的极地了。

列车房外的屋角放着一堆枯死的胡杨木，被作家们发现，一行人从中淘宝。一位身着白上衣的中年男子走了过来，他是这里的厨师，姓于，两口子在这儿工作五年了。听口音是山东人，一问方知，他不但是山东人，而且是我日照老乡，沙漠腹地遇乡亲，虽不至于两眼泪汪汪，可也大喜过望，来了个热烈的拥抱。于师傅自我介绍，这些枯死的胡杨枝都是他从很远的地方捡来的。员工吃完饭，收拾完，有大把的时间需要打发，他就喜欢在沙漠里转悠。几千米外的地方，有一片胡杨林，看到枯死的胡杨，抱回来，积多了就把好看的挑出来，一点一点刮掉皮，洗去沙，然后刷上清漆、晾干，呵，一件胡杨木工艺品做成了。说着，他领我们来到他的宝库，打开门锁，不足五平方米的小屋，大大小小、形态各异的胡杨工艺品，装满了两大塑料筐。看到被刷上一层清漆的胡杨，作家们脸上略感失望。与这些装饰后的胡杨比，他们偏爱未经雕琢的原生态胡杨。作家胡玥说，她家的钢琴上放着一节干枯的胡杨树皮，纹理粗糙苍劲、透着岁月的无情与荒凉。每当琴声响起，她面前的胡杨已然幻化为古战场拼杀的勇士。英雄与音乐，在美人的纤指尖激荡、交融、呐喊，奏出生命的最强音。

参观中，李迪老师指着列车房顶上方铁皮刻制的几个大字惊呼，你们看，这里写着："敢于超越，集体奋斗。"集体奋斗。太不可思议了，在私欲膨胀的当下社会，人人强调自我，他们这儿却提出要集体奋斗，真是新鲜。

曾在一本摄影杂志上看到过蚂蚁过河的图片，一群过河的蚂蚁，一只一只紧紧地抱成团，形成大圆球，借助水流把它们冲向彼岸，我们不能想象一只蚂蚁如何过河，而一群蚂蚁做到了。在这个被沙漠重重包围的小站，一个人根本无法生存，特殊的环境让他们紧密结合成一个整

体。这个仅有 13 名员工的小油区，管辖着周围的油气生产井 15 口、一座集中拉油站，日产油 115 吨。创造产值 27 亿人民币。这就是集体的精神、集体的力量。

人最怕的或许是孤独和寂寞。别说让你在这里奉献青春，就是让你每天吃饱喝足住上一年、两年，那也能逼得人发疯。2000 年，刚成立塔中 40 井区时，这里除了黄沙，还是黄沙。十几张脸从早看到晚，该说的话说完了，工作之余无事可做的员工坐在沙堆上发呆。员工说，这哪里是人待的地方，环境干燥、生活枯燥、心情烦躁。这里的最高领导，马旭班长着急了，长此下去，这些刚从学校毕业的大学生们不是要废了吗？不行，得想法子让他们动起来，活起来。他联系上级塔中作业区找来旧钢管、废铁皮，带着员工们搭凉亭，建花园、焊铁门，做标语，铲沙换土种树栽瓜，后来又陆续建成了广播站、卡拉 OK 室、健身房、阅览室。花费近十年的时间，一点点一件件打造了这座黄沙映绿树，鸡犬声相闻、人与动物、人与自然和谐共处的挪亚方舟。

在作家眼中，这里的一树一花一草，摇曳着生命的欢愉，员工的一言、一语、一行传递出青春的乐观和自信。他们忍耐、坚守，卓立于沙漠深处、把孤独寂寞的时光，转变为对生命的热望。他们说，早该来看看了，早知道石油来得这么不易，哪里舍得浪费。

在沙漠公路矗立的“只有荒凉的沙漠，没有荒凉的人生”标语下，我们下车拍照，作家们调侃，是否应该改为只有荒凉的人生，没有荒凉的沙漠。千万年来，人类进不进入沙漠，沙漠都始终以这种状态存在着，并不曾荒凉。从塔中 40 井区出来，作家们不再议论“只有荒凉的沙漠，没有荒凉的人生”应该怎么反过来，倒过去说了。

他们说，“只有荒凉的沙漠，没有荒凉的人生”这句话提炼得好，有生活，有深度，有哲理。

仙鸟来兮

咤噶……咤噶……

走在喧闹的城市中心，忽然头顶滑过空灵悠长的鸣叫，抬头望，晚霞里几只白天鹅，舒展着优雅的身姿，向着渺远的天际舞去。

若是人以天鹅的视角从高空俯瞰，波光潋滟的孔雀河，定是一条缀满银钻的哈达，飘绕在库尔勒城的胸前，热气腾腾中不失水的灵秀安然。

天鹅年年岁岁飞越关山重重、历尽艰难困苦，找寻冬季温暖的家园。2008 年冬天，天鹅用流泻颤动的语言，相互传递着孔雀河流水的心跳声。不知是哪只天鹅打破了千万年祖先的遗留密码，翙翙其羽，降落在没有孔雀的孔雀河畔，仙鸟来兮，孔雀河增添了生命的灵动和蕴意；仙鸟来兮，带给这座城市无限的欢乐和祥瑞之兆；仙鸟来兮，人们的心轻盈着爱的柔软。

清晨，东方彩岫初现，天鹅祥云般翩逸而来，“仿佛兮若轻云之蔽月，飘飖兮流风之回雪”，洁白的身姿、优雅的长颈、斜斜滑翔降落河面，荡开层层涟漪，像一个个浸湿的音符，跳动在寒风料峭、冰雪覆盖的河上，温暖着人们的心房。任孔雀桥上的车水人流和城市无休止地喧燥，天鹅仪静体闲、柔情绰态，光润玉颜、妍颈秀项，婀娜如玉兰迎风之摇曳，亭亭若芙蕖出绿波；黄昏，晚霞撒向河水片片碎金，天鹅们涌动着的激情，一声一声地呼唤归巢的同伴，突然一声长鸣，随后一队接着一队的天鹅或七八只排成人字，或三五成行，或两两相比肩，它们遥相呼应，奔跑扇翅，腾空而起，越过林立的楼宇，冲入云霄之上。争睹天鹅姿态的人们，或翘首以盼，或“长枪短炮”对准天鹅，天鹅振翅起飞的激动时刻，两岸大人与孩子们的欢呼。天鹅的翅膀仿佛载着人们对天空、对生命、对美好自然的憧憬、向往与留恋。

为了留住天鹅，市政拨专款修建河心人工岛，安排专人负责喂养，每天投入河中几十千克小鱼和馕饼，热情的市民也常常买馕饼、馍馍等投入河里。不愁食物的天鹅从最初两三只在此越冬，之后，逐年增多，如今孔雀河已成为数百只天鹅冬日的家园，随之而来的还有许多，灰头鸭、绿头鸭、红嘴鸥和叫不上名字的鸟禽。媒体始终关注天鹅和其他鸟禽的动向，报道它们的到来、离去和数量。春日气温转暖，天鹅们逐渐减少，每当最后一只天鹅离去，人们的目光盈满依依惜别之情，生怕天鹅一去不复返，唯留河水空悠悠。

去冬，气温格外低冷，雪窖冰天，孔雀河面大部分封冻，只留几处水流湍急地，大量的天鹅和野凫聚集在很小的水域。天鹅的起飞和降落须滑行一段距离，不断收缩的河面令人们为天鹅的生存捏了一把汗。好在天气转暖、冰面融化，天鹅活动区扩大，天鹅安全渡过难关。一次在河边观望天鹅，身旁一位来自新疆南部和田地区的中年男子，把馕掰成小块甩向河中央的天鹅，他说，长到 40 几岁，还是第一次看到天鹅，兴奋之情溢于言表。每见众多游人围观喂养，我也忍不住参与其中。可是，早在 2000 多年前，庄子就告诫人们，要“以鸟养养鸟”，也就是说不要以人的方式养鸟，要以鸟本来的方式养鸟，不要改变自然规律，改变自然的规律意味着灾难甚至物种的毁灭。如果庄子说得对，人们热

情的爱护岂不是害了天鹅。我既高兴又难过，既兴奋又无奈，丝丝缕缕缠绕纠结于心。

小时候看电影《列宁在一九一八》，伴随着柴可夫斯基大提琴与小提琴迭次重奏的舒缓缠绵的曲调，舞台上，美丽的白天鹅奥杰塔轻若梦幻，翩翩起舞与王子诉说自己的哀伤与衷肠。舞台后簇着鬼鬼祟祟身影，策划着谋杀列宁的阴谋。天鹅连续五六年选择在孔雀河过冬，也如电影《列宁在一九一八》祥和欢乐的气氛背后，隐蔽着欲望、贪婪和杀戮。投毒、下夹子，致使天鹅死亡，高压电线、愈加密集愈加高耸的楼房，平增了天鹅起飞降落的难度。前不久，就有一只天鹅不幸触电身亡。仙鸟的到来和无声的死亡，把人间的美好与地狱的阴暗同时展现在世人面前。也许，这就是真实的世界，有阳光就有阴暗，有美好就有丑恶，有和平就有征战，有生命就有死亡，谁也无法改变。

2014年春节刚过，冰渐消，风未暖，春灌始，孔雀河水骤然浅薄，大量天鹅拥挤在一片较深的水域，等待春暖后离开的日子。几年前，市政府规划将孔雀河、杜鹃河、白鹭河三河贯通，打造水韵梨城，工程竣工后的库尔勒更彰显了大城市的恢宏气势。天鹅的身体重，起飞与降落需要一定深度和宽度的水域，三河分流，加之孔雀河源头博斯腾湖逐年缩水，城市人口迅速增加，原本流量不大的孔雀河水锐减，会不会影响天鹅栖身？假如无处栖身，天鹅的下一个家园又能在哪里？

这种担忧许是会有人站出来讥笑，社会上多少贫困人都没得吃、没得喝，挣扎在死亡线上，岂能为这些本为人食的低级动物担忧，定是吃饱了撑的。比起鄱阳湖那些被电网电死的鸟类，这里的天鹅已然很幸运了。就在写下这段文字的时候，电视报道位于中国与吉尔吉斯斯坦边界的新疆吐尔尕特边检站查获走私麝鼠皮12950张，羚羊角3715根，几千只羊角横在地上，触目惊心，现实如此残忍与血腥。打开计算机，只需轻轻单击走私动物几个字，立即跳出上百条信息，人类贪婪和欲望昭然若揭，无休无止。幸运的是，从人类可憎丑恶的灵魂缝隙中，这座城

市人们尚存的尊重和善念的希冀正悄然萌生，但它的双翅还轻薄脆弱，经不起邪恶狂风的摧击，需众人的温暖与呵护。今年十一刚过，冬季未到，孔雀河惊现四只天鹅，善良、美丽、高贵的化身再次展现在我们面前，相信美好终将战胜丑恶！

山褶里的物探人

亿万年前的造山运动，把天山南麓的秋里塔格山从地层深处举上天空。又经过亿万年的风蚀，日晒，雨淋，古老的地岩石化了，松动了。峭壁悬崖、怪石林立、倾斜高耸，像无数斜插在云端的钢刀，像捆绑在一起的尖锐石片，像鲨鱼大张的巨齿。

极目眺望，褐红色的秋里塔格山透出一股无法阻挡的苍茫、洪荒、悲怆气息，深深地吸引着旅人的目光。他们以此为背影，举着相机或手机留下到此一游的倩影，便如鸟儿滑过天空飞走了，离开了。山还是山，山无知无觉。只有石油物探人的脚下感到了它的真实与存在。他们成年累月，像一群羚羊在山里跳跃攀爬，打眼放炮，吃饭睡觉。在物探人的眼里，秋里塔格山不再是一座简单的山，而是不得不面对、必须要征服的困难，是朝夕相处、既爱又恨的伙伴。物探人对秋里塔格山的情感复杂得欲罢不能、欲说还休。

汽车驶出拜城从发电厂高大宏伟的塔后绕过，拐下干涸的河道，越过藏在河道底下的烧砖厂，沿着推土机推出的窄路小心翼翼地前进。乌云压顶，风像脾气乖戾的醉汉，狂躁不安，东倒西歪。车七拐八拐，始终穿行在颠簸崎岖的小道里，仿佛没有尽头。心里后悔来这儿，不停地问带路的东方物探247队的赵小峰，还有多远，还有多远。赵小峰回答，我们每天要跑好几趟，不远，快了、快了。在我忍耐快到极限时，汽车气喘吁吁地爬上一个高坡。看到高坡上散落着三三两两的帐篷，谢天谢地，西秋物探二营营地总算到了。

承担西秋8号构造二维项目施工任务的东方物探247队，是一支山地物探经验丰富，战斗力强，有着光荣历史的队伍。自1995年至今，他们像北山羊一样以秋里塔格山为家，始终在山里打转。今年，他们承担的西秋8号构造物探项目，处在向东秋构造带过渡的区域，如两军对垒的楚河汉界，一旦突破，整个秋里塔格构造带勘探的突破口将被打开。

秋里塔格山是库车山地勘探最难啃的硬骨头。以前多采用直升机支持勘探作业，他们也联系了几家航空公司，对方一听是秋里塔格，当即就拒绝了。大学毕业的年轻物探人赵小峰无限感慨，他说，“刚来时我望着断崖林立陡峭险隘的山问自己，这样的山我们能干下来吗？几年下来，我们还真征服了它。”没有飞机支持，全靠人拉肩扛，靠两条腿，靠一双手。想想真的不容易。他们常年与山为伍，早春出发，雪天回家，几年见不到绿树，有些人十多年没有见过爱人穿裙子的样子。发生在大山里的故事太多太多，恐怕几天几夜也说不完。

物探二营负责钻井。他们在靠近施工现场较近的地方安营扎寨。山谷找不到大块的平地，只好各自选地搭帐篷，东一个西两个，零零散散，像原始部落。帐篷里就地铺放在褥子上的，除了被子和几件工服别无一物。帐篷上横七竖八地搭着防雨的塑料膜。人呀，高楼华屋也住得，狗窝猪舍也往得，怎么样都是生活。

二营把人员分成37个机组，吃住最大限度地靠近测线，以便运动作战。男人把钻机抬到山上的钻井点位打钻，女人负责在工地做饭守营。我们来时，男人们还在往山上抬小型钻机、准备第二天开钻。营地

里只有五名妇女和一个受伤的小伙子。妇女们正在做晚饭。晚上吃得简单，下挂面。小伙子左眼受了伤，无法上山，安排他看营地，为女人壮胆，帮着干点力气活。我用手机给他拍了一张照片，照片上的小伙子蓬头垢面，两个膝盖从磨破的裤子里露出来，脏得像两块煤球，这样的形象要是走在城市，别人肯定以为是叫花子或精神病。我写好文章准备把照片和文章一起刊发，主管宣传的领导说，照片就不要发了，影响石油人的形象。

大山里有狼出没，有一回她们远远望见一只狼立在山头，以为是狗。男人们收工听说后让她们小心，说这么偏远的山里咋会有狗，是狼。42岁的邓丽兰和41岁的赵建学都是四川人，是妯娌俩，她俩已随丈夫干物探十多年了。谈起工作的经历可真不少，西秋，东秋，吐孜阿瓦特、云南、广西、贵州、四川都干过，也算是老物探了。她们的男人龚树贵和龚树平两兄弟一直在一个组干活。一起出来打工，相互有个照应，各挣各的钱，相处合和，从来没有红过脸。

每年7-9月，是山洪频发的季节。光秃秃的山存不住水，大雨过后必发洪水。1958年8月18日，秋里塔格山前爆发特大洪水，吞噬了五名勘探队员的生命，据说那天库车老城冲毁，1000多人失踪。20世纪六七十年代，库车山沟里的依奇克里克油田，常有大人和孩子被洪水卷走。在山里施工的人不怕苦，不怕累，不怕狼，最怕下雨，暴雨把帐篷打湿了，工人们睡觉没地方，第二天要上工，只好湿着睡。雨过天晴即发洪水，洪水来得急去得急，猝不及防。今年7月8日发洪水，山高谷窄，把80公斤重的钻机和一节铁皮房冲走了，里面的两个队友吓坏了，以为这下完了，要死了。铁皮房冲到下游，被一个大石头顶住，人才救出来。洪水季节，施工时他们在冲沟内设置防洪平台，在测线经过的山体区制高点设置瞭望哨。若在狭窄的冲沟内钻井，钻成的井极易被洪水冲毁。对此，他们想出办法，用两米的钢钎插入井口，将长绳绑在高台的大石头上，用自喷漆在旁边的山体做标记，洪水过后可以快速找

到井口。

山风刮得帐篷如野兽吼叫，锅盖被风掀翻，她们找来工作用的铁榔头压住。板凳是用尿素袋装上沙土扎口做成，简便、结实、耐磨，这是女人们因陋就简的“新发明”。她们说，最近烦得很，风大，风多，天天刮。有时把帐篷都吹跑了，我们就跟在后面去追。进山两三个月了还没出一次山，中午往山上送饭，走五六个小时，找不到他们心发慌，背壳都冒汗了。我们主要是可怜男人，要不我们早就不想干了。你们也看到了，我们的男人在那么苦、那么险的山上干活。天天盼着自己的男人早点回来呀，回来得太晚了，天都黑透了。男人累得受不了，我们还要劝慰。工作再苦再累，我们不怕，唯一希望能涨点工资。风刮得睁不开眼睛，邓丽兰说完，把头上的围巾扯扯挡住面颊。

邓丽兰讲话声音尖亮，是典型的四川女人的尖嗓门。她眼睛大而美丽，常年的风吹日晒，肤色像熏腊肉。如果一直在四川生活，算得上是个美人。我提出给她照张相，她说，上次有记者进来采访，也给她拍了照片，答应寄来。到现在快一年了，也没收到。你这次记得给我一张，我带回家让我儿子看看。

但是我也失约了，因为没机会再次进山。山里的那个女人心里一定非常期待，也会非常失落。真希望有一天能将照片送到她的手中……

葡萄美酒香和硕

晶莹剔透、青翠欲滴的葡萄，似维吾尔族少女的眼睛，一泓高山湖水，透明、清澈、羞涩，像伦勃朗笔下的油画，安静地隐藏在时间的明暗之中。在葡萄成熟的季节，我眼里看到葡萄，每每想到的不是高尚的精神，不是欣赏它完美无瑕的外表，更多的是吃的欲望，像一只贪嘴的狐狸，迫不及待地把葡萄一颗颗投入嘴里。甜香如冰玉的汁液像山涧飞瀑，从我幽深的食道一路欢腾着跌落胃里，被绵密的甜包裹、冲刷、渗透，直至融入我的骨血，那是一种无法形容、从内及外、由肉体到精神的心满意足。

新疆天山以南沿塔里木盆地周围的广阔区域，每一条河流都发育着一片绿洲，每一片绿洲都种植有葡萄。大到和田千米葡萄长廊，吐鲁番的葡萄沟和阿图什的万亩葡萄园，小到维吾尔族的庭院，葡萄架处处可见。从出生到死亡，葡萄从来都属于这里，自然而然，一点也不会让人觉得稀奇，更没人探讨它从何而来。因为葡萄的历史太悠久了，超过了6000年的种植史，追溯有意义吗，重要的是当下。神秘的光合作用，让披着绿浪的葡萄沟犹如暗夜里燃起的火炬，幻化着西域葡萄的神奇与瑰丽。葡萄藤蔓如丝线悠缓地缠绕在新疆大地之上，让每一位抵达新疆的人心生爱恋，心甘情愿地深陷在果实的甜蜜和葡萄酒的醇香里，无法自拔。

初秋的一个周末，朋友约着去和硕县，说是去看葡萄公园。葡萄公园不就是葡萄吗，还能把葡萄种出花来，我不以为然。

去年，我的这位朋友去和硕买葡萄，说是要自酿葡萄酒，她在和硕认识了一位艾老师，他会自酿葡萄酒。朋友从和硕回来，从他那里买了酿酒用的瓶瓶罐罐，经这位艾老师指导还真酿出了葡萄酒。偶有饭局带一两瓶让我们品尝。对于我这样极少喝酒、更谈不上品的外行的外行，酒到嘴里全一个味，根本喝不出好坏。装模作样地晃两下杯子，看看酒液挂不挂杯，再看看颜色是否透明纯亮，看到了这些便说好。

巴音郭楞蒙古自治州下辖八个县一个市，以库鲁克塔格山为界，分为南四县和北四县。南天山臂膀环抱的山间平原上，一条公路串接焉耆、和静、博湖、和硕四县的绿洲，像透亮诱人的串糖葫芦。朋友热情很高，约了几位葡萄酒发烧友，从库尔勒出发，依次经过焉耆、和静、博湖，一百多公里路，一个多小时车程抵达和硕。早些年，和硕被我的记忆锁固为简单的轮廓，一座小城，一条街道，行人稀少。比之大城市的拥挤与喧闹街市过于清冷、破败。今日再见，街道整齐，城市清新，绿树浓密，市貌脱胎换骨，羽化重生般变了模样。城市中心一条几公里长的大理石道路笔直宽阔，平展在绿树之间，粉红、赤红、紫色大理石炫目的暖烘托出坚不可摧的力量。如此大气的露天石材展览，恐全国独一无二吧。这条有意凸显石材资源优势的标志性道路，与和硕县另外一种优势产业——葡萄，以城市中心的地位展示陈设，绝对是和硕县的一大特色。

初秋的太阳仍强悍似火，抵达葡萄文化公园，一下车被太阳来了个热情地拥抱，汗水猛然发作，顺着脖颈往下淌。公园门前巨大的粉红大理石雕像一堵墙。大理石呈长方形，正面雕刻“葡萄文化公园”几个

朱红大字，周围雕刻了葡萄缠枝，石雕前美人蕉硕大的黄花开得正艳。如此巨大完整的花岗岩我在俄罗斯圣彼得堡十二月党人广场上看到过，青铜骑士像底座的花岗岩，从波兰运抵圣彼得堡花了整整一年的时间，这块比青铜骑士像底座还要宽大。虽说有了现代化吊装设备，从山里开凿运输如此巨大的石材还是不易。沿着公园主干道前行走不到 200 米，是开阔的文化广场，广场两侧的葡萄园像空中飞架的绿毯。广场深处建筑蒙古包特色的楼房，左面是展示葡萄文化的酒堡，右面是县博物馆。博物馆门前两侧建有东归回廊，每隔几个立柱，上方是蒙古男士帽子形的拱顶，稳重又不失典雅。回廊起点的墙壁上贴着黑色的大理石碑，碑文全文如下：

> 和硕特，意为“勇士”“先锋”，元太祖成吉思汗之弟哈布图哈萨尔后裔。是蒙古族中一个古老而又活跃的部落。悠悠两千年历史，在不断征战、迁徙中，它的形成与发展成为蒙古民族发展进程中的重要组成部分。

作为卫拉特部落联盟的盟主，和硕特对蒙、藏社会发展产生过重要影响，无论是政治史、文化史、军事史，尤其是青藏高原统一于祖国大家庭的历史，如果没有和硕特蒙古，那都将失去它应有的光辉，和硕特部为生存、生活，或颠沛流离、或刀枪剑戟，艰苦卓绝，英勇顽强，铸造了可贵的民族精神。

任何一个民族的发展都伴随着仁人志士的熠熠生辉的精神指引和无畏奋斗。顾实汗，率和硕特部统一青藏高原，建立和硕特汗廷，扶持黄教格鲁派，为祖国统一大业做出了不可磨灭的贡献。扎雅班迪达，和硕特汗霍嘎尔之孙，终生在卫拉特各部传播佛教文化，积极协调各部关系，为卫拉特各部的安定团结做出了不懈努力。1648 年，扎雅班迪达，创制托忒蒙文，又称卫拉特蒙文，他翻译的大量著作及其后托忒蒙文中许多珍贵的历史文献，在卫拉特蒙古文化发展中起到了重要作用。

穿越岁月，可以听到战马嘶鸣，鼓角回响。在凝结的表情里，我们得以感受炎黄春秋的心跳。以史为鉴，可知兴衰。重温历史，旨在缅怀先贤，继往开来，再铸辉煌。

原来，葡萄公园是集文化、娱乐、旅游为一体的文化公园。从博物馆的历史沉重里走出，前往门前的葡萄园，在绿意葱茏里采摘葡萄，拿去公园旁的葡萄酒庄，亲自体验葡萄酒的制作过程，在舒缓的时光里享受葡萄的盛宴，精神与物质、文化与生活便如葡萄藤在一个人的心底攀岩。

从乌鲁木齐和广州专程赶来的葡萄酒发烧友们在葡萄公园门前会合。艾老师亲自来接，见面方知，艾老师是维吾尔族人。和硕县几百年来始终是和硕特蒙古人的原乡，所以想当然地以为和硕县蒙古族居多，却犯了经验主义错误。如今和硕县全县七万多人，蒙古族人不到 7000 人，维吾尔族人反而居多，几乎是蒙古人的一倍。艾老师全名艾斯哈尔，是和硕县高级中学的一名教师，已过知天命的年纪。十多年前，患有心脏病的他听说喝葡萄酒对心脏有好处，长期买酒喝不起，就自学酿酒，从此一发不可收拾。他不无幽默地说，葡萄酒是他的情人，他爱得倾家荡产也不后悔。葡萄酒拯救了他的肉身，但他并未由此倾家荡产。对葡萄产生浓厚情感的他，和朋友一起开发自己的葡萄庄园。他的葡萄庄园在霍拉山脚下，向南倾斜的广阔戈壁，新开垦出 1000 多亩土地，种植了两年的葡萄首度挂果，紫红的小粒葡萄已近成熟。远眺，大地斑斓、赤霞浮空、浓墨重彩，昂扬着向上的情绪，这是劳动者用三个季节绘就的自然大写意。艾老师说他们准备在葡萄园内建一个酒堡，兼家庭旅游与葡萄酒酿造一条龙服务。县里有政策扶持葡萄种植和酒庄建设。艾老师指着前方的一片葡萄园说，您看，那些白色的水泥桩，葡萄支架、铁丝、葡萄苗，还有右手边建的羊圈统统都有资金补贴。有政府的鼓励和支持，人们辛勤劳作，开垦荒滩戈壁种植葡萄，短短几年，落户和硕的葡萄庄园达二三十家。人们种植葡萄，也种植希望和坚实的

未来。

从艾老师家的葡萄园出来，来到和硕县最大的种植企业芳香庄园。前几年来时，这里的万亩芳香植物以夺人的气势，铺展在平坦地戈壁之上，缤纷满园，花香袭人。园里还种植了大片用以制药的麻黄草。麻黄草在四五月长势良好，一到夏季七八月，便耐不住戈壁酷热，草叶枯萎卷曲，无法成活，但间种的葡萄收成很好。所谓有心栽花花不开，无心插柳柳成荫，老板干脆把麻黄草全部改种葡萄。两万亩葡萄园除了壮观我再也找不到其他的词来形容。葡萄园路边一块大石头上刻着“灰雷司令”四个字，不禁让我想起电影《地雷战》中炸死日本军官本田的石头雷。话扯远了，不知谁的创意，以这种方式告示葡萄品种。一长排一长排葡萄沟漫无边际，到了收获的季节，葡萄架下硕果累累。通往葡萄园的道路上，工人们拉着一车彩旗正沿路两边插。上前询问，才知再过几年要在和硕召开全疆葡萄酒管理经验交流会，他们正在为会议期间的参观做准备。在此巧遇庄园管理人员，热情地带我们参观庄园的发酵车间和灌装车间。发酵车间几十个十几米高的银色酵罐顶天立地，气势宏伟，门口放着刚从法国进口的压榨机。灌装车间里几名工人正在打扫卫生，门前坐着十几名年轻人。管理人员介绍说这是庄园今年新招收的员工，全是大学毕业，正在学习培训。看来酒庄发展不错。一处石头砌的小房子引起了我的注意，那是庄园的地下酒窖。酒窖是庄园的灵魂，秘而不宣。得到了特许，我们下到酒窖，酒窖里的芳香如轻雾弥漫，标注了年代的橡木桶整齐地排列着，泛着神秘的光，在时光的暗处安静地等待某一刻訇然而至地战栗，时间催生葡萄酒成熟的初潮。时间的伟大正在于改变一切、开创一切。

晚上的品酒会设在农家乐。农家乐的主人是维吾尔族人。几间土平房，半圆形廊檐装饰着维吾尔族特色的蓝色花纹，院子右边支起白色蒙古包。两个民族的文化元素在小院里共存，一点都不觉得突兀。民族杂居在新疆这片旷达、开阔、包容的地域司空见惯、习以为常，彼此之间

相互吸引、改变和融合，新的水流注入江河，冲刷原有的死水微澜，悄无声息地改变着新疆的文化走向。

维吾尔族是一个热爱鲜花的民族，屋檐下，院子里角角落落全种上花草，洒了水的地上散发着湿气，白瓷砖贴面的炉子上烧着铁壶，水开了，壶吱吱作响，热气腾腾。斜于墙头的旧马车木架上，一个七八岁的男孩安静地坐在上面，嘴里咀嚼着葡萄嫩藤，不说话。葡萄架下停着自家的黑色小轿车，一切是那么的世俗而美好。品酒会上，认识了一位维吾尔族青年，他的葡萄庄园比艾老师家的还要大，在库尔勒开了和硕葡萄酒专卖店，他雄心勃勃，准备下一步和朋友一起在北京开专卖店，凭着和硕葡萄酒良好的信誉，他一点也不发愁销售。

小艾是和硕县主管大农业的县领导，他和艾老师是同学。为了让大家交流品酒，艾老师特意准备了十几瓶不同产地、不同种类的葡萄酒。小艾端起酒杯呷下的第一口，便语出惊人，“这瓶酒的原料是我们葡萄公园的葡萄。”艾老师揭晓答案说：“艾木拉江喝下去的酒，确实是我朋友去年在葡萄公园摘的。”一个人对葡萄酒的热爱和钻研到什么程度，才能练就如此火眼金睛般的舌尖味蕾，面对他，我油然生起敬意。品酒会上，他不忘给来自全国的葡萄酒发烧友推介和硕。和硕县被誉为中国最大的优质葡萄酒产区，葡萄酒产业发展前景广阔，葡萄种植面积达到 15 万亩，生产原汁能力三万多吨，灌装一万多吨。除了供应张裕和王朝的原酒外，和硕县已经有了芳香庄园、瑞峰、佰年等葡萄酒品牌。将来，还要创出更多品牌。这些枯燥的数据，经他激情地表达，令人鼓舞。接着他话锋一转说，在造假成风的社会环境，要想保护一个品牌的纯正，不是一件容易的事。当下，他们正组织成立葡萄酒管理委员会，从管理、手段、酿造层层把关，不让和硕葡萄酒沦为下流。品酒会开始不久，小艾即离席，去准备即将召开的葡萄管理经验交流会。

夜深了，一轮圆月高挂苍穹，蒙古包里灯火明亮，酒一道接一道上，一种接着一种品。“葡萄美酒夜光杯”“百年三万六千日，一日须

倾三百杯。”“葡萄四时芳醇，琉璃千钟旧宾。”“夜饮舞迟销烛，朝醒弦促催人。”世俗的欢愉配上古诗词朗诵，这一夜，喝出了红酒绵长的文化韵味。席间，打开手机上网功能，点击和硕县政府网，页面最醒目处，弹出大量的葡萄园种植情况及有关葡萄文化的多媒体。一座偏居南天山脚下、曾以牧业为主的县，脚踏实地借地缘优势，拓展葡萄种植，让个人在简单、重复、平安、朴素的劳作中，沉浸在恬静的田园梦境，这正是我们孜孜以求的“诗意的栖居”，是我们对幸福和谐的理解和追求。

每一个葡萄花开的季节，和硕怎能不芳香满园呢？

从一座城到另一座城

一座城和另一座城，可以很近，可以很远。远和近是相对概念，由人心决定。

抵达，需要等待。

很长一段时间，我的青春被限制在天山之南巴音郭楞蒙古自治州一座叫库尔勒（巴音郭楞蒙古自治州州府所在地）的小城。每天上班、下班、洗衣、做饭，相夫教子，心甘情愿淹没在烟火的尘埃里，不关心家以外的世界。

时间静静流逝，亦如我每天无知无觉脱落的头发。直到有一天，遇到一位蒙古诗人，给我讲述了土尔扈特蒙古人的前世今生，他用蒙古族长调般的语言唤醒我。从此，博尔塔拉、这个地名像游鱼潜入血液，和我有了千丝万缕的联系。

辽阔这个词只适合新疆。新疆太大了，一抬脚就是几百公里。巴音郭楞蒙古自治州库尔勒市在新疆南部，天山南麓；博尔塔拉蒙古自治州博乐市在新疆北部，天山北麓；两座城市隔天山相互遥望。即使在交通便利的当下，由一座城到另一座城也不容易。从库尔勒出发，坐四五个

小时火车中转乌鲁木齐，休息一晚，再坐六七个小时汽车方抵达博乐。我知道，还有一条路是从库尔勒出发后向东，沿着天山的沟壑逶迤，穿过天山深处的巩乃斯林场，伊犁那拉提草原，翻果子沟，过赛里木湖，再转向北走，也能抵达。这条路风光绮丽然崎岖难行，常被洪水冲断，是牧民转夏牧场的线路。许多年前，如果不怕远，牧民可以赶着自己的羊，从巴音布鲁克草原一直转场到博尔塔拉河谷。现在不行，这一段天山分别划属巴音郭楞蒙古自治州、伊犁哈萨克自治州和博尔塔拉蒙古自治州，放牧被限定了区域，人也有了行政区划的身份。

汽车沿着乌伊公路一直向西，向西，再向西，像一次爱情马拉松。坐了一天汽车，人疲车乏，终于驶入博尔塔拉河谷，远远望见，两山之间平坦开阔的地带，绿原仿佛天上飞落的织锦绵延铺展，博乐城博尔塔拉蒙古自治州州府所在地悬浮在云端之下，高楼洁净，绿树环绕，湖面银波闪闪，接近的渴望油然而生。

远方的朋友一路辛苦
请你喝一杯下马酒
洗去一路风尘
来看看美丽的草原……

熟悉的旋律、亲切的身影、真诚的笑脸。五色经幡敖包下一碗下马酒，热了肺腑湿了眼眶。这是一种奇妙的感觉，像是到久未谋面的弟弟家串远门儿，见到每一个人都想推心置腹。

本无意做历史的钩沉，可是当双脚踏上博尔塔拉蒙古自治州的大地，心中挥之不去的是那忧伤的马头琴声。“落日照大旗，马鸣风萧萧。”240 多年前土尔扈特人东归，回到祖国的悲壮情景，犹在眼前。

回家了就好！

朝廷派人在伊犁、塔尔巴哈台等地紧急购买了牛羊 95500 多只，并由内地达里刚阿、商都、达布逊等处运来牲畜 14 万只，从巴里坤、哈

密等地买牲畜3万多只。拨出官茶2万多封，拨出库存米麦4100多担。在南疆诸城和甘肃等地买羊裘5000多件，布6100百多匹，棉花5900多斤，毡房400顶，帮助土尔扈特人渡过了难关。随后，清政府分别把他们安置在喀喇沙尔城（焉耆）、和硕博斯腾湖畔、和布克赛尔、精河县一带、库尔喀喇乌苏（乌苏）和阿尔泰地区的草原。博尔塔拉蒙古自治州精河县一带的蒙古族，是盟长默门图带过去的，而渥巴锡汗的人马被安置在了博斯腾湖畔。渥巴锡汗王府设在我所在的巴音郭楞蒙古自治州和静县博斯腾湖畔。青砖蓝顶三间平房，竖条玻璃窗，现在看来极普通，当年那是草原上最宏大隆重的工程。王府大门永远紧闭着，我去过几次，都没能得见真容。英雄不在，山河依旧，只有王府对面的公园里，英雄渥巴锡扬鞭跃马白龙驹上的雕塑，依然气势威武。

东归的土尔扈特人，怀着对祖国更深沉的爱，对草原更纯粹的感情，转场，游牧，生息，繁衍。没有人比他们更感恩脚下的大地，在他们的眼里，草原并不是风景，草原是全部的生活、是生活的全部，是比生命本身还重要的存在；草原是生命最初的来路也是生命最后的归途；草原是永远的家，一个人怎么可能不爱自己的家。

博尔塔拉蒙古自治州是新疆最小的地州，面积仅有近8000平方公里，独守一隅，地理位置有些尴尬，常常被忽略，远没有它的近邻伊犁出名。而我所在的巴音郭楞蒙古自治州有48万平方公里，是名副其实的华夏第一州。巴音郭楞蒙古自治州和博尔塔拉蒙古州州府所在地除了大与小，台地与河谷的区别，两州的州府所在地极为相似，都是依山傍水，三河绕城，一样的清洁整齐，乃至水韵梨城库尔勒和水韵博乐的城市主题都惊人的一致。如果说库尔勒大气壮美，那么博乐则精致温雅，更具艺术和自然气息。

库尔勒市距塔克拉玛干很近，每到春天，风沙与人的眼睛争抢花的容颜和芳香，风沙肆虐的城市，望不见太阳也看不见月亮，到处都是绝望。博乐市没有沙，有风，风是干净的，透明的，不迷人眼。出发前一

天，库尔勒气温40度，太阳的毒舌一下一下舔着皮肤，把每个汗毛孔的水分吸干咂尽。博乐的夏日温婉，一点也不热。一场落雨，气温骤降，太阳底下走路基本不出汗，感觉不到大地蒸腾的燥热，很适合避暑。仅此一点，博乐人也值得炫耀。

博乐这个名字好听，博大而又快乐，这是天山和草原赋予他们的胸怀。路遇博乐人聊几句天，他们无不对自己的家乡充满自豪，幸福的情绪溢于言表。现任自治区文联秘书长熊红久就是博乐人，任何时候只要提起博乐，如同一瓶烈酒灌进肚腹，浑身激荡着浓郁热烈的情感，话多的像博尔塔拉河水，赞美的歌一首接一首，唱也唱不完。由于热爱，博乐人心甘情愿为家乡书写，为家乡放歌。

10年前，博乐财政收入不足10亿，日子过得捉襟见肘，却做出了历史上石破天惊的大事，拿出五分之一的资金，请内地顶级规划设计师为一座城的未来量身打造，贯通博尔塔拉河、青得里河和开屏河；扩建街道楼宇，开拓城市人工湖，建设主题公园；把从前的东西两座臭气熏天的垃圾场改造成景山，在山上及周边种植5万亩海棠树，使这座城既具有现代元素，又与大自然相濡以沫。合眼想象春天的博乐万树海棠万树花，花海清风妒晚霞，美是怎样的惊天动地。博乐城里有九座观光桥，每座桥都有一个好听的名字。蜿蜒的河陪着我逸步，从一座桥渡到另一座桥，或曼妙、或婉约、或秀丽、或纤巧，绿衣倩影伫立水岸之上。盛夏的晚上九十点钟了，天光仍然明亮，出门漫步，呼吸着纯净的空气，被一座城的气定神闲感染。

到达博乐的第三天，参观博物馆。博物馆建筑体现了蒙古文化元素，外观由三个蒙古包组成，宽阔的台阶直通中间的金色大帐，左右两边各设一个小蒙古包。博物馆上下三层。一楼进门是长方形的大厅，宽敞明亮。正往门里走，忽然感觉有什么飞过，带着一阵风。旋即听到小燕子叽叽喳喳，一抬头，木质的檐梁上站着四只小燕子，腹部白色的羽毛已然丰满，脖子像围着项圈似的黑色羽毛，有金属的质感，亮晶晶的

眼睛张望着敞开的大门外。城市里许多年没有见过燕子了，博物馆里蓦然与燕相遇，给我的绝不仅仅是意外和惊喜，还有触碰心中最柔软处的温暖。博物馆幽暗的灯火，玻璃罩内的陶灯、石磨、银饰和马鞍，马和羊的标本，沉默冰冷。远去的时代已经离去，历史连接我们却不属于我们。历史不及梁上的燕子鲜活真实。我更关心活着的生命。于是，不等讲解完毕，一个人来到大厅，坐在门边的条椅上看燕子。燕子父母很是辛苦，飞进飞出，一两分钟一趟，门外是广阔的绿洲，不愁食物短缺。两只老燕不时从我身边闪过，手机拍摄它们飞行的倩影，捕捉到的只是淡淡的剪影。

值班的蒙古族姑娘笑盈盈走过来。

“你们怎么会允许燕子在博物馆内筑巢？”

“燕子想来就来，难道我们要赶它们走吗？”

“这是博物馆呀。”

“想在哪里安家是燕子的自由啊。”我的问题让姑娘疑惑。

“晚上它们怎么办呢？”

“燕子很聪明呀，晚上博物馆大门关了，它们就不出去了。早上我们一开门，燕子马上飞出觅食。燕子在博物馆很安全。”

蒙古族姑娘热心地告诉我，这对燕子去年就在这里安家了，去年它们的家在二楼，今年又来了，可能觉得二楼进出不方便，搬到一楼来了。

“博物馆有多少工作人员，他们都喜欢燕子吗？”

“30多名工作人员，我们都喜欢。我们馆长不想让燕子在这里做窝，他不是不喜欢燕子，是怕燕泥影响博物馆的卫生。今年馆长驻村去了，等馆长回来，燕子也要飞去南方了。”蒙古族姑娘话语里跳跃着狡黠的快乐。

老燕子又回来了，嘴里叼着三只蚱蜢，燕泥像一滴雨落在明亮的大理石地面。

“人人上出之气，为善。”一个人行善那是独善其身，集体的善举最为不易。30多名工作人员，有汉族、蒙古族、维吾尔族和回族，他们共同守护着一个秘密，一份美好，甘愿每天清理燕子的粪便。哪怕其中一人一时动了邪念，对燕子一家都是倾覆之灾。

眼前的一切无不让我心中感吧，又深深地触动了我的内心。再微不足道的善意换来的都是一份美好！

夜幕低垂，繁星点点，月色如水幕在草尖上缓缓流泻；夜陷入时间的深处，万籁岑寂，唯有幽幽的花香在微风中游走，大地如此慈悲。

克尔古提人的境界

准备前往克尔古提乡前，找出新疆旅游交通地图册，巴音郭楞蒙古自治州和静县地形如一片不规则的树叶，发端于天山的条条河流水系经脉纵横，河流密密麻麻，低头细寻，终在东南角找到一个圆点，标注着克尔古提乡。

克尔古提隐于天山深处峡谷之中，960 平方公里的土地，于我国国土面积恰巧是万分之一，在中国算是最大的乡了吧。这里地广人稀，全乡仅有 300 多户蒙古族牧民，千余人口，比内地的一个村还要小。穷乡僻壤，遥远闭锁，甚至地名都需刻意去记的地方，听说去年建起巴音郭楞蒙古自治州第一家文学、书画、摄影等创作基地。在这样的闭塞之地建创作基地意义何在？2011 年初秋时节，怀揣满心疑惑与好奇，乘兴前往。出库尔勒市，过和静、穿和硕，便深入天山，汽车行驶在蜿蜒如蛇的山道上，脚下沟谷纵横、草木青青，河流环绕；远处山峦层叠，山色空蒙，如写意水墨丹青，移步移景、千姿百态。打开车窗，山野之风扑面而来，凉气拂面、空气清爽，一扫城市尘埃，心情渐渐舒朗。拐过几道山岭，汽车绕下深谷，谷宽约四五十米，树木葳蕤，流水潺潺，正

自欣赏，汽车戛然停止，克尔古提乡到了。

乡政府设在一处院内，据说曾是一个军队的连部，五六栋砖土相间的房屋稀疏坐落在树木荒草之中，没有街市，没有商店，没有行人，也没有一条主干道，仅一条窄路从山腰盘旋而下。在乡政府院前转了一个圈，从和硕县发来的班车每周两趟，满座始发。刚下过雨的山沟，河水随意漫流。大院内，十几株几搂粗的榆树，树皮粗糙，树干黑褐，树根错结，冠顶冲天，树干上结瘤很大，左凸右鼓，仰望苍老的古榆，心生肃然。乡政府的牌子挂在一栋房屋中央门前，两扇窄小的木门并开着，一条直通的走廊，几间办公室，笔纸桌椅，简单普通却整洁有序，这里没有电视信号，电脑更没有连接，清贫得让人有些心酸。与乡政府并排的一栋房屋，石头建筑，屋顶刷上了青蓝色，墙面用同样的青蓝色勾勒出石形线条，色彩夺目，进门方知，原来这是一个民俗馆。克尔古提乡人都属土尔扈特部。200 多年前，由于不堪忍受沙俄的剥削和压迫，蒙古族土尔扈特部在首领渥巴锡的带领下，从伏尔加河畔出发，向着东方太阳升起的母亲之国，展开了举世震撼的伟大迁徙，用热血写就了一部光荣的历史。馆内陈列着东归的历史、人文物品、蒙古传统刺绣品和书画作品，民俗馆对面便是创作基地了。创作基地门前，几十块大大小小的青白石陈列在一米多高的荒草间，平添了几分山野情趣，创作基地足有 500 多平方米，十几间创作室，吃住、创作于一体，过道和每个房间挂满了书法、美术、摄影和文学作品，虽不算黄钟大吕的鸿篇巨作，可是作品透着自然纯真质朴之雅风，像天山雪水酿造的开都河酒，清甜入喉、沁人心脾。比乡政府规模还大，具有实际内容的文化创作基地，在新疆恐怕也不多见。克尔古提乡人因地制宜，从山里找寻形态各异的巨石，拉回安放在岔道、路口、村边、湖边，或做路标、或文字说明、或画上图案，把一文不值的普通石头变成一种文化符号，既经久耐用，又赏心悦目。假如不亲眼所见，谁能相信这样远离现代文明、苍凉贫瘠的大山沟中，藏着如此规模的创作基地，有如此浓重的文化氛围。有了文

化，这里的古榆、草木、山水就有了永恒的精神力量。

环境窄闭、生活贫穷的克尔古提人有这种文化的大气魄、大境界，惊叹之余感慨良多。

克尔古提是以畜牧业为主的纯牧业乡，经济结构单一，草场压力大，牧民增收缓慢，是新疆维吾尔自治区级贫困乡。前几年，牧民人均年收入不到2000元。克尔古提乡下的克尔古提村、那英特村、浩尔哈提村三村三沟，山水环绕，一乡文化、半乡山水，山水怪石、森林草地齐备。还有圣湖古榆、突厥石人，自然风光秀丽、历史底蕴深厚，克尔古提人提出以文化为引领，利用自然山水的优势资源，发展旅游，继而带动餐饮、传统刺绣、养殖业的发展，促进农家牧民增收。一种文化意识，表现为一种文化价值，更落实在一种文化实践。克尔古提人不是文化作秀，而是通过这种文化实践，连接历史与未来，凿开通向文明富裕的金光大道。

第二天中午，我们来到浩尔哈特村的一处河谷地带，草地上三五个蒙古包像盛开的雪莲，几头牛在粗壮的古榆下悠然地吃草，一条溪流依山而行，一位蒙古族妇女忙碌地穿梭在蒙古包和炉灶前，动作干练，停车询问，喜得意外收获。

这家女主人名叫察汗，39岁的她非常能干，她丈夫每年四月进入更远的山区放牧，秋天回家，她和婆婆在家带三个儿子。18岁的大儿子巴特尔学习优秀，小学一直是优秀班干部，中学考入自治区内招班，今年从乌鲁木齐幼儿师范毕业，被自治区评为优秀毕业生，现已考上阿克苏市一所幼儿园的幼儿老师。二儿子冈布锁龙今年16岁，现在内蒙古戏剧学院上学。11岁的三儿子恩河巴依尔在和硕一所国语言班上学。由于气候变暖，雨量减少，草场退化，乡政府号召牧民发展旅游，作为乡里唯一连任两届的县、乡两级人大代表的察汗带头搞起了旅游。她选了一处河谷草地搭起蒙古包，支上锅灶，开张营业，游客年年增加，三年下来，收益不菲。她家现在一半的收入来源于放牧，一半出自家庭旅

游，牧民们在她的带动下，纷纷搞起旅游。我们在这儿巧遇在和硕县一校当老师的察汗的姐姐，放假的她来给妹妹帮忙。汉语很好的她说起家事，感慨颇多。她们兄弟姐妹六人，五个女儿，一个儿子，三个在县上工作，其他人在克尔古提，她们的下一代，十四五个孩子，除了在外上学的，毕业后大多数走出了大山，在外地工作、安家。留守牧场的孩子除了放牧，越来越多的人学习开车、农机等手艺。她有两个孩子，儿子都格加普在内蒙古民族大学毕业后考上国家公务员分配到巴音郭楞蒙古自治州尉犁县法院工作，女儿萨仁娜现在新疆医科大学妇产科专业上大三。她说，从前，克尔古提有两所小学，1995 年，政府把学校整体转移到和静县，孩子们上寄宿学校。九年义务教育期间，食宿费和学费全免，伙食费国家每学期补助 500 元，现在政策好了，孩子们都能受到良好的教育，没有什么后顾之忧，唯一让他们担忧的是草场的退化。她手指河谷两岸的山岭对我说，三四十年前，这些山全是绿色的，根本见不到裸露山体石块，现在成了秃山，她手又一指河床说，这儿曾经全是密不见风的榆树林，草有一米多高。20 世纪 90 年代中期开始，几乎年年发洪水，草场冲毁，小溪变成了现在的乱石滩，河滩上随处可见被河水冲倒死去的粗大的榆树，那白骨一般的树干向我们预示着什么？眼前的变化让牧民们“害怕”，她用了“害怕”这个词，刻意强调内心的恐惧。她的妹妹察汗，每年都提有关保护草场的提案，政府也多能采纳，可是，气候变暖是全球性的问题，谁也无能为力。

在中国传统的民族刺绣工艺中，蒙古族有自己独特的刺绣艺术。他们在耳套、各种帽子、衣服袖口、衣领、大襟、蒙古袍的边饰，花鞋、靴子以及生活中所用的荷包、腕袋、飘带、摔跤服、毡袜腰边、枕套、蒙古包上，绣上蕴含着富贵、吉祥、和谐、美好祝愿的图案，图案都色调明朗、色泽艳丽、纯净明快、天然和谐，体现蒙古族牧人宽厚大度、粗犷坦荡的个性。克尔古提乡的蒙古妇女，仍然保留着传统刺绣工艺，妇女在闲暇时都爱刺绣，心灵手巧的她们能绣出各种不同的图案。在每

一户牧民家中，我都能看到被子、枕头、门帘上绣有骏马、花鸟、祥云图案的绣品，还有绣在巴掌大红布上的一朵蓝色的小花，用图钉钉在门框上方，如同汉人的门神，护佑家人平安。2009 年 5 月，和静县授予克尔古提乡“刺绣之乡”的美称。乡里成立了“吉祥刺绣协会”传承、保留刺绣这个非物质文化遗产，通过协会增加牧民的收入，把克尔古提蒙古刺绣推出深山，推向市场，走出全国、走向世界，气魄之大可比天山。2010 年 3 月，乡里还举办首届汗宝吉祥刺绣大赛，听说，他们 60 个绣娘，用时 6 个多月，绣出 17 米长卷《东归图》，在全国刺绣大赛中获得金奖。她们真的走到了全国。我们到来之时，很想目睹这些蒙古绣娘的纤巧灵手，可惜她们全部走出山外去和静县赶绣准备出口的蒙古包了。

克尔古提乡的克尔古提村，仅有 50 户人家，安详宁静。我坐在 46 岁的巴图那森家中，巴图那森家和全村的人已不住帐篷了，他们住在土平房里，他妻子阿里台正蹲在地上缝褥子，里屋有一张双人木床，床上堆着被褥，略显凌乱。旁边有一台打开的老式缝纫机。在我们进门前，他们的小儿子开车进山去哥哥那儿拉羊了，家里只有他们两人，并无多少事做。巴图那森说如果不生病，家里靠养羊，生活还过得去。在他们这条山谷不远的另一条山谷中，乡里开出一些荒地试种了 300 亩大白菜。大白菜长在深山之中，气候适宜，绿色无污染，很受青睐，市场销路不错，最远的销到了阿克苏地区。无事可干的巴图那森天天看见 10 多辆卡车从他们村的公路上驶过，车上装满了大白菜。他说只要不破坏草场，他也想去学习种植大白菜。

刚刚上任一年多的乡党委书记李文忠诙谐中不无自信地告诉我们，他们乡产的大白菜每天 10 辆车拉运，一个月也拉不完。白菜成熟如果不及时运出，长在地里会裂口儿，裂口儿就不值钱了。城里人天天在网上“偷菜”，而我们是天天在山谷里“抢偷菜”；他们“偷”是假的，我们“偷”的可是货真价实的菜。明年乡里准备筹钱修路，让拉白菜

的重型卡车能直接开进山里，还要扩大种植面积，向牧民传授技艺，让更多的牧民种植白菜，从中受益。我们拔了两棵大白菜晚饭时炒来吃，但觉清香甜润，非比平常。

民俗馆门前有一棵巨大的古榆树桩，沿着它的切面，我细数年轮，近千年啊，古老而漫长的时光。我想，千年前这里是什么样，千年后这儿又将怎么样，恐怕只有这些古榆见证，我只在这一刻、目睹了今日克尔古提人的艰辛与努力、精神和追求，他们像山谷石隙中生长的古榆，坚忍不拔突破顽石，把根深深扎入大地，去寻找刺破蓝天的力量。

寂静的山谷，因千年古榆而厚重，因克尔古提人而充满生机与希望。

麦盖提的惊喜

明艳的色彩、稚拙的笔调，随意而奔放，一张一张呈现眼前，如同打开了神奇的宝藏之门，独特丰富的想象力令人惊叹。

他们怎么可以把人画进一只五彩斑斓的鸡肚子里的鸡蛋里，呵，像俄罗斯套娃。鸡蛋里一家人围坐在一起数筐子里的一堆鸡蛋。鸡的外面四面八方分别画着洗衣机、电视机、电风扇、摩托车、农田、果园及毛驴子。细细体味，原来绘画者表达了靠家庭养殖致富的深思。另有一幅画，画面下方是胖胖地面容慈蔼的女主人蹲在一只水罐里，两边是鸡、毛驴、羊和果园，从女主人头顶伸出的藤蔓向两边连接着两个盛开的向日葵花瓣中，是一男一女两个孩子的笑脸。天空画着光芒万丈的太阳，太阳里画着须白胡子的男主人。男人是太阳、是主心骨，孩子是未来是希望，女主人是食物是水源，各在其位、幸福圆满的一家人跃然纸上，使观画之人心底涌起暖流。

这是我在麦盖提县宾馆桌子上的一本画册里看到的农民画。中国许多地方都有农民画，陕西户县（今鄠邑区）的农民画很有名，我的老家日照也有农民画，令我惊讶的是，在这偏远的新疆喀什地区麦盖提县

也有农民画，而且是维吾尔族农民画。

中午出去吃饭，看到麦盖提县宾馆的走廊、餐厅挂的全是农民画，连电梯里 LED 屏播放的都是农民画。吃罢饭，与宾馆经理闲聊，他说他认识麦盖提有名的农民画家艾尔肯·司衣提，县宾馆大厅、走廊里的画全部出自他手。他现在就在，你想不想见见？

画册里介绍，麦盖提库木库萨尔乡是麦盖提县农民画创作最为丰富的地方，有个农民画文化中心。时间匆忙，抽不出时间参观，在此亲眼看见农民画家风采也是不小的缘分，岂有不见之理。

晴朗的天空像透明的蓝玻璃，今天是一年中难得的好日子。县宾馆大院的梧桐树林，枯黄硕大的梧桐树叶铺落在地，农民画家艾尔肯·司衣提，站在树下等我。他身板结实，面目敦厚，一身藏蓝西装上蒙着一层灰尘。与沙漠比邻的麦盖提的天空整日整日蒙着一层灰色的尘沙，穿得再讲究干净，只要出门溜一圈，衣服鞋帽便染上同样的灰色。看来，他身上的衣服已几天没洗，十个手指甲缝全是黑的。他的汉语不很流利，但是，对我这个老新疆人来说完全听得懂。他说，我们工作室离这儿不远，要不要去我那儿看看？

好呀，我们走路去？我试探地问。

哈，不买刀（不好），坐我的车去，我有摩托车。

一个中年维吾尔族男子，摩托车上载着一位衣着光鲜的汉族妇女，在麦盖提县城绝对是一道风景。我坐在他的身后，一手提着他的画夹，一手扶着他的肩，在马路正中间飞驰（一点不夸张是马路的正中间），没戴安全帽的我，顾不得路人的侧目，唯恐车速太快，被迎面驶来的汽车撞上。因为接受过严格的安全培训，我的安全意识极强，而这里的人满大街全这么骑摩托，危险又刺激。好在他的工作室很快到了，我悬着的心总算落了地。

县委广场一侧的十字路口斜对着县文化馆，他的工作室在文化馆三楼。这栋楼建的有年头了，水磨石地面凹凸不平。大厅墙上挂着一幅巨

大的农民画《刀郎麦西来甫》，这正是艾尔肯·司衣提的作品。文化馆二楼有间屋的门牌上方写着文物馆，本想进去看看，可是下班时间门锁着。二层和三层的过厅摆满了农民画，走道两面的墙上挂的也是农民画。我细细欣赏每一幅画，其中有个作品与俄国列宾的画风十分相近，用笔、着色、立意和架构一点不比内地的大画家逊色。一位头戴黑色绒帽，身穿黑色棉衣裤的维吾尔族男人侧身倚着羊圈栅栏，羊圈后面有几个人正在交易羊只，画面传达出一种迷离忧郁的情绪。

随艾尔肯·司衣提来到三楼尽头的房子，他打开老式锁头，推开双扇门。工作室约二十几平方米，对门一张破旧六腿桌、桌后两个对开门的老式木柜，一张单人床上放着旧花格被子，另一面墙的架子上支着一张整面墙大的农民画，这一张正在创作，画名《葡萄架下》。画架下一排五颜六色的颜料瓶。画架旁边的大桌子上堆着十几个雕刻好、上了彩的大葫芦。艾尔肯·司衣提说他是县文化馆的农民画专职辅导员，这间办公室也是馆里特批的。

艾尔肯·司衣提从老式木柜里拿出一大摞获奖证书和奖杯，以及刊登他画作的画册杂志，仅获奖作品就有十几项。他的作品《卖柴人》《赶巴扎》《扑猎物》，2011、2012 年，两次被中国农民书画研究会评为二等奖和优秀奖，并编入中国农民画精品作品集。2012 年 10 月，他的作品《祈福天下》又被中国文化学会，世界和平促进会、世界汉诗协会、中国文化和平奖评选委员会、马来西亚诗词研究会评为金奖，他本人被授予“中国文化和平大使”及“世界和平艺术家”称号。

艾尔肯·司衣提今年53 岁，是麦盖提地道的农民，20 世纪60 年代后期，受全国纷纷兴起的工人画、战士画、农民画和渔民画的影响，激发了麦盖提库木库萨尔乡包括他在内的农民的创作激情，萌生了画画的念头，一开始，大家也没想太多，生活单调嘛，平时没啥事，劳作之余画画，好玩。开始画时，手不听大脑指挥，笨得和脚差不多。一幅简单的画还没有画好，便大汗涔涔，手臂酸胀，像害了大病似的。不受任何

绘画形式约束的艾尔肯·司衣提画着画着找到了感觉，笔下像生了翅膀，自由翱翔在四季如春，鲜花盛开的奇妙殿堂。

大漠绿洲的春种秋收、农家生产、集市贸易、民间歌舞，种树修渠，林中狩猎放牧，只要是目力所及，身边存在和大脑想到的都能入画，没有禁锢、没有规则、随心所欲。每完成一幅画作，他的头脑清醒、经络通畅，四肢轻松，心情愉悦，眼里看什么都像是开了花，就连刮的没完没了的风沙也变得可爱了，不那么烦人了。阿尔艾尔肯·司衣提用半生半熟的汉语告诉我，那个年代，农民生活非常穷困，常吃不饱肚子，画画使他忘却了饥饿和种地的疲劳。“有了绘画，我不再孤单、寒冷和失望，这种艺术让我的心灵保持宁静和丰富，有了战胜困难的勇气。县里面的人对这个很重视，那是1975年吧，我有了一点进步，马上被派到县文化馆培训学习。1977年，自治区文化厅在乌鲁木齐举办《麦盖提、察不察尔农民画展》，我的5幅作品入展，受到很大的鼓舞，县里安排我到百货公司工作，1985年，又特意把我调到县文化馆担任农民画辅导员一职。现在，我每天都要给培训班和学习的学生讲授农民画。光是我培训出来的农民画手就有100多人了。西部大开发后，我们县上更重视了，安排骨干到西安、北京、上海、杭州、嘉兴等内地去学习交流，取长补短，农民画家进步很快。现在县里画画的年轻人多得很，每年旅游来的人最喜欢学习农民画了。我的画最小的一幅也要卖500元。”

画册的前言上介绍，40多年来，麦盖提农民创作了近3万幅画，先后在意大利、奥地利、比利时、荷兰、巴黎、纽约和国内许多大城市展出，被国际收藏6幅，国内收藏100多幅。目前，全县有农民画家300多人。一个不足20万人口的小县城，文化氛围如此浓厚，真是鲜见。

哲学家黑格尔曾经说过：“一个民族有一些关注天空的人，这个民族才有希望；一个民族只关注脚下的事情，这个民族就没有未来。”一

个贫困地区的贫困县，一群生活在沙漠边缘恶劣气候之中的普通农民，以一颗颗乐观开朗、质朴单纯的心，关注着天空，描绘着心中向往的美好。这些画表达的幸福生活不过是一头毛驴、一片田地、一块果园、几间房屋、几只鸡、一群羊，几个孩子。没有过多的欲求，只求简单而快乐的生活，这正是麦盖提农民画带给我的惊喜。

高音喇叭划破了寂静的黎明，熟睡中的我从女播音员的悦耳声中醒来。广播里播放着新闻，这种广播在20世纪六七十年代的中国农村都有，此刻听来有种久违的亲切。

麦盖提人丰富而又简单的一天从这里开启了。

穿过米泉的绿稻野径

米泉和湖南，稻米和湘军，我和你。看似简单，却千丝万缕相连。

到现在我仍然把乌鲁木齐市米东区叫米泉县。那些消化在我血液里的大米根深蒂固地坚守着米泉这个地名，今生再难从我大脑剔除。

“四月中，小满者，物致于此小得盈满。”农历四月中是阳历的五月下旬。这个季节，中原地区的小麦正在灌浆成熟，而在遥远的边地新疆，米泉稻米才开始插秧。头顶的白云聚集又散开，不紧不慢又随心所欲像一群顽皮的孩子。太阳则是稳重的天父，博大的怀抱着白云和大地。万物澄明。大地按照人的意志切割成规则的条块，长条的是乡间公路，块状的是水田。公路不宽，没有城市公路的霸气和不可一世，两侧的青杨笔直伟岸，像列队的士兵高执旗帜，把阳光严严实实的遮蔽起来，形成一个绿色的通道，往来的汽车和人有一种被检阅的庄重和尊严。清冽的雪水不动声色，被泥土开辟的小渠引进水田。田里的秧苗行列整齐，从静静的金光的水面浮出来，绿油油、喜盈盈，初长的绿苗如怀春的少女，羞涩且婆娑。喜鹊、斑鸠、麻雀，像音乐家灵活的手指，在浓郁的树林和田间跳跃，由鸟声织就的网不时被低沉的蛙声打断，犹如乡间公路上驶过的汽车打断蛙鸣一样。一切都不影响乡村的整体安静，比如从城市森林暂时抽离的我，什么也动摇不了我此刻的喜悦。

喜悦是发自内心的情绪。和大多数乏善可陈的日子相比，喜悦是多么难得，我只有牢牢抓住，如农民牢牢抓住季节。

田里一男一女夫妻俩正在插秧。他们一人在地的这头一人在地的那头相向前进。两人的腰弯着看不清脸面，双手配合协调，准确灵活而有力地把一棵棵秧苗插进泥水里，犹如敲击鼓点，小腿和脚没在水里有节奏地向前移动。很快，秧苗合拢，他俩直起腰目光对视一下，接着又弯下去重复着同样的劳作。

水田镜子般反着光，空气潮湿而温润，不冷不热，身体惬意。我蹲着手触进水里，瞬间水的冰凉寒彻五指。我不敢想象长久地站在水里是什么感觉。“难受，咋不难受，穿胶鞋也没用。个人承包不干咋办，地不大机器插秧不可能。忍上半小时，冻麻木了，就没有感觉了。”

“谁知盘中餐，粒粒皆辛苦。”对大多数城市仅仅是烂熟于心的诗句，用肚腹里藏诗多少来装饰门面，满足自己的虚荣心。农民的劳作像反衬出我的虚弱和无耻，面对冰冷的稻田，我根本没有勇气和农民那样站在水里，手指轻触，就开始担心会不会生关节炎症的念头。而广大的农民，日复一日，月复一月，年复一年的保持着卑微的姿态，而他们指望丰衣足食的日子如玻璃般易碎。

此行为参加“光鸣书屋”的揭牌仪式。新疆著名作家赵光鸣，40多年前在米泉县（今米泉区）红旗大队万家梁插队，两年多知青生活让他们对这片土地产生了深厚的感情。光鸣书屋设在他插队的队部，许多人特意赶来参加揭牌仪式，老友相见，分外亲切，持手相看泪眼。赵光鸣老师激动不已，发言几度哽咽。“人和人的缘分如河流与山川，有些人走着走着就散了，有几个人能陪你一起慢慢变老。”“我知道最浪漫的事，是陪你一起慢慢变老。”林依莲的这首歌打动了无数人的心。陪一个人变老的不止有爱人，还有和他年轻时气味相投的伙伴。40多

年前，一群十七八岁的少年，光华如日的容颜，经岁月雕刻的面目全非，但是他们彼此间熟悉每一道成熟的皱纹，叫着彼此的绰号，用最随性的语言表达真实的情感。天下再大，难以找到如此相伴如一的友情。赵光鸣40多年来和光同尘，反复地来到乡下村庄与农民兄弟在一起，把对这片土地和农民的情感化作小说，或散文，用文字反哺米泉。赵光鸣也成了米泉人为之自豪的文化名片。今天，敦厚质朴的米泉人再次张开双臂拥抱赵光鸣，拥抱文学。如此说来，赵光鸣是幸福的，幸运的。

座谈会上，一位农民对赵光鸣说，你们在农村受苦了。那位叫小福子的人，18岁那年是他赶着马车把赵光鸣一行拉到米泉，如今，68岁的小福子开着三轮电动车拉着老伙伴来看望赵光鸣。改变的除了容颜和时代，农民的生活并没有本质改变，他们为肚腹的丰盈知足，身板扛得住任何苦难。我们坐着卧车，住着高楼却仍在抱怨。这是文人和农民之间难以消弭的沟壑。

文学从未如现在这般盛大，文学也从来没有像现在这样虚弱。那些发生在身边的阴谋和阳谋明目张胆；内心的挣扎，疼痛和纠结，像哑巴缄口不言，文学沦落为养尊处优的百灵鸟，为黑暗中的花朵讴歌。文学终究是人学，应向作家赵光鸣那样，用农民的艰苦朴素垫起文学的厚重；用大田的地气，支撑起小说的底蕴；用大米的滋养，丰富文字的营养，朝着人性真善美的丰沃土壤用心持续地开掘。

克拉玛依，一座依靠无数人力在荒凉的戈壁滩上建设的城，城市里的人围绕着石油生产，生活的必需品则依赖新疆广大的土地。每年，果实成熟的季节，油田庞大的运输车辆，像城市放出的工蜂，奔向四面八方。哈巴河的土豆，伊犁的苹果，新源的小麦，小拐的西瓜，奎屯的大白菜，米泉的大米……源源不断的食物供养着一城的石油人，还有和我一起生长的孩子，这些从小耳熟能详的地名，是安稳一座城的力量，于我是神秘且遥远的存在，每一处都曾是孩子们无力抵达的向往。

当年，米泉大米每月两公斤，定量分配，足显其珍贵。

家家户户生成堆的孩子的年代，贫困是主旋律。孩子的饕餮之口是无底洞，填进去再多的食物也满足不了生长的速度，孩子们理解不了父母的一筹莫展。两公斤大米留给体弱的那一个。母亲的手抓出一把来，掂量掂量，眼睛盯着指缝间掉落的米，心陡然疼痛，疼痛源自贪婪的肠胃。吸收日月精华的大米，经水长久滋润，颗粒饱满，晶莹剔透。白米放进粗糙的黑瓦罐，犹如圣洁的小天使安睡在黑色的天幕下。加水，点火，米在水中自由翻滚，不一会儿，清浅的香气氤氲弥漫，像体操运动员舞动的绸缎，光滑，细腻，曼妙。米泉的大米熬出的粥，入口即化，香糯绵软，贴心暖胃。米粥入肚，人有了精气神，病自觉好了大半。装病独享美食成了孩子们得意的小把戏，并像风一样蔓延。父母岂能识不破，会心一笑里藏着对儿女的爱。

少不更事的我四体不勤、五谷不分，简单的头脑里储藏了称之为泉的地方，只有酒泉和米泉。酒和大米从大地深处泉水般的涌出，怎么吃也吃不完，那可是神话故事里的情节。我要是米泉的孩子该多好，不用天天吞咽粗糙的苞谷面。由大米生出的幻想雪花般落满了我的童年，至于大米如何种植、生长、收割、脱粒和储藏的艰辛过程超出了一个孩子贫乏的想象。于是，米泉成了压在心底的谜，等待我在未来的路上渐次解开。

到米泉的前几天，正在读以色列作家尤瓦尔·赫拉利的《人类简史》。人类从动物到上帝，于非洲大陆起源时起，伴随着繁衍壮大，发散与迁徙，人类到达的痕迹，甚至可以追溯到几千年前，每一块绿洲都保留着拓荒者的足迹。无论被迫迁徙还是主动选择，留下来的人无异于一粒种子，在新疆大地上扎根，生长，开枝散叶。生于米泉长于米泉的段蓉萍文友便是千千万万拓荒者的后裔。她的父系和母系来自完全不同的地域，她的太奶奶来自甘肃酒泉，她的母系来自湖南，她的血脉混合着汉族、回族、维吾尔族和羌族的血液。这样的人在新疆大地比比皆是，最多的家族里有六七个民族成分。民族之间的融合在中国大概没有

比新疆更为广泛普遍的吧！血脉交融像根脉纠缠的大树，保持着旺盛的生命力。一个家族经历一个多世纪后，还保有多少本色？五代之后，人理所当然称之为新疆人，大米也理所当然叫新疆米泉大米。

新疆考古研究所挖掘发现4000多年前，新疆已有小麦栽培。而种植水稻则晚得多，有的说是从清朝光绪年间，湖南人把湖南的稻种带到了新疆，从那个时候起他们开荒引水灌溉种植大米。

米泉县2007年划归乌鲁木齐市，改名米东区。城市区域理所应当大规模进行城市化改造。据报道，米泉的水田从最高峰值的20万亩锐减到现在的六七万亩。可是，我目力所及的范围，稻田依然壮阔无边，“稻花香里说丰年，听取蛙声一片。”眼前的景色，依然令我欢欣。那些消失的稻田似乎和我无关，城里面的人，米面吃完了，尽管去市场。市场里可供选择的大米品牌很多，近的有伊犁大米、阿克苏大米，远的有东北大米、常熟大米，米泉大米在丰富的市场上变得可有可无。但是米泉大米独有的米香永远留存在我味蕾的记忆里！

三次拜谒赛里木湖

赛里木湖被人如此的关注和赞美，还是近30年的事儿。

便利的交通，缩小了世界的距离。有了一点闲钱闲工夫的人，不再满足于一辈子守着一片地儿，一座山，一个城，像一群见到了光明的盲人，对整个世界都充满好奇。

散文家周涛说，赛里木湖是大海退出伊犁河谷留下的最后一滴眼泪。他诗性的语言有些道理。我来自石油行业，石油地质人员专门研究地球发展演变，他们推断，赛里木湖形成于两亿九千万年前的造山运动。这是一个漫长而动荡不安的过程。碰撞、挤压、地翻海倒，地母最重要的一次分娩，羊水破裂向东倾流，之后，伟大的天山诞生了，赛里木湖是地母残留的羊水，生命的发源地。

赛里木湖太古老了。

赛里木湖年轻的时候，人类还在海洋深处，以物质元素的形态蛰伏。浩荡的海水孤绝而去，义无反顾，赛里木湖在高山之间孑遗独立，呼吸之间，天地仓皇，赛里木湖已是白发三千丈。

大多数土生土长的新疆人没有见过大海，大海从来不覆盖新疆人的

梦。远离海的新疆人喜欢管大一点的水域叫海子，不知道这是不是对海的祭奠和思念。比如，乌伦古湖汉语译名布伦托海，博斯腾湖古称西海，赛里木湖叫三台海子。三台海子这个名最初由谁起的谁也说不清。新疆的许多地名都没有惊天动地的故事，但却留下了人类的记忆。比如三棵树、四棵树、五棵树……时间长了，叫的人多了，也就成了地名。赛里木湖这个名儿要诗意得多，至少字面上是。从前的新疆人只知三台海子不知赛里木湖，现在的人却只知赛里木湖不知三台海子，特别是内地的游客。有点像作家的笔名，用的时间久了，反而忘了自己的原名。

从空中俯瞰，赛里木湖像带在天山手指上的一枚蓝宝石戒指，孤绝，冷峻，神秘。

神秘，容易让人产生敬畏。

敬畏是仰望，是有距离的。我翻阅了一些史料，发现古人并没有为赛里木湖留下多少赞美。

我第一次去赛里木湖同样浑然不觉。1995 年 6 月底，出差去伊犁。在乌鲁木齐直通伊犁的长途汽车上颠簸了十多个小时，路上昏昏欲睡，等想起来问司机，“三台海子呀，早过去了。水冷得要死，湖边也冷得让人站不住，有啥看头。”司机秋风一样轻蔑的回答叫我失望，想想错过了就错过吧，人生有许多事都是这样，不见，不知，也就无所谓悲和喜。

真正造访赛里木湖是在一周后。

我从伊犁返回乌鲁木齐，重过赛里木湖，这回我集中精力，盯着移动的山峦，车从果子沟盘旋而上，汽车转过一个山头，仿佛挽卷起半掩的翠帘，赛里木湖似女神下凡从天而降。

远望，赛里木湖由西向东微微倾斜，镶嵌于雪山草地之间，湖面平静，没有一丝涟漪，湖水“蓝得不近情理”。湖的背后是绵亘的山脉，山顶覆盖着终年不化的皑皑白雪。缀满鲜花的草地上，散落着悠闲的牛羊。淡蓝的天空上，云不停幻化着身姿，像飞天的旋舞。巨大的空寂，

原始纯粹，一股神秘的力量，遏制住了我的咽喉。

我什么也说不出来。

赛里木湖像镜子一样照见了我的卑微。

天地不知有我，无我。我的生命的长度和深度不及一粒沙子，一棵树，一滴水。

在圣洁的灵魂面前，一切人类的赞美都苍白无力，毫无意义。

我手捧起赛里木湖水，彻骨的寒如万矢穿心，那一刻，我的左眼看见我的右眼，一滴泪跌入赛里木湖。

2004 年 7 月再次相见，十年过去了。

从 312 国道伊犁方向进入。雪山依然雄壮，赛里木湖依然宁静，天空中的云依然幻化无穷。云过处，深蓝，浅蓝，墨绿，深绿，浅白，湖水用色彩的音符弹奏着愉快。

赛里木湖不再孤独，游客非常多。十几位哈萨克族牧民牵着马与游客讨价还价。

那天，我花 30 元钱租了一匹马，和一位哈萨克族小伙儿骑在马背上，向苍翠的山林深处进发，风从我耳畔拂过，空气中有野花和松枝油的香气，我还闻到浓重的绢蒿的味道。马奔跑起来，我能感觉到它温热的肚腹一起一伏，小伙子的胸紧贴着我，我的后背很暖和。

路边上停满了大大小小的车辆，一辆辆拉运沙石料的卡车呼啸而过，扬起彗星似的尘土，这条路切开美丽的草原，像一道带血的伤口。

这是干什么？我问哈萨克族小伙儿。

修环湖公路。

多长？

七八十公里吧。

哈萨克族小伙儿兴致很高，一路上话很多。

“去年夏天，我的马队驮着外国游客沿赛里木湖慢慢走了一天，那天我挣了一万块钱。明年，公路修通了，马不吃香了，游客都坐车进

去。这里是景区了，不让我们在这里放牧。”

“那你和马怎么办?”

哈萨克族小伙儿耸了耸肩，没有回答我。

那天，我给了哈萨克族小伙儿 50 元，他给我找回 20 块钱，塞给他，他不收，我俩推让了半天。他到底还是不要，我有些感动，也有些难过。我和他缘分很浅，一匹马、一段路、一些言语交谈，也许此生不会再见。即使再见，已不在赛里木湖边，也许我也认不出他，他也认不出我了。

再来赛里木湖，是 12 年后的今天，公历 2017 年 7 月 15 日。

这次，车从博尔塔拉境内驶入，赛里木湖已是国家级 5A 级景区，景区不再随意出入，修筑了大门，人和车都要收门票。景区门前建起许多规格统一的房屋，提供游客的餐饮服务。环湖一周的公路，不时岔出便道延伸到湖岸，连接人造的景点。游客可以轻松地游览赛里木湖全貌，在景点或不是景点的地方下车拍照。有人将车直接开到湖边，车后是被碾在过倒下的花草，散在土里的深辙清晰可见。湖面上风很大，起了浪，拍打着岸，有海的气势。

这次我又有了新的发现。

赛里木湖四周并不都是青草，植物也有自己的领地。比如，湖北岸是离子介的天地，离子介开黄花，花开时像金子洒在大地上。我来得晚了，错过了东北端野郁金香开花的季节，寒地报春花的花期也过了，无缘一睹那皇家地毯一般高贵明艳的紫。但还不算晚，南岸的金莲花、鸢尾、龙胆、贝母间杂而生，集体登场，把夏天盛大的舞会推向极致。赛里木湖不止有花的美丽，草在这里也毫不逊色。湖北面生长着大片的金黄色的草，犹如大写意油画，倾斜着从山边向下铺展，一直延伸到公路一侧。

我飞奔过去，草漫过半身，风吹过，黄色的草麦浪一样翻涌。草纤细，柔软，光滑如锦缎，这么柔软的草，如何在朔风中不倒，有些不可

思议。硬易折，柔志坚，这是草给人类的启示吧。更不可思议的是公路的另一侧，靠着湖岸的地方是另一种草的领地，草的枝叶宽阔，油绿，靠近水的地方愈发深密，前一天刚下过雨，我深一脚浅一脚向湖边靠拢，为了看清湖水里移动的雪白的点。

在人类庆祝又一个千年到来的时候，赛里木湖里投进了大量的冷水鱼苗，湖里有了鱼，据说这种鱼很名贵，一般的老百姓吃不上。有鱼可食，天鹅就飞来了。天鹅怎么知道这里有鱼，只有天鹅明白，动物的敏锐有时聪明的人类并不完全了解。

我的眼睛高度近视，看不清天鹅。水打湿了裤管灌进了鞋里，走了很长一段路，终于来到岸边。天鹅很警惕，始终和人保持着距离，不远也不近，天鹅能看到我，我也能看清天鹅。我数了数，有几十只。

我居住的城市库尔勒，每到冬天，巴音布鲁克天鹅就会飞到孔雀河里过冬。所以天鹅我见得多了，但在赛里木还是第一次，无论什么事儿，第一次总能给人带来惊喜和刺激。艺术家和作家需要不断地寻求刺激，从中获得灵感，然后把灵感描述记录下来，掺入人的意向，变成艺术或作品，再用艺术和文字滋养修复人的灵魂，论效果，远不及赛里木湖来得直接。赛里木湖是完全打开的、放松的、坦然的、天然的，不加任何雕琢的原始美，是赤裸舒展于大地上的女神。神从来不属于哪个人。

如今，赛里木湖被太多的赞美簇拥着，在我眼里，赛里木湖已变得太多了，未来，应是保护而非空洞的赞美和改变。

天空飘来一片云，雨噼噼啪啪落下来，风很冷，我从湖岸边跑出来，钻进停在路上的轿车。离开赛里木湖突然很不舍，不知下次再来又要多少年。从前没有这种感觉，人老了容易伤感。我已年过半百，50年后的赛里木湖我是看不见了，但我儿子的儿子可以看见，希望他来的时候，赛里木湖依然是一湖静水，遍地野花。

顷刻倒下的老建筑

这是一座建于20世纪50年代的楼房。楼三层、长方体、面街而建，墙体厚重坚固，简约的巴洛克式风格，典型的斯大林时期建筑。外墙涂以柔和的乳白色，竖长窗，上方呈三角形，周边饰着花纹。门前四根圆形廊柱，柱头上雕花装饰，整座建筑完美和谐，由内而外散发着高贵典雅的艺术气息，充满异域风情和迷人的气韵，似一位从遥远时光里飘然而至的美丽女子。

从前，俄罗斯风格的建筑在新疆许多城市为数不少，多是我国和苏联蜜月期的产物，如今拆除得所剩无几。20世纪50年代，这座边塞小城人不过万。放眼望去，这座白色楼宇俏立在一片黄泥土屋之中，鹤立鸡群一般。许多年轻人怀揣着梦想和这幢楼的照片，迢迢万里慕名而来，把青春放逐在这座河水环绕、绿树覆荫、有着典雅建筑的诗意小城。

我来到这座城市的时候，这幢典雅的楼房已在河岸桥边站立了30多年。从家里到市区，这幢楼房位于必经之路上。周末无事，喜欢逛街，跨过大桥，便望见这幢姿态柔美的楼房。久了，无形中生出说不清楚的亲切和暖意。时间快速流逝，它周边的黄泥土屋开始一栋一栋的拆除，楼房越盖越高，像刚出道的年轻人，举止轻狂；对面公路上的车流也越来越密集；店铺家家相邻，门前的扩音机播放的流行歌曲声如海浪，喧嚣而张扬，唯有它仿佛端坐花园长椅的女子，任天空云卷云舒、身边花开花落，姿态始终优雅安然。在这幢楼里上班的人真是幸福的叫人羡慕。我常猜想，每天都能面对它，走近它、随时进出这般诗意的建筑，步态会不会自然轻盈起来。

20世纪90年代中晚期，这座建筑里的人没能抵挡住市场汹涌的波涛，拆去一楼雕花的窗牖，把办公室改为店面对外出租，使这座充满神秘色彩的建筑少了皇贵之气，多了些许民间的平易与亲切。

沿街开放的小店，最左一家卖卤肉。他家的卤猪蹄最早6块钱一只，后来长到20元，汁浓味正，常需要排队等候。后来，不知为何换了承包人，改做鞋生意。中间一家卖和田玉，店名“琢玉坊”，取“玉不琢不成器，人不学不知义”之意。店主人30多岁，厚眼皮，阔鼻翼，手腕上带着和田玉串。他说自己从事地质工作，因工作需要常到和田且末一带野外作业。那一带懂玉的维吾尔族人多，时间久了跟着学习了不少关于玉的知识。大多数人还不懂玉的时候，他已嗅到未来市场的味道，开始大量收集购买玉石。当人们对玉的认知喜爱刚萌芽，他的玉店开张了。应朋友之约去捧场，看见橱窗里摆着一只碧玉手镯，晶莹剔透、绿如菠菜，这是碧玉中的极品。店主人见我一直盯着这只碧玉手镯，便走到我跟前说，买吧，我给你优惠，才800元，再不买今后肯定会涨价。妈呀！才800元，他说得多轻松，他哪里知道对我这个每月拿两三百元死工资的人来说，这可是天文数字。苦于囊中羞涩，只有饱眼福的份。两个月后，忍不住再去看，已涨到1200元，我更不敢问津了，没过几年，碧玉手镯疯长到了五六万。后悔不迭，早知今日，何不当初狠狠心收归我有。缘分不停留，像春风来又走，错过了就永远错过了。从那之后，我很少进“琢玉坊”了。“琢玉坊”隔壁是一家美发店，老

板很年轻，手艺不错，有一段时间，我常去剪发。挨着理发店的依次还有一家卖檀木梳子的，两家卖服装，一家兼卖冷饮的杂货店。卖冷饮的杂货店店主是个年轻女子，黑黑的长发绾在脑后，有一种说不出的风情。她一个人带着女儿在此开店，毅然与有了外遇的丈夫离了婚。说是因为喜欢这栋楼的气质，才租下这个小门脸，虽说赚钱不多，但是，这栋楼房暖热了一个女人的寂寞，让她重竖尊严，从此不为别人而活着。最右边的是一家“红房子”蛋糕店。“山坡上，有一座漂亮的红房子，那是小灰兔的。”这个名字很容易让孩子联想到童话。蛋糕店一年四季散发着浓浓的奶香。店主改装了店面，牙白墙配上绯红门框，落地的琉璃门反射出琳琅满目色彩鲜艳的蛋糕。儿子小时候特别爱吃红房子的蛋糕，几乎每个周末都去。儿子胖乎乎的小手拉着我走进小店，要一小块儿卡通或水果蛋糕，坐在桌子前，透过琉璃门欣赏来来往往的各色行人，看着儿子一口一口把蛋糕吃完，擦擦嘴，心满意足的样儿，我的心便充溢着幸福。如今儿子已长大成人，即将有自己的孩子。可是每次路过红房子，牵着儿子的手走出红房子一起回家的画面就会自然而然浮现脑海，那是珍藏在心底的暖。

2014年初冬的一天，又经过这里，楼房的四周拦起绿网，走近了，我扒开网栅往里看，只见挖掘机霸道地站在残垣断壁的楼顶，轰隆轰隆发出巨响，把利爪一下一下刺进楼房坚硬的钢筋水泥之中，再猛力挖翻起来，瓦砾像雨片般散落，溅起呛人的尘土。被挑断的钢筋像一条条痛苦的蛇，扭曲着细长的身体，雕花的窗棂断裂倒地，这栋漂亮的楼房已是面目全非了。

我一时不明白，这座建筑与它周围的高楼相比，是低矮了些，可它仍然坚固美观，再用一二百年也没问题。对于开发商来说，它也许无法创造更大的经济价值，它的人文价值却是永恒和无限的。我不清楚是何原因要拆除它，更无处打听。有人说，建筑是固定的音乐，是耐人寻味的艺术品，是城市的精神。其实建筑对普通居民来说，是一座城市的温

度和味道，它是一张反复播放的老唱片，令人陶醉的正是那淡淡的怀旧情绪。“城市，你若把它视为一种精神，就会尊敬它、保护它，珍惜它；你若把它视为一种物质，就会无度地使用它、任意地改造它，随心所欲地破坏它。”一座城市，失去了这种有品质的建筑，犹如千人一面的整容美女，漂亮是漂亮了，总让人不舒服。我虽然居住在这座城，是这个城市的一员，可是，没有人赋予我对一栋楼房的拆与建发言的权力。假如我有这种权力，一定不会让它就这么突然地消失。

此刻，它正在倒下，挖掘机继续轰鸣，我看见一个老人，停下来，隔着围栏看了一会儿，走了，回头，再看了一眼，默默地离去，冰冷的地上没有影子。

麻雀、麻雀

俗话说，林子大了什么鸟都有，也不尽然。

我居住的小区坐落在南疆库尔勒市孔雀河南岸，树林覆盖率达百分之四十多，这在北方的居民区不多见。小区里的树多且杂，鸟却单一。从前，春天可见燕子，这几年，不知为何燕子不见了，偶尔能听到一两只布谷鸟咕咕、咕咕地叫，声音回荡在空旷的树林里，更添了一种孤单。有时，也能听到喜鹊喳喳、喳喳地叫。多是黑喜鹊，相比八哥，喜鹊的叫声有些沙哑，像患上喉炎。喜鹊叫，喜事到。你还别说，喜鹊一到，还真有好事儿，有时老友来相聚，有时收到一笔稿费，钱虽不多，心却如喜鹊登枝，豁亮得很。小区里最多的鸟是麻雀。麻雀不想做孤独的侠客，对月孤栖与谁邻。麻雀喜欢扎堆，白日觅食，夜宿枝头，成群结队，穿梭往来，很少单独行动。

居民楼面朝孔雀河，门前几棵大榆树，这几棵树年岁不短了，至少20 多年。树高十多米，细碎的树叶似无数的鳞片密密地包裹住树的边缘，或粗或细的枝干疏密有度，向上、向斜伸展，形成巨大的蘑菇状树冠。麻雀选择其中的一棵为巢，因左侧没有比之更高阔的树，午后的阳光乃至斜阳，始终照射着这棵树。对麻雀来说，追逐温暖尤其寒冷的冬季事关生死存亡。由此推理，麻雀选择此树并不是偶然，想必经过深思熟虑，大家集体表示同意，若非如此，为何几十只甚至更多麻雀自觉自愿以此为家？枝叶浓密的大树，惊奇于麻雀如何飞上高枝，像一个探秘者，黄昏时坐在离树不远的椅子上静观。第一批麻雀飞回来了，落在不远处的水渠旁，停顿、喝水、跳跃，一会儿，商量好了似的猛然集体起飞，以 60 度的斜角钻入大树，然后顺着枝干向上跳跃，抵达顶端它们认为安全的位置。离开时，麻雀以相反的倾角斜穿而出，在空中划出优美的曲线，向着远处飞走了。接着又有三三两两的麻雀飞回，相同的姿态，相同的角度。当然也有技艺高超的能从叶与叶的空隙横切而入，准确而有力，像闪电，肉眼和手机根本抓不住它的飞行轨迹。它们一定是精力旺盛、飞行敏捷的年轻麻雀，若是高清慢镜头拍摄，带来的视觉冲击一定叹为观止；也有些年老体衰或经验不足的麻雀，翅膀快速拍打空气的声音慌乱急促，突突突突犹如微型马达。所有的麻雀就又回来了隐于绿丛之中，鸟安睡时，偶然路过的行人，绝对想不到这棵树里面藏着众多鸟，站在树下仰视不见，大隐隐于树。多数时候，老远就能听到麻雀们叽叽喳喳的声音，像召开家族讨论会，七嘴八舌，气氛热烈、喧闹愉快。这样的家族聚会每晚定时定点举行，从不停歇。

树怕病虫害，每年从春至秋至少要给树木喷洒四五次农药。喷药的人站在罐车上举着很长的高压水管，对着树木呼呼呼地喷，像给森林灭火。药味刺鼻，行人避之不及，加了药的水洒落到地下，黑乎乎的一片，粘脚。打过药后的一段时间，雾一样围着行人头顶的小飞虫少了，鸟全没了，树林寂静无声，静得心里恐慌。

鸟被毒死了吗？

可地上没有发现鸟的尸体。

鸟临死也和猫狗一样躲开人吗？

我总是想，古代没有农药，树木比现在长得繁茂葳蕤。古代的鸟不

会因农药中毒而亡。人类依赖农药杀死病虫，农药反过来戕害人类。这算不算因果轮回？

20 世纪 50 年代末，中央专门下文发动大家“除四害”。当时的“四害”分别指老鼠、麻雀、蚊子、苍蝇。要求五至十年或更短时间内彻底消灭“四害”。全国上下勠力同心除“四害”。那时我还没出生，那个时候我父母亲正年轻，父母一天到晚地忙，忙得不可开交，忙得正义凛然。左肩背着沙子枪打麻雀，右手拿着苍蝇拍，和“四害”展开了争分夺秒的斗争。人人为完成指标无所不用其极，火攻、枪打、引诱、捣巢、网捕，各种手段五花八门，堪比一部《孙子兵法》。父亲的一位同事，为了争做除“四害”标兵，创下了 72 小时不睡觉、一次逮麻雀 150 只的光辉纪录。不料他在掏鸟窝时站在梯子上睡着了，伸进鸟窝的一只手指被老麻雀的尖喙死死咬住，猝然受到惊吓的他从梯子上跌落，脊椎磕在石头上断裂，从此下肢残废。最叫他沮丧的不是望见标兵旗帜向他招展的关键时刻的功亏一篑，而是那只与他同归于尽的老麻雀的性别。这只为保护幼鸟奋不顾身，把生死置之度外的老麻雀到底是小麻雀的爹还是娘，这个难题像哥德巴赫猜想一样纠缠了他一生，也消耗了他一生，最终导致他精神分裂。他是那个特殊年代的牺牲品，每每想起心中都有一丝悲哀。父亲再没提起过他。他渐渐被时间遗忘了。

打过药后的一两个月，麻雀又回来了，先是一两只，后来渐多。树还是那棵树，麻雀还是不是那群麻雀已无从知晓，但至少还有老“雀”识途，带领众雀重返家园。麻雀恋家，没有特殊的原因，它们绝不会从一棵树转移到另外一棵树，哪怕树和树紧挨着，这种执着叫人肃然起敬。晚会依然如期进行，讨论依然热烈喧闹，似乎什么也不曾发生过。

麻雀可真是喜欢与人类为伴，小区树木一波一波地打药，麻雀始终不肯远离。夏天虽有被毒死的危险，食物却很丰盛，对麻雀来说，冬天是致命的。麻雀是极其聪明的，之所以不愿远离人类，完全是为了生存，它们像生活在城乡接合部的外来打工者一样，咬紧牙关站稳了脚

跟。但是，千万不要自以为是地以为麻雀可以驯化。小时候婶婶割麦子时逮住一只小麻雀，羽翼刚丰飞不远，爷爷编了一个草笼装鸟，每天捕小虫喂它，可不管你如何尽心尽力，它拒绝嗟来之食，三天不到麻雀死了。奶奶说，麻雀有气死病，养不活。当时，我伤心哭泣，如今想起来，麻雀性格刚烈，宁为自由故，不为苟且活，有春秋战国义士之遗风，这一点八哥、黄鹂、鹦鹉都不及麻雀，包括人。

白雪覆盖大地，食物短缺，喜鹊、八哥、布谷鸟、甚至灰鸽鸟踪影全无，唯有这群麻雀日日守在小卖部门前的松枝上，小卖部门前每天有人扫地，来来往往的人多多少少会留下一些残渣，那是麻雀需要的食物。只要人一离开，麻雀会立刻从树枝上飞下，啄食速度之快像一个一个灰色的精灵在一小片地上舞蹈。黄昏，麻雀们仍回老巢，热热闹闹共同抵御寒冷。如果仔细听，夏天的麻雀声音清亮，有很强的穿透力和质感，而至冬季，麻雀的鸣叫声音细碎，带着微微的颤音，可能是被冻得打哆嗦。冬天，我常去离家几公里外的自由市场买肉，市场里卖活鸡活鸭的地方，门脸敞开着，装鸡鸭的笼子摆在室外，食槽里有饲料。麻雀在屋檐上站成一排，得空快速俯冲下来，抢啄食槽里的饲料，或是啄食散落在地下的残渣，一次一次的俯冲，又一次一次被冲散，麻雀可真是执着。填饱肚子不容易，麻雀不怕麻烦。天黑前，麻雀们是不会离开的，这是麻雀的智慧和生存之道。

麻雀虽和天鹅不是同林鸟，却都是人类的朋友，我心里如此想着，依然会像喜欢天鹅那样去呵护不起眼的小麻雀。

写给春天

春天如期而至，我也在这个春天，又增了一岁。

春夏秋冬，年年复年年，就像是和你一起长大的伙伴，熟悉得不能再熟悉了，所以，我从来没有试图写过春天，我的春天和我的青春都交付给了荒凉。可是突然有一天惊觉当你老了，春光依旧，四季依旧，而属于你的春光，已所剩不多，突然就想给春天写点什么，明知也写不出什么新玩意儿，就想唠叨唠叨，自己给自己解闷。

在这里，我想要说的是新疆南疆的春天，仿佛我生命中所有的花朵只为在南疆开放，南疆的春天自由随性、质朴纯净，是打开的、松弛的，偶尔有点调皮又有点害羞，也懂得微妙的规律、严守自然的秩序。

在南疆，最先感知春天的是风，风把尘土编织的纱巾罩住春天的面孔，像爱女心切的父母，怕女儿艳丽的容颜太过招摇。淡淡的柔纱覆盖的春光若隐若现，仿佛添了莫名的忧伤和思绪。三月的风轻轻吹开了雪被的一角，不谙世事的桃花、杏花便迫不及待，它们和街上穿着超短裙，露着细长腿的少女一样，急着展现青春芳华，粉白的杏花，妍妍的桃花，悄悄地立在枝头，面对寂静的舞台，羞涩的，兴奋的窃窃私语，眼波和心里悄悄地顾盼着心仪的男孩。

春天是多情的，杏花、桃花像爱情中的女孩自寻烦恼。水边的柳树顶着一头嫩绿来了，像睡不着觉早早起床的老人，把一条一条鱼竿垂入水中，之后就坐下来，慢慢地等着杨树、榆树、槐树、沙枣树、白蜡树，还有从南国移来叫不上名字的树木与它为伴。桃杏正开得兴高采烈，黄色的迎春突然闯入了视线，明艳艳的黄若是疏密有致垂在柴门铁栏围墙下，那花容定是可人的，像《红楼梦》里活泼的宝琴，可惜偏被园艺工人修剪成一簇一簇，刻意装扮的村姑，傻乎乎只管独自开放着，失了天然本色，花期又极长，花团锦簇的俗。清朝皇帝就喜欢这种耀眼的黄，且下令为他独享，明黄龙袍，明黄龙椅，明黄帐幔，明黄步辇，太阳一样耀眼刺目，拒人以千里之外，皇帝自己把自己架空，不当孤家寡人才怪。

桃花和杏花若是被一夜雨打风吹去，香消玉殒，像极了晴雯的死，美到极致也痛到极致。要不等枯萎了还高站枝上，就有点像年老色衰又爱搬弄是非的嬷嬷，全然没了清丽的模样儿，面目变得可憎，人也兴致索然了。

桃花杏花落尽，忽如一夜梨花怒放。怒不是愤怒的怒，而是一种态度，一种气场，一种刻意渲染的烂漫。库尔勒盛产香梨，被誉为“梨城”，盛产香梨的地方怎么能少了梨树，少了花呢？梨树开花，绝不一朵一朵次第开放，像是约定好了，在三月底至四月初的某一天，集体登场，为了让每一个梨充分接受阳光的亲吻，梨树枝像打开的伞骨，一树一树的雪白，犹如 18 世纪欧洲女人跳舞时膨起的长裙，自顾自地翩跹着，让人的目光不由得迎向她。田野上大片大片的梨花，则是另外的景象，那是花的海洋，是一年一度盛大的华尔兹，是漂浮在大地之上的云霭，淡淡花香美如仙境，漫步其中，拍个照吧，人面梨花两相映，忘了今夕是何年。梨花下散落的鸡、羊低头啃食嫩苜蓿。拱出地面的第一茬苜蓿尖儿，实在新鲜，周六周日，群里的人开上汽车带着孩子，蜂拥赶

来赏花、野炊，临走时不忘掐点苜蓿带回家，在水里焯一下，加点盐醋蒜汁儿，再淋上几滴香油，一盘上好的凉菜端上桌。不嫌麻烦的人，回家洗净剁成馅儿，包猪肉苜蓿饺子，也是不错的美味。

梨花是库尔勒市春天绝对的主角，年年岁岁领衔主演，大概是听腻人们的赞美，总是爱使小性子，轰轰烈烈而来，急匆匆收场，顶多一个星期，就极速换装，撑起硕硕的绿伞。其实，梨花是聪明的，懂得急流勇退，有意拉长人们的相思和期待。太容易得到的东西，不会珍惜。

梨花的一声花腔，唤醒了所有的树木。树绿了，鸟儿明显的比冬天活跃。麻雀又回到了去年的老树上，叽叽喳喳赶着春天的集市。乌鸫、喜鹊、灰鸽的鸣叫明显开始富于变化，时而温柔，时而嘹亮，仔细听声音欢快明亮。春天是鸟儿谈情说爱的季节，为了赢得爱情，歌唱自然更甜腻，更悦耳动听。

梨花落尽是苹果花季。南疆产苹果最多最好吃的是阿克苏红富士。苹果硕大、脆甜、糖心儿。和果实相比，浅粉色的苹果花像少女脸颊的一抹淡淡红晕，内敛含蓄，不事张扬，比苹果花更恭俭让的还有葡萄花、核桃花、红枣花。她们深谙世事，脚踏实地，春天的花事只是文章的凤头，她们蓄积所有的精力孕育饱满的果实，那是文章最饱满的部分，之后才是干净利落的收尾。

天山和昆仑山像两只并拢的手掌，把塔克拉玛干沙漠的金沙捧在手心儿，在盆地和沙漠之间，环绕着一圈带状的绿洲，库尔勒沿着国道314线向西南，其次是库车、阿克苏、阿图什、喀什、和田，最南达民丰，再折回来至且末，若羌，再到尉犁县，最后返回库尔勒。春天如南巡的君王。从北至西南在这塔里木盆地画了一个大大的圈，别看都是南疆，大自然的馈赠各不相同。

库尔勒的香梨，库车的小白杏，阿克苏的苹果，阿图什的木那格葡萄，喀什的玫瑰花和大杏儿，和田的石榴和核桃，且末的戈壁玉，若羌的红枣，尉犁的大米。做了这么多的铺垫，重点想隆重推出和田的石榴

花。石榴花像维吾尔族妇女，鲜艳夺目、风情万种。石榴花是懂得风情的，生命苦短，恣意绽放，要死也要死在男人的怀抱。她才不那么傻，没有绿叶这众多男人的到来，便独自歌舞，那有什么意思，石榴花要等所有的绿叶聚齐了，才撩起红色的裙裾，来一曲欢歌热舞，像西班牙女郎，让男人为她疯狂，没有一丝掩饰和虚伪。石榴花是多情的，诗意的，浪漫的，包含着生命的热情与活力，这位来自伊朗的女子也是多产的母亲，她的子宫孕育生长出众多的子嗣，她不偏不倚，把每一份爱和美丽容颜分给所有的孩子们。我不得不说，我喜欢这样的女人，喜欢这样的母亲。和田最好吃的石榴在皮亚曼，秋天，石榴成熟的季节。皮雅曼人把石榴摆在马路两侧，坐在车里很远就能看到犹如两条红色的丝绸。石榴个大，比男人握起的拳头还要大一圈，石榴籽儿晶莹剔透，汁液饱满，用力掰，稍不小心红汁儿溅到衣服上，“红梅”立即朵朵绽放。

槐花和沙枣花不太引人注目，它们从来都不是春天的主角，也无意和谁争，躲在高处，躲在树叶的背后，偷偷窥视人间，它们的花香是馥郁的、自然的、还没有学会掩饰自己。它们大多退出城市，退居乡村田间，曾经，它们是整个南疆大地抗击风沙的卫士之一。抗风沙的卫士还有许多，其中的佼佼者算红柳和沙拐枣。这两位外表其貌不扬，花开得却绝不含糊。五月，红柳花开，红柳花一穗一穗，细小、致密，花形简单，近观粗糙得叫人失望，远望，一簇一簇，像火炬，像丹霞，在灰色调的戈壁之上，一灰一白，一明一暗与高天大漠遥相呼应，浓墨重彩。站在大漠之上，你仿佛看到披着猩红斗篷的王昭君曳曳出塞，从此“天遥地远，万水千山，知他故宫何处。”一个女子用她美丽坚定的生命换来整个帝国的和平和百姓的安宁，她是属于西域的，是史书上长盛不衰的红柳花，幸焉，不幸焉？

与红柳花抱团取暖反其道而行之的是沙拐枣花，同样是固沙植物，沙拐枣花特立独行。花开时，纤纤的枝头挑起一盏盏红灯笼，争先恐后

把整个大漠都照亮了。捧在眼前仔细观察，起初觉得他们像一个个毛茸茸的小绣球，再看，花心伸出一根根鹿角式的刺条顶着红色的花蕊，结构复杂、严谨，像微缩的原子，沙拐枣花让你相信了，什么是一沙一世界，一花一宇宙。

大多数时候，人和植物一样，很难掌握自己的命运。南疆的植物大多化繁为简，所有植物的叶子改变形状和颜色，无一例外的缩小了叶片，大多数呈针叶或圆柱状，朝着阳光的一面，镀上了一层反光的银灰色，为了求生存，不得不选择改变。站在大漠之上向远处瞭望，戈壁滩荒凉，植物的外形其貌不扬。但是，千万不要被这种假象迷惑，她的美丽只对那些与它生死与共的人袒露。比如，蛰伏在岁月深处的野西瓜花。那年春天，去库车的苏巴什古城。古城就在公路边上，几处风蚀破败的土墙、土堆，昭示着亘古不变的荒凉，南疆这样残存的遗址很多，如果不了解历史的来龙去脉，根本就不值得一看。距疑似佛塔的土堆儿不远处，一朵白色的野花不经意跳入视线，走近伏下身看，不由得倒吸了一口气。野西瓜长长的藤蔓爬行在褐色的砾石上，扇贝似的伸出一朵洁白如玉的小花，四片晶莹剔透的花瓣微微舒展，几十条细银线顶着紫色的花萼，长短不一，犹如插在花心的迷你高尔夫球杆。很难想象，如此娇嫩的花，生长在如此荒凉的戈壁大漠，哪怕我裤脚带起的一丝风扫一下，花枝都颤抖不已，像在手心里跳舞的小仙子，真为她担心，这朵花是囚禁在沙漠戈壁的白雪公主。内心不由自主生出了一种怜惜，一种无法遏制的怜爱，是那种捧在手里怕摔了，含在嘴里怕化了的感觉，几乎把我的心都揉碎了。这种看似娇嫩无比的野西瓜花，结出的果实却极烈，把野西瓜捣碎敷在关节处，皮肉如烈火焚烧一般，半个小时揭去，关节处似开水烫起很大的水泡，半年过去，关节处的皮肤仍是褐紫色，可见野西瓜药力有多猛。

说到春天，南方一年四季如春，羡煞北方人；单调容易视觉疲劳，得天独厚的南方人却眼红北方的四季分明。人心从来不满足。于是，城

市的美化者们，移花接木，把天南地北的植物引进城里，这些花美是极美，花是好花，毕竟，不是土生土长。南疆天干地燥，和南国相比，花终是单调，比如玉兰花、栀子花、茶花、木棉花、木槿花、三角梅，等等，南疆统统没有，即便有也是养在温室，一家一户，孤芳自赏，成不了气候。南疆的花多结果，实用性强，华而不实的妖娆经不起漠风的蹂躏。

春光渐浓，百花集体绚烂，争奇斗艳。风在枝头，人在花下，一切美好美不过春天吧。然而，南疆的自然环境到底是恶劣残酷的。春天并不总是风和日暖、春光明媚。哪位诗人说过“每一粒沙子都是误入歧途的绿洲”。即使对花木温柔以待，花木报以累累硕果，秋天的丰收也并不总代表喜悦。去年，红枣缀满枝头无人摘，桃杏随它落地入泥，丰产香梨贱至一元钱一公斤都没人要。城里人把车直接开进农家院子摘香梨。主人说，摘吧，多摘点，不要钱随便拿，总比掉在地上烂掉好。繁花让农民看到希望，也让农民背负愁苦。这是自然界的悖论。但是农民从不放弃希望，从不放弃土地。

在南疆广大的荒漠戈壁，在珠泪般的绿洲，在田野村庄，百花以自己不变的姿态打开，它们孕育、繁衍、生息；它们坚守、坚持、忍受；它们以沉默的方式开始，也以沉默的方式结束，始终如一地“勇敢的完成自己”。每一位来到新疆、扎根戈壁的人，受这些植物的暗示、影响，性情多多少少会有所改变吧。

友谊馆断想

大凡一座名城，都有一个使其声名远播的城市建筑，它是城市的灵魂。为油而生的克拉玛依城也有这样一处建筑——克拉玛依友谊馆。从20世纪50年代初建设至今，友谊馆历经60年风雨洗礼，吸收着天地灵气、日月精华，淡定而沉默地伫立在日益繁华的城市中心，它是克拉玛依的标志，是城市的一处风景，更是克拉玛依人的精神图腾。

离开故乡克拉玛依近20年，只要闭上眼睛，这座几十年前克拉玛依最雄伟、最华丽的建筑立即在大脑中复原。两边种着榆树路直通友谊馆的台阶，跨上几层阶梯，迎面七根白色圆柱支撑起三层楼高的礼堂，三角形的屋檐上写着“友谊馆”三个大字。礼堂正面三扇厚重的朱红木门，木门上方并行六扇三层玻璃窗。礼堂内与现在的电影院没有什么区别，前方是舞台，后面是一排排的椅子，不同的是右侧中门外连接着一个露天舞台，舞台面对着能容纳上万人的广场，广场足有两三个足球广场大，它是克拉玛依名副其实的中心，是克拉玛依最“豪华”的场所。友谊馆左临人民公园，背面不远是一个凹形的灯光球场。从远处眺望友谊馆，高大的立柱，雅白墙底配上深墨绿的屋顶，在开阔广场的衬托下，气势逼人、宏伟壮观。友谊馆建造于开发克拉玛依油田的20世纪50年代，由苏联老大哥帮助建造，为了表达中苏友谊，起名“友谊馆”，“文革”时改名“反修馆”，改革开放后又改叫“友谊馆”。当年，克拉玛依有多少重要的活动在这里举行啊，开大会、公判犯人、演戏、放电影，只要需要集合的事，全在此处进行。

1959年，在山东原济南军区当兵的父亲，就是因为看了一张友谊馆的照片，被这座充满异域风格的建筑深深吸引，选择转业到克拉玛依油田。父亲说，来到克拉玛依后发现，除了这座友谊馆，四周是茫茫戈壁，连一座像样的房屋都没有。风刮起来飞沙走石，晚上睡觉，突然起风，连人带帐篷刮出好远。个别和父亲一起转业来的战友忍受不了，偷偷地逃回老家。20世纪六七十年代，开发大庆、胜利、任丘等油田，又有几位父亲的战友相继调走，父亲也曾激动地指着地图告诉我们胜利油田离他的家乡有多近，母亲多次劝他调回内地，终因父亲的坚持留了下来，直到父亲去世。

父亲在世时，常津津乐道两件事，一是“文革”初期，两派在友谊馆广场前相互批斗，斗到激烈处便棍棒相加大打出手，父亲见形势紧张便风一样的跑回了家，因为父亲年轻时在克拉玛依职工运动会时获得过长跑比赛第二名。那次武斗打伤了不少人，父亲幸免于难。另一次是20世纪70年代，国家政策开始松动，形势有所好转，友谊馆放映日本电影《山本五十六》。作为内参片规定只有处级领导才能观看。父亲被安排首场观看，这是他作为一名处级干部一生享受的最大特权。当时，许多人得到消息，洪水般拥向友谊馆争看这部电影，愤怒的群众冲击正在放映电影的友谊馆大门。最终，大门被撞开，拥挤中砸坏了放映机，第二场电影放了一半便草草收场。

改革开放之初，大量老电影解禁，友谊馆几乎天天放电影，那是友谊馆最风光、最辉煌的时期，也是我和家人看电影最多的时期。此时的友谊馆，是克拉玛依人的精神圣地，像极度饥饿的乞丐，饥不择食，来

者不拒。电影穿越“文革”的灰色时代，向人们展现出缤纷绚烂、多姿多彩的世界。

我的青涩爱情也在友谊馆里悄悄发芽。第一次和暗恋已久的男孩子相约在临着友谊馆的人民公园，隔着修剪整齐的榆树，红着脸安静地走，等待电影放映的时间。那天友谊馆放映的是外国电影《叶赛尼娅》，出身贫寒、美丽热情的吉卜赛女子叶赛尼娅，爱上了有钱人家的贵公子、叶赛尼娅勇敢地冲破重重阻力，有情人终成眷属。叶赛尼娅对爱情的大胆和主动，完全颠覆了当时人们谈爱色变、视情爱、性欲如猛兽的理念，毫不夸张地说，当看到男女主人翁的热吻时，我眼热心跳，内心汹涌着火热的激情，有种快要窒息昏厥的感觉。和暗恋的男孩虽不在同一排座位，我仍能感觉到他热烈的气息。那晚，友谊馆上空那轮和田玉般剔透圆润的月从此明亮了少女的心。

整个暑假，大弟都在友谊馆前厅的圆柱前转悠，手里紧紧捏着半张电影票，想方设法混入。电影散场后，他并不离开，低头弯腰捡起地上丢掉的票根，一张张捋平夹在小本中，等待下一次放电影时找出相同颜色的票根继续混入。许多电影大弟看了十几二十遍，仍然兴趣不减、乐此不疲，和又羡慕又害怕的收票员玩着猫捉老鼠的游戏。其实，收票员不过是睁一只眼闭一只眼罢了。从我们家住的工人新村到友谊馆，要穿过职工医院和石油新村，每次必经医院的临时太平间（停尸房）。小弟胆小，不敢混电影，更不敢单独去友谊馆，这便成了大弟控制他的手段。遇到家有电影票时，提前一个多小时，小弟就开始催促，小弟越催，大弟越得意，直到小弟带着哭腔，急得直跺脚方才领他冲出家门。每次电影散场，走出友谊馆，全家人有说有笑，踏着一地的温情回家。

友谊馆露天广场，偶尔也放电影。傍晚，孩子们草草吃过了晚饭，头上顶着、胳膊夹着方凳，吆三喝四，一路上嬉闹着相伴而行。随后，大人们也陆陆续续地来到了广场。偌大的广场挤满了人，前几排席地而坐，后几排的人站着，胆大的年轻男子站在自行车上，四周的人想往中

间挤，对中间坐着人的形成了压力和包围，里面的人出不来，外面的人进不去。电影开始上映前是整个夜晚最混沌不清的时刻，人们相互打招呼、嗑瓜子闲谈、等待，坐在中间的人一会儿站起来焦急的向外张望，高声喊着挤出去买冰棍的孩子的名字。电影放映了仍不安静，姑娘们身上一股雪花膏的香气，引着蜜蜂一般年轻的小伙儿，趁机往喜欢的姑娘们身边挤，总想引起心仪的姑娘的侧目。惹得姑娘们惊慌地尖叫，在人群中传递着说不清的暧昧。

有一回，记不清是中央的什么艺术团来演出，从毛主席他老人家住的地方来，那是伟大领袖毛主席对咱边疆人们的巨大关怀，机会难得，百年不遇啊。那天，克拉玛依真是万人空巷，倾巢而去，友谊馆广场挤得水泄不通。还是孩子的我，夹在大人们的腿中被浪一样忽而挤到这边，忽而推到那边，发带挤没了，鞋子挤掉一只，整晚上只看到舞台上乐队指挥猛烈甩动着头发的后脑勺。

20 世纪 70 年代的钻井队，经常有人受伤或死亡。有次一个工人高度烧伤，听说要用直升机接他去外地医院治疗。克拉玛依没飞机场，就选择在友谊馆广场降落。我们一群孩子早早坐在友谊馆台阶上等，忘记等了多久，直升机终于来了，绿色的飞机掠过反修馆的屋顶落在了广场上，快速旋转的螺旋桨把广场上的尘土吹上了友谊馆屋顶，围观的人被巨大的旋风吹得睁不开眼睛，身子向后倒退。直升机落地的刹那，围观的人欢呼起来。那是友谊馆唯一一次作为机场使用，也是我第一次知道，直升机的样子像蝈蝈的身体，安了四只蜻蜓的翅膀。

改革开放后，“反修馆”又改叫“友谊馆”，克拉玛依人有一段时间不习惯，一会儿反修馆、一会儿友谊馆地乱叫。新铺了水泥面的广场开始举办大型摸奖活动。扎着大红花的自行车、小轿车成排停在广场上，令无数克拉玛依人眼热心跳，跃跃欲试。当年，对于月工资只有一百挂零的克拉玛依人来说，拥有一辆小轿车简直是天方夜谭，花两块钱买张彩票，就可能梦想成真，谁不想试试运气。广场上人山人海，比过

节还热闹。所有人的眼睛都盯着友谊馆露天舞台上的摸奖箱。组织者站在舞台上举着大喇叭，面对急不可耐、拥挤上台的人不断地喊话：“别着急，别着急，前面摸后面摸一个样。”广场上阵阵骚动，人们哈哈的笑声、打趣声打在友谊馆厚重的墙壁上，发出嗡嗡的回音，广场成了欢乐的海洋。摸到大奖的人披红戴花，光荣地站在客货车上，敲锣打鼓绕着克拉玛依的大街来回转，获奖者的身上印满了无数羡慕嫉妒的眼睛。

20世纪80年代末，地处南疆的塔克拉玛干大沙漠开始了新一轮石油会战。新疆石油管理局号召全局人员支援南疆会战。按说，石油人闻油而动，四海为家早就习以为常，可这次是去荒无人烟，被称为“死亡之海”的沙漠，不比去东部，去内地人们争着报名。送行那天，友谊馆广场上彩旗飘飘，锣鼓喧天，十几辆大轿车前，整齐地站着披红戴花、整装待发的石油人。简短的动员会之后，送行的家属们呼啦拥到车前，泪水落在爱人的胸前，空气中弥漫着离别的伤情，一位年轻的媳妇，追赶着渐行渐远的汽车，哭的撕心裂肺。

1992年，我离开了故乡克拉玛依。十几年前一场痛彻心扉的大火，把友谊馆彻底烧毁，仅剩几根高大的圆柱踞守在广场中心、透着岁月的无情和沧桑。每次回克拉玛依探亲，或坐在车里，或步行，只遥遥地望望，再不敢走近它。

逝去的只可回忆，毕竟我们谁都无法回到从前。

克拉玛依风

离开故乡十几年了，游子在外，走南闯北，随处漂泊，少不了有人问：你从哪里来？我每一次都认真如实地说，我来自吕远作曲的20世纪50年代唱遍大江南北、几乎家喻户晓的《克拉玛依之歌》中的克拉玛依。尽管我很想说，“不要问我从哪里来，我的故乡在远方”。因一颗流浪的心和三毛一样漂浮着轻烟似的缕缕乡愁。

有人问：你故乡特产什么？

我回答：特产大风。

什么？

没有真正生活在克拉玛依的人永远无法理解我的话，正如我不能理解江南的梅雨和大雾，所以，他们满脸的诧异也就不足为怪了。

克拉玛依油田是中华人民共和国成立后发现的第一个油田。我的父母是在1956年新华社发布“克拉玛依地区是很有希望的大油田”这个轰动全国的消息之后毅然选择进疆的。青春年少的他们怀着现在有些年轻人无法理解的甚至有点轻蔑的报效祖国、建设边疆的满腔热血，随着转业部队，坐运送货物的火车，浩浩荡荡挺进新疆。他们在乌鲁木齐受

到的欢迎不亚于欢迎抗美援朝归来的“最可爱的人”。在乌鲁木齐稍事休息，一辆辆大卡车便载着他们直抵克拉玛依。

克拉玛依地形呈斜条状，南北长，东西窄，西北高，东南低，背靠一抹黛色的成吉思汗山。当年成吉思汗的马蹄踏遍了新疆这片广袤的土地，马鞭挥处，直指成吉思汗山也并不为怪。克拉玛依南面是一望无际的戈壁，向准噶尔盆地中心倾斜。戈壁滩上生长着大片的胡杨和梭梭、骆驼刺、夏荒草、红柳，成群的黄羊在原野上奔跑。当时，克拉玛依除了如今仅残存几根俄罗斯风格的白色立柱的友谊馆外，满目荒野，几万转业大军就在这片荒无人烟的地方安营扎寨。

曾有人迷住地讲起过克拉玛依的风水，说克拉玛依算是块风水宝地。此推断当然没有科学依据，先辈们选择克拉玛依这片土地定居，更深层次的原因是“黑油”。克拉玛依意为“黑油”。翁文灏出版的《中国矿产志略》记载，“曾发现油泉甚多，积年多为沙土迷塞，与存者仅有九泉。”有了黑色的石油，新中国就能甩掉贫油的帽子，城市道路上跑的交通车顶上再也不用背着被外国人耻笑的大气囊。

不知是先辈们有意彰显石油人战天斗地的豪迈气魄，还是没有预料到，他们选择的风水宝地正处于风口的下端。站在克拉玛依城向西眺望，绵延的山脉中的凹形，仿佛鲸鱼张开饥饿的大嘴，时刻准备吞食一切。这个老风口，恰如一个修炼千年的精魔，平时不露蛛丝马迹，经常在夜深人静时偷袭。排山倒海般的狂风奔泻而来，堆放在外面的东西席卷而去，从睡梦中惊醒的石油人使尽吃奶的力气，拉扯住鼓成风帆似的帐篷，很多次他们都抵不过一个紧似一个的风浪，帐篷像加足了马力的车轮，裹着人滚了出去……

他们到达克拉玛依后第一个深秋遭遇的第一场十二级大风，着实把我的父辈们震慑住了。我的妈妈千辛万苦从家乡带来的衣物，收藏的小花手帕，写了多年的日记本，等等，全部被风刮走，一无所剩。刚刚离开山清水秀的故乡，粉皮嫩肉的妈妈吓哭了。尽管妈妈每晚依偎着父亲

宽阔的肩，可是，帐外的声声狼嚎和着鬼泣般的大风，让她无法入睡。听妈妈说，她那时最大的奢望是能洗个痛快的热水澡，每天远远望见长长的驼队驮着一桶桶水渐渐走近时，身子就感到奇痒，水倒进她的脸盆就停下来，任她怎么祈求，和别人家一样，一天的用水就这么多了，妈妈眼中每一次都闪动着失望和凄苦的泪花。她们几个月都没有水洗头，更别提洗澡了，一次次的风沙，把人吹得蓬头垢面，每天早晨，梳头发成了妈妈的一大难题，她忍痛剪掉了为之骄傲的齐腰发辫，为此妈妈流了眼泪，那时的她唯一的念头就是返回故乡，离开这个鬼地方。

他们当中的一些人，实在无法坚持，当了逃兵。十几年后，我父亲回老家探亲，见到当年逃回故乡的战友，他们后悔不迭，想重返克拉玛依已不可能了。像那首从小听到大、唱到大的《我为祖国献石油》中的那句歌词，“哪里有石油哪里就是我的家。”他们中的绝大多数人留了下来，把家安在了克拉玛依。我就是出生在父辈们为避风沙挖建的地窝子里，我的第一声啼哭划破了深邃寂静的夜空，给年轻的父母带来了生命的希望和喜悦。

说克拉玛依第二代石油人伴随大风成长一点不为过。五六级风对于我们，像春天的习习清风般惬意，七八级风如家常便饭，特别是春、秋季节，气势磅礴的大风一场接一场，比赛似的，直刮的人心烦气躁，忍无可忍。

“黄河远上白云间，一片孤城万仞山；羌笛何须怨杨柳，春风不度玉门关。”这首专写塞外的古诗是对20世纪六七十年代的克拉玛依城最贴切的写照。那时的克拉玛依很少有绿色，一条条笔直的路像棋盘上的纵横线条，把一个个石油新村分隔开，新村里的一排排土坯房整齐划一，一个新村大约住着几百户人家，每个新村都有一个共用的水房，水房周围长着几棵或十几棵不等的茅盾散文《白杨礼赞》中描写的那种白杨树。在新疆有水的地方才有绿色。马路两旁的树叶干巴巴的，缺少水分的样子，树干一律朝着顺风的方向歪长，以至于在别处看见笔直的

大树我都有些不习惯。

春天，在我孩童的记忆里，没有鸟语花香，清风拂柳，更没有杏花春雨，只有大风。一般刮过五六次大风之后，人们开始换上春装，又在同样多的风中送走了炎炎夏日。

《克拉玛依市志》中清楚地记载着，从 1958 年至 1988 年的 30 年间，十级以上的大风就有 19 次之多，这恐怕创中国之最了吧？

自记事以来，经历了两次十二级大风。第一次是 1984 年 4 月 24 日。那天我下夜班，狂风肆虐时我已沉沉睡去，等我晚上醒来，一切都归于平静。让我感受到的只有满头、满床、满屋的几厘米厚的沙尘，路边横七竖八倒下的树木、折断的电杆及堆积在单位大门口的一米多高的大沙丘。第二次经历大风感觉全然不同。我们一行三人乘车前往乌鲁木齐办事，出发时，克拉玛依的天空湛蓝一片，万里无云，微风徐徐，是个惬意的好天气。当车行驶出市区几十公里，天色突变，我们下车观望，只见滚滚黄沙遮天蔽日，排山倒海席卷而来，司机忙把车停靠在路边，车刚停好，狂风便压过来。顿时，天地一片昏暗，车外能见度不到一米，什么也看不见。我们乘坐的小车如大海中的一叶孤舟，任凭巨浪扑打着、摇撼着、颠簸着、撕扯着，发出噼噼啪啪的响声，仿佛随时都会断裂。我们用衣服堵住鼻子和嘴，紧闭双眼，可沙尘很快从车的缝隙中钻进来，平时，总觉得小车的密封太严，不开窗嫌闷，可此时却像敞开大门，沙尘长驱直入，我们从头到脚盖着厚厚的沙士，好似刚刚挖出的出土文物，任意一个动作，沙土便纷纷落下。我们整整等了三个多小时，待风势稍减，才试着上路。

当然，克拉玛依的风的脾气并不总是如此暴戾。流火的夏日，傍晚时分，忙碌了一天的人们，吃过晚饭，坐在门口乘凉，克拉玛依的风善解人意似的，格外凉爽、温柔，吹走了人们的疲劳和困顿。

不知是克拉玛依市鳞次栉比的楼房，还是越来越多的树木阻挡住了风的脚步，进入 20 世纪 90 年代，克拉玛依再也没刮过 10 级以上的

大风。

去年夏天，我返回阔别已久的故乡——克拉玛依。晚上我们全家散步到九龙潭，只见一条长龙似的水渠从远处蜿蜒而至，清澈的水流从九条巨龙的口中喷涌直下，流进克拉玛依河，弟弟介绍说，九龙潭的水从几百公里远的阿勒泰引来，是西北地区首屈一指的引水工程。

克拉玛依油田开发快50年，石油产量递减快，又找不到新的接替油田，待石油枯竭，引水利用克拉玛依开阔的戈壁，开发大农业，实现可持续发展。

我们沿着克拉玛依河漫游，环城而过的克拉玛依河像一条玉带，环绕着这座年轻的城市，使干涸了亿万年的土地有了江南的灵秀和润泽，我们一直到达城外下游的一片开阔的湖域，极目远眺，竟然发现十几只白色的沙鸥在烟波渺渺的湖面上飞翔。这在从前连灰灰的小麻雀都少见的克拉玛依真算得上是人间奇迹了。

克拉玛依城经过多年痛苦的涌动，有了河水的滋润，终于羽化成一只美丽的彩蝶，靓丽了人们单调的视野。如今的克拉玛依是一块镶嵌在戈壁滩上的璀璨夺目的宝石，因了克拉玛依河，这儿成了真正的风水宝地，这个老油田又焕发出新的青春活力，自2002年起，年产原油上千万吨，一跃成为西部的大油田。据专家预测，克拉玛依的石油还可以开采一百年。

如果说石油连接着克拉玛依的远古和现代，历史和未来。那么我想，克拉玛依的风，早已凝固成石油人风一样坦荡、热情、真诚、顽强、自由的魂，在一次又一次与自然的抗争和搏击中，创造着生命的奇迹。

铭记“八楼”

抵达昆仑宾馆已是清晨，蓝宝石般的天空，悠然地飘着几朵白云，昨夜的大雨，涤去大地的尘埃，空气纯净通透，树绿得像抹了一层油，昆仑宾馆主楼（八楼）门前的花池里盛开着艳丽的马兰花。“八楼”南北两侧耸立起的新大楼英姿挺拔。隔路远望，昆仑宾馆中间的“八楼”和南北大楼的两翼形似白鸽，振翅欲飞。美好的天气，催生美好心境。凝望“八楼”，许多如烟旧事浮上心头。

曾经的“八楼”对于乌鲁木齐意味着什么？是无上的荣耀、自豪，光荣的历史。在今日乌鲁木齐的现代建筑中，没有哪一座楼能与乌鲁木齐“八楼”比肩，它承载着乌鲁木齐人太多的记忆和感情。在乌鲁木齐，人们都知道“八楼”。中华人民共和国成立初期，周恩来、陈毅、贺龙都曾下榻“八楼”，他们脑海中运筹的开发、建设新疆的思路、方针，说不定就产生于此楼的某个房间里。几十年前，新疆人能到眼前这座“八楼”开一次会、吃一次饭，是很体面、光荣的，是身份和地位的体现。

1949 年 11 月，王震的第一野战军第一兵团机关抵达乌鲁木齐，自此，王震麾下十万大军浩浩荡荡进疆，珍珠般散布在天山南北。1954年，取缔包含封建帝王启迪、教化少数民族之圣谕的“迪化”名称，恢复了“乌鲁木齐”市名。新疆从此跨入新的历史时代。新名称、新体制、新领导，绝不能在盛世才秘密杀害毛泽民的旧衙里办公接待，共产党人决心以新的姿态和面貌建设全新的新疆。于是，1958年新疆维吾尔自治区投资四百万元，借用北京前门饭店的设计图纸，在乌鲁木齐友好南路筑起这座面积两万多平方米的新疆最高楼房。尽管所谓的“八楼”就是昆仑宾馆，但乌鲁木齐人习惯叫它“八楼”。

20世纪70年代，与我家同住一个院的李伯伯的大儿子找了个家在乌鲁木齐的对象，那女孩中等身材、皮肤白皙，眼睛大且亮。她自认为是城市人，常常自傲地说起“八楼”。有时和李伯家的儿子争嘴时也会不屑地说，看你们这儿最高的楼才三层，哪能与“八楼”相提并论，言外之意，她是生活在城堡的公主，而李伯家的儿子则是乡下的土包子，能看上你就不错了。每争至此，李伯家的儿子便憋红脸低头不作声。

从那时起，我对“八楼”有了强烈的向往。20世纪80年代初去内地上学时，父亲送我，路过乌鲁木齐，我提出想去“八楼”看看，父亲带我来到“八楼”，因没有介绍信，门卫不让进去。“八楼”对面的2路公交车站有一西瓜摊，一位维吾尔族老汉坐在瓜摊的板凳上，见人过来便热情招呼，用不太流利的国家通用语言吆喝，“西瓜、大大的西瓜，尝一尝了，不甜不要钱，不熟不要钱哎”，他把哎的尾声拖得很长。父亲对我说，“天热，吃个西瓜吧。”他停下脚在堆成小山一样的西瓜中，敲敲这个，摸摸那个，从中选出一个，切开来却是个半生的白瓤瓜。见父亲生气嘟囔，维吾尔族老汉笑眯眯地说，“哎，腰尔达希(同志)，你肚子不要胀（维吾尔人把生气叫肚子胀)，这个算我的，不要钱，我给你挑一个最甜的。”他边挑边告诉我父亲，选西瓜要和选女人一样，要挑皮肤光光的，亮亮的，用手拍拍，里面发出像你肚子胀一

样膨膨的声音。我和父亲被他的幽默诙谐逗乐了。那天吃的西瓜又沙又甜，皮薄汁多，现今，每次吃施化肥的酸唧唧的西瓜，便怀念那让人馋出口水的西瓜，怀念那位维吾尔族老汉的质朴善良、包容和幽默。

时间一年年过去，乌鲁木齐也从十多万人迅速发展到六百多万人的大都市。曾经的戈壁滩成为繁闹的市中心，“八楼”周边的楼房一幢幢拔地而起，一栋栋现代化建筑海浪一样起起伏伏。“八楼”也不再是少数贵宾的去处，更多的是接待川流不息的游客。走下神殿的“八楼”，如历经沧桑的老人，隐于繁华都市之中。

“八楼”门前是宽阔的友好路，公路对面的店铺里传来歌手刀郎那首《2002 年的第一场雪》：“2002 年的第一场雪，比以往时候来得更晚一些。停靠在‘八楼’的 2 路汽车，带走了最后一片飘落的黄叶。”优美的旋律在街道上流淌，给初夏的乌鲁木齐增添了一份诗意。

沙漠深处桃花源

陶渊明笔下的《桃花源记》，土地平旷，屋舍俨然，有良田、美池、桑竹之属。阡陌交通，鸡犬相闻，往来种作，怡然自乐。

这一人间仙境令古今中外多少人向往迷醉。当今，在浩瀚的塔克拉玛干大沙漠深处就有这样一处世外桃源，一个名叫“牙通古斯”的地方。

牙通古斯，意思是“野猪出没的地方”。其实，它还有一个好听的名字叫“吉格底布笼”，意思是“沙枣湾”。

几年前，在电视上看到有关牙通古斯村的报道，记得此地。近日，陪四川作协女作家郭严隶沿沙漠公路一路采访，忽记起牙通古斯，便说与郭严隶，她当下决定去看看。第二天，我们在塔中派出所赵所长的陪同下前往。

此前，我们一行四人都未去过，听说从塔中沙漠公路 0 公里处始发，至 474 公里左右，再左拐 18 公里即到。当司机望见左边的安迪尔乡指示牌时，告诉了我们，可是谁也没有想到安迪尔乡即是牙通古斯村。车继续前行，愈走愈远，终不见牙通古斯村的指示牌，行至

500 多公里时，见右边有一指示牌，上写“阿依夏热木”，始觉不对，遂调转回头。车上各人忙着联系熟人打听道路。陪同的赵所长去年在塔中与安迪尔乡周乡长在一起喝过酒，相互留了电话，见我们着急，他拨通了乡长的手机说明情况，周乡长哈哈地笑，说，“安迪尔乡就是牙通古斯呀，它既是村也是乡。”恍然大悟的我们终于找到进入这片神奇的土地的唯一通道——18 公里沙漠路，如同桃花源里忘路之远近的捕鱼人。

沿着公路往纵深行驶，绵延起伏的高大沙丘豁然开阔，平坦的沙地现出一片胡杨林，我们如见桃花林般情绪激动，牙通古斯就要到了，穿过胡杨林，美丽的绿洲出现在眼前。四周是毫无生命痕迹的茫茫沙漠，谁会相信这儿会有生命存在。如果无路引导，恐怕世人还会像郡太守欣然前往，无果而返。

一条百米长的十字街头是村庄的中心，把小小的村落整齐地分隔，沿四个方向通向家家户户的小屋。房前屋后栽种的向日葵金黄夺目，成为村庄中最为热烈的色彩，美丽的牵牛花爬满了红柳篱笆。一户人家的门前，停放着一辆拖拉机，一只山羊在屋前吃草，屋里传来维吾尔族音乐麦西来甫，悠远的歌声缓慢地流过古老而宁静的小村。一辆摩托拖着长长的尘土从街上飞驰而过，年轻的小伙子身后坐着系了彩色丝巾的美貌女子。这一切告诉我们牙通古斯已不再封闭。

一条发源于昆仑山北麓的河流在地下深藏 100 多公里后，在牙通古斯突然露出美丽的身姿，贯穿整个村庄。一条河流，一片绿洲，宛若沙漠里的佳人，仪静体闲，风姿绰约，绝世而独立。

有一种传说，由于气候和地质的变迁，河床退缩，古尼雅河顺流而上，来到这里；也有人说，进入牙通古斯的人多是些逃犯。这些传奇对于现在的牙通古斯人已不重要，而最早使牙通古斯扬名中外的故事却极具传奇。1993 年，一支中英联合的塔克拉玛干探险队再次光临这与世隔绝的小村落。随行的中国记者惊奇地发现在这片隐秘的胡

杨林中居然还生活着唯一的汉族人，经过询问知道了他坎坷的经历。这位面庞消瘦，一头白发的老者名叫钟剑峰，原籍广西，“文革”时因成分问题被造反派通缉。他逃至新疆喀什，又藏在装货物的卡车上逃进沙漠，一路逃到与世隔绝的牙通古斯，他会干些木匠活，善良的牙通古斯人接纳了他，他娶了维吾尔族女子多来提汗为妻，养育了两子一女。他们一家五口，在这片与世隔绝的土地上幸福生活，享受着无尽的天伦之乐，一住就是24年。这段美好、浪漫又凄楚的故事，一经报道，拨动了无数人的心弦。

从前，沙漠公路没有修通之前，从民丰县到牙通古斯村，骑骆驼要走整整三天。塔里木石油人帮助他们修了这条公路，自此，这片绿洲上盛产的安迪尔牌甜瓜源源不断地运往全国各地。在北京、上海的大城市，安迪尔甜瓜每斤都卖到了十几元钱。古老的牙通古斯由安迪尔甜瓜而名扬全国，安迪尔甜瓜把牙通古斯人引向富裕。14年前安迪尔乡成立之始，副乡长艾合买提就从民丰县来到这里，他不无自豪地介绍说，从前，这儿的房屋墙壁多为红柳编成栅栏，外面抹上黄泥，现今看到的住房全是政府统一建筑的抗震安居砖房。交通方便了，定居的牙通古斯人口从14年前的318人增加到446人，住家户从68户增加到97户，人均收入从300多元提高到一万多元，成为民丰县最富裕的一个乡。

30岁出头的年轻乡党委书记周进特意把我们引至他们的300亩矮化酸枣试验基地。大漠的风沙，早已把这位天府之国的水秀男儿磨炼成老练成熟的西部硬汉。他远眺田垄，充满激情地说，再过5年，我们这儿将实现“三不”目标，不喝涝坝水，不点蜡烛，不走土路。

30多万平方公里的巨大沙漠密不透风地包围着弱小无比的牙通古斯，威胁无处不在，死亡随时而来，站在这片土地上，才能真正体会“四面楚歌”的生命悲凉。

风萧萧兮易水寒，壮士一去兮不复还；探虎穴兮入蛟宫，仰天呼

气兮成白虹。无畏的牙通古斯人在与沙漠艰难的抗争中，以安宁乐观的心态，顽强坚守着生命的尊严。

世间还有什么力量能如此惊心动魄，世间还有什么美丽能比得上牙通古斯。壮哉牙通古斯，美哉牙通古斯！

独自苍然

喀纳斯湖畔是图瓦人自由快乐的家园。

1988 年，我第一次踏上这片土地，就被眼前圣洁的雪山、苍茫的原始森林、浩荡的河水深深震撼，深深迷恋。

当年，大范围、大规模的旅游还未兴起。新疆的路况很差。我们从克拉玛依出发，整整颠簸 8 个小时才抵达阿勒泰。放下手头工作，单位熟人集体出行，自是愉快。入夜，十几个人挤一个大通铺，兴奋得睡不着，望着窗外明月，听着阿勒泰河哗哗的流水声，七嘴八舌瞎聊到深夜。第二天大清早，带上干粮、咸菜和水，坐上大轿车直奔喀纳斯。车刚出阿勒泰市区路况变差，尽是沙石“搓板路”，像船在海浪中行驶，上下颠簸，左右摇摆，骨头快颠散架了。山路越走越险，路面的石头越来越大，坑越来越深，大轿车无法前行，带队领导号召大伙发扬红军长征“一不怕苦、二不怕死”的伟大精神，步行上山。于是乎，四十几人浩浩荡荡沿着一条河流向前进发。

河流两岸先是浓密的松林，向纵深处又是大片的白桦林，树枝茂密而相互交错着，地上厚厚的落叶松软潮湿，阳光从树叶的缝隙洒下片片

斑驳的树影，空气清新无比，河水清澈见底，我们把自带的水倒掉直接往瓶中灌河水，河水清凉透着薄荷甜，沁人心脾，比瓶装矿泉水好喝得多。穿过森林，翻越高坡，便是开阔起伏的草地，成群的牛羊散落其中，不远处，向阳的坡地上排列着一片独具特色的松木屋，很像居住在俄国西伯利亚人的房屋。屋旁的小河边几个姑娘正在洗衣，牧民骑马踏过，水花飞溅，踏碎了姑娘们的笑声。院子里一位奶奶弯着腰用木棍不停地捣皮桶子里的牛奶，咚、咚的声音撩拨得山谷里的回音。低矮的偏屋顶上晒着些许牛粪饼，院子中央支着白布单，上面晾着刚做好的酸奶疙瘩，老奶奶满头银发随微风飘舞。夏日阳光下图瓦人的家园安宁、祥和，像一幅恬静的油画。图瓦男人性格豪放，热情纯真，喜欢喝酒，因为阿勒泰地区冬季漫长寒冷，他们早已习惯用烈酒抵御彻骨的寒风。同行的一位男士用两瓶伊力特白酒从图瓦人那儿换回一只肥羊。当时，伊力特是新疆最有名的酒，普通老百姓能喝上这酒脸面都觉着有光，生活在深山里的图瓦人因交通不便很少下山，连日常生活用品都缺乏，更何况名酒了，这两瓶酒对于他们极其珍贵，来之不易。得到了伊力特酒的图瓦男人用夹生的国家通用语言，连比带画地和同行的男同胞们聊天。男同胞们不会宰羊，其实是没有胆量杀死这只温顺的绵羊，提出让他们帮忙，酬劳是羊的内脏、头和蹄全归他们。两个身强力壮的图瓦人杀羊的过程干净利落，如同观看庖丁解牛。羊杀好，他们在地下挖了个坑，用三支木架撑起铁锅，加入河水，把连骨的羊肉放进去，唯一的调料是洒上一点盐，一个多小时后，清炖羊肉熟了，羊肉的清香在无遮无拦的草原上随意飘散，引得大伙垂涎欲滴，采野花的女伴远远地闻到肉香，捧着一簇鲜花欢快地奔跑而来。

我们一行人手抓羊骨，大快朵颐，吃得兴高采烈，嘴上冒油，满脸放光。男同胞们围在一起豪饮，一只酒碗在20多个男人手中传来传去，一次一碗，每人轮流，帮我们煮肉的图瓦男人且歌且舞，激情肆意，喝醉了，枕着花香，席地而睡，不一会儿便鼾声如雷。

真性情的图瓦男人每日骑马登山，放牧于山水之间，享受着“天蓝水白树森森，牧草青青接雪岑。玉碗金杯雪莲酒，狂歌劲舞马头琴。奶茶野果香穹室，抓饭烤肉暖客心。绿野风光无限好，敖包相会友情深”的快乐，今日把这快乐传于我们，心情怎不畅快。

这一餐吃得太久，终因路途遥远难行，没能到达目的地喀纳斯湖畔。

2010年盛夏，第三次踏上阿勒泰土地，飞机直抵阿勒泰山脚下，免了许多旅途劳顿。下了飞机，改乘大巴，在平坦宽阔的盘山路上没走多远就到了喀纳斯湖景区。

喀纳斯湖边的公路上车流似带，游人如织，喧哗声、叫卖声、喇叭声伴着相机的咔嚓声，此起彼伏，若不是喀纳斯湖依然静卧在两山环抱的峡谷中，真以为到了自由市场。

图瓦人从原来的老村子集体迁到现在的新村，一排排整齐的红松木建筑的房屋前，停满了大大小小的车辆。每一处院落都挤满了游人。导游把我们领进一家较大的院落，长方形的木屋分内外两间，游人们在外间把鞋子脱了，进到铺着地毯的里间，墙上挂着黑熊、雪豹、狐狸等动物皮毛，墙角立着狼和苍鹰标本。另一面墙上张贴着成吉思汗和已去世的藏传佛教帕巴拉格列朗杰·确地坚赞的画像。一只落着厚厚尘土的旧弓箭孤独地挂在墙角。是为了取悦游客，还是怀念随意游猎的岁月，抑或兼而有之，无人知晓。

游人围着矮桌坐成圈，喝着图瓦妇女自酿的奶酒。这时，从窄小的门里弯腰低头进来一位高大静穆的老者，身着深蓝打底，绣着紫色花边的蒙古长袍，脚穿黑色长靴。进门后，坐到靠门边的方凳上，眉目低垂，不看任何人，默默举起图瓦人的传统乐器“苏尔”（一种草笛），清了清嗓子，开始轻轻地吹奏。笛声响起，所有的游人停止了喧哗，静静地听他吹奏。笛声伴随着嗓音的和弦，低沉、缓慢、悠扬，似一首沧桑的老歌，波浪在笛管里翻涌，时而高亢，时而低沉，诉说着生命的激

情与喜悦、无奈与挣扎。听导游介绍说，这是最后一个会吹“苏尔”的图瓦人了。每到旅游旺季，他每天穿梭于各个院落，为游客吹奏“苏尔”。学习“苏尔”，单凭喜好远远不够，需从小跟随乐师同吃同住慢慢学习，经过音乐熏陶、耐心揣摩、岁月磨砺，方成就一名“苏尔”乐手。据说，几年前，有一日本乐人专程来这儿学习吹奏“苏尔”，坚持了两年，深感学习“苏尔”之难，终无功而返。部族的年轻男人多已走出山林，到城里打工去了，现今社会多急功近利，谁人有此耐心耗费十几年的光阴，学习一种濒临失传的乐器。

走出图瓦人的村庄，回头望着一院一院的川流不息的游人，心情沉重而复杂。在导游热情的招呼和引领下，来到离村庄不远的一片开阔地，许多马被圈在一起，游人自选喜欢的马匹上山，20 元一小时。这些马多已失了刚烈、勇猛的个性，在主人的牵引下顺从地缓缓行进。

我迟到了，一位年轻的哈萨克族牧民主动与我打招呼，他说，听话的马都让人选走了，我的马有些烈，你敢不敢骑。

我说，有你在，我就不怕。他豪爽地笑，露出一排好看的牙。

上马吧，我带你去别人没去过的地方。我毫不犹豫地跨上这匹肌肉强健的白马，坐在哈萨克族牧民的前面，向着没有游人的地方奔驰而去。沿着崎岖小路，穿过一片浓密的松林，愈往高处，路愈难行，马累地喘着粗气，浑身汗津津，我建议下马，牵马来到半山腰，坐在树林中的一小片草地上闲聊。我好奇地问起有关图瓦人的事。

哈萨克族小伙告诉我，从前，图瓦人和我们一样放牧打猎，这些年，动物少了，政府开始禁猎，鼓励发展旅游业。图瓦人集体搬迁到山下的村庄，他们的家成了游客喜爱的参观点，每年来参观的游人几十万。仅我这一匹马一年就挣一两万，他们挣得更多。冬天封山后，游客没了，大家没事情干，天天喝酒寻欢。

你们哈萨克族不是也爱喝酒吗？我问。喀纳斯的冬天太冷了，我们都喜欢喝酒御寒，但是，图瓦人把酒当水喝。我们经常看见酒醉的男人

躺在外面，也有姑娘。

喀纳斯漫长的冬季，图瓦人只有聚集在一起，开怀畅饮、相互温暖，用酒的热量温暖生命的归途。

返回中，透过浓密的树林，远眺暮色中的图瓦人村庄，四野苍茫，天地悠悠，一片寂静。

走进南子的奎依巴格

南子是新疆的一位女作家。看南子的书得知，遥远的南疆有一个叫奎依巴格的地方，美丽而神秘，古老而苍凉，缓慢而悠长。

2011 年的初冬真是温暖，温暖得让人误以为是春天，在这样一个春天般温暖的午后，我来到南子的奎依巴格。

奎依巴格天空晴朗、空气洁静，环境安适，街道上车辆、行人稀少，两旁的法国梧桐一片褐黄，树叶落净的柳枝愈加舒展柔美，随意从哪个角度看去，都是一幅印象派风景画作。落叶缤纷中俯拾一片金色叶子，“阡陌纵横”的叶脉，收纳了大树春夏的繁华，安静地依偎在大地母亲的怀抱。夕阳落霞处大群乌鸦从头顶掠过，阵列壮观，像去参加聚会晚宴的黑色精灵。

曾在一本资料中读到，说乌鸦是吉祥之鸟，它对周围环境非常敏感，喜住空气纯净、环境安详之地。在奎依巴格遇到如此多的乌鸦还是生平第一次，它们不太优雅的鸣叫是否也曾日日唤醒南子的清晨？从前，在伊犁宾馆见过，高大粗壮的白桦树顶栖居着乌鸦，三五成群，天天与乌鸦相伴，时时听乌鸦呱呱，除了路过时不小心鸦屎打脸，倒也没觉不妥。

奎依巴格的土地极度饥渴，阳光拧干了每一寸土地的水分，无处不在的尘土飘浮在赤裸的土地上，给褪去绿装的果园树木任意地抹上一层灰褐色调。广阔的田野，冬小麦依然抗拒着，覆盖一畦一畦的绿色，传递着来春的希望。涓涓而来的昆仑山雪水，汇成千年流淌的叶尔羌河，温柔地抚过赤裸干燥的荒原，奎依巴格的肌肤神奇地湿润明亮起来。

次日，幸遇奎依巴格周日大巴扎。散居周边的维吾尔族人盛装出门，沉默的毛驴、高大的骆驼和英俊的马各自拉着平板车、载上全家老少行驶在铺满阳光的路上，身边不时烟一样驶过一辆辆摩托和加了外罩的三轮车（这种外壳和小轿车一模一样的三轮车，我还是第一次见，大概买不起汽车的人坐在这样的车里，也能得到坐汽车的那份享受和满足吧），向着奎依巴格聚集，终于在散漫的大巴扎汇成人的潮流、货物的潮流、毛驴的潮流、车辆的潮流、食品及特色小吃的潮流。

“天快黑的时候，我喜欢骑着那辆破旧的自行车一个人在街上瞎转。风吹着路边无忧无虑的树的面容和沿街旧得不成样子的石灰房。我骑得很快，我听着风，仿佛只有这样，才能躲避自己往昔生活中的阴影。从二区住宅区沿着柏油马路往上走，就可以路过奎依巴格农贸市场，这里有很多的外地人，面色黝黑、抱着婴孩的农妇、失意的打工者、无所事事的小青年以及行动不便、靠在烟摊边上发呆的、面容凄苦的老人。”这是南子眼中的奎依巴格，南子并不认识我，更不知道我今天被人载在电动车上走进奎依巴格大巴扎。

在这潮流之中，我只剩下一双躲在深度近视镜片后的好奇眼睛。五颜六色的昆仑玉石、一排排长筒皮靴、长长短短的衣服、大大小小的铁锅铁桶、绘着巴旦木花的木箱、装饰华丽的驴马鞍、成堆的土盐土肥皂、色泽诱人的干果、新鲜的牛羊肉、林林总总的货物琳琅满目，令人眼花缭乱。

原木条搭起的食品街简单、脏乱、尘土飞扬，可这丝毫不影响吃的

热情，每个摊点前都坐着许多男女老少，脸上洋溢着满足。维吾尔族小伙子取下晾晒在支架上的大鲢鱼，粘上调好的面糊，用巨大的铁网深入热气腾腾的油锅，立即飘出鱼香。烤炉上烘烤着一串串诱人的烤羊肉，一位身着艾德莱丝绸的年轻妇女正在往一碗碗白色的凉皮里加入翠绿的青豆和黄色的木瓜丝，几位胖胖的大婶站在自己的小摊前，快速地切着羊杂碎，浸足了油的几大锅抓饭已所剩不多。街中间的年轻小伙儿在卖自制的麦芽糖和核桃、葡萄干做的甜点。角落里一位白胡子老者（这里的中老年男人多留着长胡子），正在给他同样老的老者磨镰刀，在他的身后坐着两位修鞋补衣的匠人。白胡子老者见我举着相机准备为他拍照时，他立即抬头对我微笑，笑容平和灿烂。一位上了年纪的大妈跪在一小篮子鸡蛋前发呆，另一位刚卖出几个苹果的老汉全神贯注地低头数手中薄薄的碎钱。其实这样的场景在南疆并不少见，只是这里更原生态、更质朴、更贫穷。不用翻阅历史，进入奎依巴格大巴扎就已然穿越了一千年，仿佛它不曾改变。

中年壮汉木斯马依的凉粉摊前坐着一对情侣，姑娘身着红衣，在城里人眼中，样式土气老旧，她双眸像滴水葡萄，粉面含羞带怯，一看便知是很少出门的农村姑娘。小伙儿大方些，买了碗凉皮端于姑娘前，自己则坐在姑娘身旁深情款款地望着姑娘。那碗凉粉被木斯马依的大手撒上香菜、苹果和辣椒丝，调制得晶莹剔透，五彩斑斓。姑娘接过碗，并不急着吃，低头长久地看，像欣赏一件艺术品，然后从包里拿出几片切好的馕，小心地蘸着汤汁慢慢送到嘴里。我注意到，小小一碗凉粉，她问木斯马依要了三次醋，每加一次醋，她都重复着前面的动作，慢慢咀嚼浸了酸汤汁的馍，直到汤汁所剩无几，才不忍地一小口一小口把一根根凉粉放入嘴里。这碗凉粉她品得满心满意，在我眼中，她真是在品，而不同我一样的吃，因为我的碗里只是凉粉，而她的碗里盛满甜蜜的爱情。小伙子默默地坐在她身旁，一会儿给姑娘手里放张餐巾纸，一会儿捋捋垂落姑娘额前的黑发。终于凉粉碗空了，洗过一样干净。小伙子神

情自豪，拉着姑娘的手离去。

转头看，离去的双影，心柔柔地搅湿了眼眶。

听朋友说，奎依巴格的维吾尔族人每到周日赶巴扎，无论贫富，梳洗打扮穿上最好的、最漂亮的衣服，全家老少清早出门，交换日常用品，与老朋友聊聊，品尝特色小吃，慢慢地闲转，日落黄昏才慢悠悠地往家返。年复一年，岁月流转，他们始终安享着这份简单、快乐，乐观而知足。

奎依巴格是什么？

我问身边的维吾尔族人，有人说是有果园的地方，有人说是有树的地方，有人说是美丽的村庄，回答不尽相同。

在我眼中，奎依巴格就是美丽安详的村庄，匆匆地来，又匆匆离去，我对她又了解多少，仅掬一份美好，温暖我的冬日。

沙漠里，一只长耳跳鼠

一群在沙漠里打井的石油人，有一天无意中发现一只很特别的小鼠。这只小鼠长着一对动画片中米老鼠一样的大耳朵，有澳大利亚袋鼠似的双腿和长长的尾巴，尾端还有一个圆尾穗，它的吻尖细，小眼睛亮晶晶的，模样非常的可爱。也许是被对面过来的一群身穿火红信号服的“庞然大物”吓到了，也许是被钻机巨大的轰鸣声惊着了，也许是石油人无意中毁坏了它的巢穴，总之，这只小老鼠惊慌失措，傻待在那儿。

假如是一只平常见过的老鼠，讨厌还讨厌不过来呢，偏这小鼠生得乖巧可爱，联想起队上养了几只肥头大耳的猫，万一小鼠被猫抓住了，那不就没命了。一群年轻的石油人动了恻隐之心，于是，脱衣服捕捉，可怜的小东西东逃西窜，累死累活，终是落入“敌”手。

欣喜无比的年轻人把它小心地抱回列车房，找来盒子，放上棉花，做了柔软舒适的窝。井队的人听说抓住了一只特殊的小鼠，这个来看，那个来瞧。噢，原来，美国人的想象力不过如此，从前以为“米老鼠”是他们发明的动画片的专利形象，原来塔克拉玛干沙漠就有这种“米老鼠”。“米老鼠”的加盟使单调的井队生活顿时活跃起来，为了让这只可爱的“米老鼠”长期和井队人员生活在一起，让它安全舒适地生活，大家忙着用手机上网查找这只小鼠的资料。不查不知道，一查吓一跳。原来，他们抓住的是被世界自然保护联盟列为全球一百种最濒危灭绝物种之一的长耳跳鼠。中国有数种跳鼠，其中长耳跳鼠主要分布于内蒙古西部、甘肃北部、青海的柴达木盆地以及新疆的东部和南部，国外仅见于蒙古国的外阿尔泰。由于长耳跳鼠生活在沙漠地区而被称为“沙漠中的米老鼠”。几年前，新疆吐鲁番火焰山景区工作人员在火焰山下偶然发现一只长耳跳鼠之后，就再没有人看到它的踪影。

了解实情的井队的年轻人心情变得复杂而紧张，井队离动物救助站上千公里，沙漠里又无路可走，一时无法把它送走，放归沙漠自然也许是个好办法，可是，他们试了几次，奇怪的是这只小跳鼠并不离开，只是站着不动。怕它被猫吃了，无奈，他们又把它抱回来，给它喂水它不喝、喂米饭不吃、喂牛奶也不喝，网上说这种小跳鼠吃果壳类的东西，有人忙着把自己带来的瓜子放进去，也不见它动嘴，面对不吃不喝不走的小跳鼠，大家束手无策。这只小跳鼠牵动着他们的心，小跳鼠窝的四周围拢的是一双双期待的眼睛。时间在他们的期望与失望中缓慢度过，一天过去了，两天过去了，小跳鼠依然不吃不喝，眼见它身体越来越虚弱，大家焦急万分。情急之下，他们一个人把着小跳鼠的脑袋，一个人往它嘴里喂水和牛奶，想用这种办法救助它。可是，这只小跳鼠像是抱定了必死的决心，无论员工们怎么努力，想尽了各种办法，它始终紧闭小嘴，生生把自己饿死了。

有人用手小心地托举起小跳鼠的尸体，用手机拍下它柔弱的遗容，他们埋葬这只小跳鼠时，还集体举行了祭奠仪式。这只可怜的小跳鼠触动了每一个人最柔软的内心，面对风沙酷暑毫不畏惧的男人们，在这只小跳鼠面前一个个潸然泪下。

听完这个故事，我想了很多，也想了许久。一只弱小生命的消失，在这个庞大的地球上可以说太微不足道了，但是，再小的生命对生命本

身而言也是生命，生命只有一次。一只如此弱小的生命，敢于用死亡来捍卫生命的尊严，怎能不令人动容？

我在网上查长耳跳鼠的资料时，看到这么一段话："采矿业的发展，越来越多的猫被带进了沙漠，也成为猎食啮齿类动物的主要杀手。这种天敌对一种动物的影响力之大令人惊讶，一只饥饿的猫一个晚上能捕捉到 20 只跳鼠。猫是人类引入沙漠环境的。"

浩瀚的塔克拉玛干沙漠还有多少秘密不被人类所知？今天，我们仍能在塔克拉玛干沙漠中遇到濒危灭绝的物种，这是多么值得高兴的事。

作为一名石油人，因工作需要常去沙漠和井队，听到许多石油人救助小动物的事，有鸽子、大雁、鹰，还有猎隼、狐狸、刺猬等，实事求是地说，经过多年的宣教，绝大多数在塔克拉玛干工作的石油人对环境、对动物的保护意识还是比较强的。但是，有发展就有破坏，我们无法避免这种破坏，但至少能做到不把猫带进沙漠，好好地保护它们，把这种破坏降到最小，让生活在塔克拉玛干的美丽精灵有尊严地活着。

后　记

站在时光的风口，回望。

路灯裹着一个瘦长的影，寂静的世界渐渐缩小拉长，消失在无穷无尽的黑暗中。

凛然一抖，从深梦里惊醒。窗外，月色如水，痴痴地望着天花板，寂静的夜能听到自己的心跳。

加缪说："我的灵魂与我之间的距离如此遥远，而我的存在却如此真实"。真实的现实让我害怕，害怕时间日夜兼程地盗掘。只有看书能把我和现世隔离开，在文字的空间里，我不再是我，我是无数个我，也可以是任意一个从古到今的别人，我的生活千变万化，多姿多彩，我在这个奇妙的时光舞台上边看边写，我非常享受这种感觉。让我忘记曾经经受过的苦痛、悲伤、愤怒和绝望，忘记时间的存在。我对文字的需求中毒太深，无法自拔。文字是跳舞的火苗，温暖我寒彻骨髓的身体；文字是雨珠，滋养我干枯麻木的大脑；文字救赎我的肉体，打捞我罪孽深重的灵魂。

新疆独特的人文地理环境，丰富多彩的历史文化资源，注定每一个新疆的文人都是幸运的。

如果天山是一匹骏马，准噶尔盆地的古尔班通古特沙漠和塔里木盆地的塔克拉玛干沙漠就是这匹马的两个马镫。跨上骏马，挥舞马鞭，便可驰骋在广阔的新疆大地。30年北疆、30年南疆，两地生活，往复来回，从生活的地理变化看，我正是那个跨上骏马的人，本该走得更远。许是受了游牧民族的影响，骨子里崇尚自由、散漫的生活状态。我不是一个以文学为生的人，文学创作于我并非生活的全部内容，我永远像《小猫钓鱼》故事里的那只小猫，生活太丰富多彩了，好看好玩的实在太多，怎么可能禁锢在某种单一形态。所以我和小猫一样，禁不住诱惑，一会儿逮蝴蝶，一会儿捕蜻蜓，写作是生活万花筒的某个面而已。走走、停停、看看、写写，回头收拾收拾，整理出来，惊喜地发现，这几年也创作出了几十万字的作品，够出几本书了。

有人不断鼓励我结集出书，始终不为所动。心中一直认为，书是通往智慧殿堂的钥匙，只要有人类在，书就会一直存在，不必担心，所变的只是形式而已。乐观主义的朋友给了我坚定写作的信心，集腋成裘，才有了这本文集。

这部散文集收录的全是关于新疆人文地理内容的散文，多是游记。这本书全是已在各报纸杂志上发表过的文章，书中个别内容略有改动，几乎囊括了我用双脚和内心丈量的新疆大地，每一篇都流动着我滚烫的血液和真实淳朴的情感。王国维曾说，“散文易学而难工”，散文当中，游记最难出彩。我所采撷的只是一些我所熟悉的画面场景人物，及闪光的石子、几片落叶和露珠。我知道我的文字远远配不上新疆这片色彩斑斓、深厚博大而又温暖动人的大地。

既然已经决定，结果的好与坏已不重要。下一步就交给亲爱的读者吧！

在此衷心感谢每一位文学道路上支持帮助过我的师长、文友、朋友和家人。感谢为这本书付出辛苦劳动的主编、编辑和出版社！感谢每一个愿意打开此书并阅读的读者！

我尊重你们，犹如尊重每一个文字。